社長室の冬

堂場瞬一

JN259053

集英社文庫

目次

第一部　新体制　7
第二部　抵抗勢力　124
第三部　混沌の中で　246
第四部　最終決断　364
解説　内藤麻里子　481

社長室の冬

第一部　新体制

1

社長が倒れた。

その場の空気が凍りつき、南《みなみ》康祐《こうすけ》は足がすくんで動けなくなってしまった。

目の前——二メートルほど先の床の上で、日本新報《にほんしんぽう》社長の小寺政夫《こでらまさお》が倒れ、呻《うめ》いている。激しい痛みを抑えこもうと右手で胸を摑《つか》み、体を丸めても耐え切れない様子で、足が痙攣《けいれん》していた。左手はカーペットを搔《か》きむしっている。何なんだ……つい先ほどまで、決裁書類に目を通していたのに。

それが今、間違いなく死にかけている。

「救急車！」

誰かが叫んで、南はやっと我に返った。部屋のドアは開きっ放しだったので、そこに続くフロアに控えた社員たちも、異変に気づいたのだろう。南は慌てて、小寺のデスクの電話に飛びついた。受話器を取り上げ、0を押してから119番……つながる間に、社長室のスタッフがなだれこんで来た。

冷静になれ、と南は自分に言い聞かせ、電話に向かって状況を説明した。

「社長が倒れて……はい、胸が苦しそうです。住所？　住所は……」自分の会社の住所が出てこない。まさかこんなことが、と焦りながら必死に思い出しているうちに、額に汗が滲《にじ》んできた。ようやく思い出して住所と自分の名前、携帯の番号を告げる。

「社長！」

「動かすな！」

社長室のスタッフ数人がひざまずいて、小寺を取り囲んでいる。南は手出しもできず、ただその様子を見守るだけ……いきなり手を引かれ、バランスを崩して転びそうになった。慌てて振り向くと、社長室長の石島《いしじま》が立っている。南を睨《にら》みつけているものの、怒っているわけではなく、状況が分からぬまま困惑しているだけのようだった。

「何が起きたんだ？」

「分かりません。社長がいきなり倒れたんです」

「決裁の最中に？」

「そうです。まったく急に……」その場面を思い出すと、身震いしてしまう。背中を丸めて書類を読んでいた小寺は、何の前触れもなく崩れ落ちたのだ。まるで、読書の途中で寝落ちしたように。しかし小寺の額がデスクに激しくぶつかったので、異変なのだとすぐに分かった。そのまま床に倒れこみ、あとは体を丸めて低い呻き声を漏らすだけ……それから今まで、一分も経《た》っていないはずだ。

「参ったな……」石島が部屋の中を見回して、首を横に振った。「こんな大事な時に」

そう、日本新報は今、大きな転換点を迎えている。会社の身売り——その交渉が進んでいる最中に社長が死んだら、どうなるのだろう。

「社長、何か持病でもあったんですか？」南は震える声で訊《たず》ねた。

「軽い動脈硬化ではあったけど、薬も呑《の》んでたからな……こういうのは予想できないから怖いんだ」石島の声は硬く、表情は引き攣《つ》ったままだった。

社内の診療所スタッフも来てくれたものの、その場では処置ができなかった。救急隊員が到着するまで、どれほどの時間が経っただろう……ストレッチャーに乗せられた小寺は、辛うじて意識はあるものの、まともに話ができる状態ではなかった。痛みのせいか怒ったような表情で、顔は汗で濡《ぬ》れている。南はストレッチャーの横につき添ったものの、とても声をかけられる様子ではない。今はとにかく、急いで病院へ——しかし、エレベーターに乗る直前、小寺が一瞬だけ目をちゃんと開けて言葉を発した。

「南か？」

「それはどういう――」

「後は新里《にいざと》に任せる。会長にもそう言ってある。皆に伝えろ」

「はい」

南は思わず疑問を口にしたが、小寺は目を閉じてしまった。瞼《まぶた》が痙攣するようにひくひく動いているので、死んではいないと分かるものの、やはりもう話ができる状態ではないようだ。今の話は……小寺はもう諦めたのか？　自分の後を、前編集局長の新里明《あきら》に任せる？　新里は、三か月前に副社長となって九州本社に赴任したばかりなのに。いや、新里は今日も東京本社に来ていた。新報には「東京本社」「大阪本社」「九州本社」の三つの本社があり、それぞれに担当の役員が赴任している。月に一度行われる取締役会で、三本社の役員が集合するのだが、今日も午前中にその取締役会が開かれ、南も顔を合わせていた。

会話はまったくなかったが。

新里が帰って来るとしたら……自分はいろいろと面倒な立場に置かれるかもしれない。現場の記者から、取材とはまったく関係のない社長室へ異動して二か月目。まだ仕事に慣れてもいないのに、また身辺が騒がしくなるかもしれない。

あれこれ考えるべきことはあったものの、かつて経験したことのない騒動に巻きこまれ、そんな余裕は失《う》せてしまった。病院へ搬送された小寺のつき添い。病院側との折衝。

小寺の家族――妻と次女――が駆けつけて、さらに騒ぎは大きくなった。家族の面倒は先輩が見てくれることになり、南は南で、治療が終わるのを待つ間、看護師たちから何とか話を聞こうとした。しかし、治療に当たっている医師を摑まえられないので、状況が分からない。心筋梗塞の基本的な治療と言えば、カテーテルを使うはずだ。その治療には、どれぐらい時間がかかるのだろう。

何も状況が分からないのに、石島から電話が矢継ぎ早にかかってくる。状況を早く知らせろと急《せ》かされたが、分からないものは答えようがなかった。

結局四時間後――午後六時になって、ようやく医師が説明に出て来た。やっと終わったかとほっとしたものの、医師の顔を見た瞬間に、南は最悪の事態を悟った。

「会社の者です」駆け寄って名乗る。

「ご家族の方は？」四十歳ぐらいの医師は、疲れ切った顔つきだった。大変な治療だったのは間違いない。

「待機しています。すぐに呼んできますけど、容態は……」

医師が無言で首を横に振る。

「まさか」南は無意識のうちにつぶやいた後、はっと気づいて医師に食ってかかった。「心筋梗塞も、初期の段階なら治療は難しくないんじゃないですか？　今回は、倒れてすぐに運びこんだんですよ」

「症状は人それぞれで、絶対に助かるというものではないんですよ」医師は溜息《ためいき》をつく。

「残念ですが……」

「……ご家族を呼びます」

家族は、病院の食堂で待機しているはずだ。南は踵《きびす》を返したが、足が震えて、しっかり歩いている感覚がない。記者時代は、事件が大きければ大きいほど興奮したものだが、今は違う。

社長室に勤める人間にとって、現職の社長の死亡など、最も避けたいものだ。

小寺の遺体が自宅へ運ばれ、一段落した時には、もう日付が変わっていた。家族は冷静に話ができる状況ではなかったが、石島が今後の段取りを素早くまとめた。元政治部長ならではの交渉・調整能力というべきか……基本は、通夜と葬儀は家族を中心に行い、後で社葬を開く。社葬など経験したことのない南には、それがどんなものになるか、想像もつかなかった。

夕飯も抜きでぐったり疲れているのに、食事をする気にもなれなかった。今はただ、煙草《たばこ》が欲しい。役員フロアには喫煙スペースがなく、一番近いのは屋上である。階段を上がって外へ出ると、二月の冷たい風が身を叩《たた》く。背広だけではきつく、コートが欲しい寒さだったが、とにかく今は、ニコチンを体に入れたい……一服して、ようやく落ち着いた。

「お疲れ」

声をかけられて振り向くと、石島も屋上へ上がって来たところだった。風を避けるように、左手でライターをガードしながら煙草に火を点《つ》ける。

「参ったな、ええ？」

「はい」はいとしか答えられない。慣れていないからだ、と分かっていた。どんなにきつい仕事でも、経験したことがあれば何とかこなせる。しかしこの事態は、未経験であるが故に、南を心底疲れさせた。

「考えてみると、社長、今日の午前中からおかしかった」

「そうですか？」

「気づかなかったか？　今日はお前も取締役会にお茶出しで出てただろう。ちょっと言葉に詰まったり、表情が虚《うつ》ろになったり……普段は、止めても黙らない人なのにな。それに、二、三日前から左肩だけ肩凝りがひどいと言っていた。今考えれば、心筋梗塞の前兆だな」石島が自分の左肩を叩いた。

「そうですね」

「あの時点で気づいていれば、間に合ったかもしれない」

「本当に助からなかったんですかね」南は中指と人差し指に挟んだ煙草を弄んだ。「病院側のミスじゃないんですか」

「この時点で医療過誤とかを考えるなよ。話がややこしくなる」石島が目を細める。

「しかし――」

「いいから」石島が苛立《いらだ》たしげに、南の反論を叩き切った。「そういう社会部的な発想はやめろ。人はいつか死ぬんだから」

「それはそうでしょうけど……」何だか釈然としない。

「それより、これから大変だぞ。葬儀が終わったらすぐに、臨時の取締役会だ」

「次の社長を決めるんですか？」

「ああ」

「小寺社長が、新里さんの名前を出していましたけど……」

「そうなるんじゃないかな」石島がさらりと認めた。

「既定路線なんですか？　会長も了解していると、小寺社長は言っていましたけど」

「その話は、俺も会長から直接聞いた。明日もう一度確認するけど、そういうことになるだろうな。緊急事態だから、とにかく遅滞なく次期社長に就任してもらうのが一番大事だ」

「新里さんが社長になると、二段階ぐらい飛び越すことになりますよね」

「今回は、それだけ緊急事態ということだよ」

「いきなりで、新里さんも大変ですよね」

「ああ」

「新里さんは、もう知ってるんですか？」

「会長から話はいっていると思う」

「大変ですよね」思わず繰り返してしまう。「身売りの話はどうなるんでしょう」今、新報が直面する一番大きな問題だ。

「方針に変更はないだろうな。小寺社長が先頭に立って進めていて、早坂《はやさか》会長も了解していたんだから。社長が代わっても、全体の動きに変化はないはずだ」

「そうですよね……」

「まあ、これは俺たちが考えてもどうしようもない話だから。もちろん、これからいろいろな調整で汗をかくことになるんだろうが」

「ええ」

「しばらく、家に帰れないかもしれないぞ。覚悟しておけよ」

「そういうのは慣れてます」

南は深く煙を吸い、水を張った灰皿に煙草を放り捨てた。まったく、とんでもない話で……新里が帰って来ると思うと、暗澹《あんたん》たる気分になった。自分と新里の間には、他の人間が知ることのない秘密がある。もしかしたら小寺は知っていたかもしれない――いや、知っていた可能性が高いが、既に故人だ。

これから自分はどうなっていくのだろう。

2

「亡くなった?」AMC日本法人であるAMCジャパンの社長、青井聡太《あおいそうた》は、アッパーカットを食らったような勢いで顔を上げ、すぐに立ち上がった。

「今、新報から連絡が入りました。昨日、心筋梗塞で急死されたそうです」

「参ったな……」青井は顔を両手で擦《こす》った。これは想定外の事態――買収交渉は、新報の社長、小寺一人を窓口に絞って行ってきた。会社としての方針に変更はないだろうが、今後は交渉相手が変わるわけで、こちらもやり方を変えざるを得ないかもしれない。

「どうしますか?」この情報を教えてくれた、総務マネージャーの高鳥亜都子《たかとりあつこ》が訊ねた。何だか眠そうだが、これが普通の表情である。目が細く、腫れぼったく見えるのだ。

「通夜や葬儀の予定は?」

「通夜が今日の夜、葬儀は明日です。ただし、ご家族だけで密葬という話ですよ」

「俺たちは出なくていい、ということか」

「そういう意向なんでしょうね」亜都子が肩をすくめる。「日本人の本音と建前は、よく分かりませんけど」

「早く慣れた方がいい。だいたい、君だって日本人なんだから」

「日本人と言えば日本人ですけど、よく分かりません」

亜都子が皮肉っぽく笑う。十歳から二十四歳までずっとアメリカで暮らしていたから、両親が日本人とはいえ、日本人的な感覚はほとんどないのだろう。青井の会社――ＡＭＣジャパンは外資系なので、外国人や帰国子女の社員も多いのだが、習慣の違いで苛々させられることも多い。純日本人の自分が浮いているように感じることもあった。

「弔電だけ送ろうか」

「家族だけで密葬というのは、あくまで建前じゃないんですか？　実は関係者がたくさん来ていたりして。放っておいていいんですかねえ」

「いや、最近は本当に、こういうパターンが増えてるんだ。その後で、社葬というか、お別れの会をやるんじゃないかな」

「確認しましょうか？」

「いや」青井はまた顔を撫《な》でた。そこまで正確を期するのは、日本人的ではない。黙って相手の心中を察するのも大事だ。「今はいい」

「でもボスは、新報ＯＢでもあるでしょう？」

「古い話だよ。二十年も前に辞めてるし、小寺さんとはこの交渉が始まってから初めて会ったんだから、つき合いは浅い」

「じゃあ、今日もいつも通りのスケジュールでいいですね」

「ああ。よろしく頼むよ、マネージャー」

「そう言われると、ボスの個人マネージャーみたいに聞こえるんですけど」

「そうは思ってないよ」

どうもこの女性と話していると脱線しがちである。これが海外育ちの人間のセンスなのか。アメリカのＡＭＣ本社から派遣されてきているのだが、向こうでもこの調子で軽口を叩きながら仕事をしていたのだろうか。余談が多いだけで、仕事はきちんとこなしているから、今のところ問題はないのだが……。

「編集会議の時間だ」

「ああ」亜都子が左腕を持ち上げて腕時計を確認する。「もうそんな時間ですね」

「とにかく編集会議優先だ」

「分かってますよ。どうぞ」亜都子が、ドアに向けて右手をさっと上げて見せた。

個人マネージャーじゃないんだから、そんなことをする必要はないのに……苦笑しながら、青井は亜都子に頼みごとを一つ託して編集フロアに向かった。

ＡＭＣジャパンの本社は、新橋にあるオフィスビルの二フロアを占めていて、編集フロアは上階——十階にある。だだっ広いフロアのあちこちに机が散り、中央部には大きなテーブルが設置してある。ここが会議スペースで、毎日朝十時に編集会議が開かれるのだ。既に、ニュースタッフは揃《そろ》っている。総勢五人。この五人が記事に責任を持つデスク役で、他に記者が三十人いる。豊富な人員とはとても言えないが、今はこの人数で回していくしかない。

「始めよう」

言って腰を下ろすなり、矢継ぎ早に今日の予定の報告が始まった。

「国会は予算委員会です」

「何も出なければ軽く触れるだけで」

「サッカー日本代表は、今日現地入りしました」

「原稿は出る？」

「練習風景の雑感が軽く」

「それほど長くなくていい。それより、写真を多めに使いたい」

「広島の一家殺害事件で、容疑者が自供を始めたようです」

「それは手厚く欲しいな」

デスクたちの報告と相談を、青井は次々にさばいていった。まだまだ不十分……何しろ記者は三十人しかいないのだから、日本の出来事全てをカバーできるわけではない。

……しかし青井は、この件についてはあまり気にしないことにしていた。ＡＭＣは、アメリカではネットニュースの主流として知られているし、日本でも五年前からニュース専門サイトを立ち上げている。取材でも次第に便宜を図ってもらえるようになっていた。

難しいのは地方での取材——特に事件の取材である。田舎の警察は、ネット専門の記者を警戒しているようで、なかなか情報が入手できない。ただし、不可能ではなかった。青井は週刊誌で仕事をしていた時の経験を、若い記者たちに伝えていた。ピンポイントで警察から情報を取り、あとは周辺取材で記事の内容を埋めていく——そういう作業は、実は地元の新聞よりも週刊誌の方がよほどしっかりやっている。新聞記者は、警察に情報をもらっただけで満足してしまいがちだが、週刊誌の記者は警察に相手にされない分、周辺取材を手厚くするしかない。

「あとはいつものように、非常時対策をきちんと」

締めの言葉で会議を終えようとしたところで、デスクの一人が手を挙げたので、青井は浮かしかけた尻をまた椅子に落ち着けた。

「亡者記事ですが……日本新報の社長が亡くなったと聞きました」

「早耳だな」新報にもこの記事はまだ載っておらず——朝刊の早版には十分間に合う時間だったはずだが——青井も先ほど聞いたばかりだった。

「そこはいろいろ……どうします？　当然、亡者記事にすべき人かと思いますが」

「新報からリリースが出るはずだ。それを元に書けばいいよ」

「それだけで？」

「うちはまだ、新報と公式な関係にあるわけじゃない。通常の企業幹部の亡者記事でいってくれ」

「分かりました」質問したデスクも、それほど思い入れがあるわけではないようだった。単なる確認。

この熱のなさはどうかな、といつも思う。新聞記者時代、何か大きな事件が起きた時の、編集局の沸き立つような興奮——それを知ってしまっているが故に、ＡＭＣのスタッフの冷静沈着な態度に引っかかる。ただし今は、若い新聞記者もこんなものかもしれない。

会議が終わって立ち上がると、まだ十時十分だった。これでは会議ではなく報告会だな……自室に戻ろうと歩き始めた瞬間、背後から声をかけられた。

「社長、売りこみがきてます」

振り返ると、「特集班」デスクの浜口《はまぐち》だった。特集班は、日々の生《なま》ニュースではなく、連載などに適した素材を取材・執筆する。外部からの売りこみ原稿に対応しているのもこのセクションだ。

「内容は？」

「松田麻美《まつだあさみ》の件で」

「ああ……今更新しい材料、あるのか？」

人気女優の松田麻美が、覚せい剤の所持容疑で逮捕されてから半月が経つ。芸能マスコミの恰好《かっこう》のネタ――人気女優で、かつ一年前には青年実業家と結婚して世間に話題を提供した――で、週刊誌やテレビの情報番組は連日盛り上がっていたが、起訴を前にしてネタ切れの状態だった。

「シャブ仲間をゲロしたというんですが」浜口の口調が荒っぽいのは、全国紙の社会部で警視庁担当をしていた経験のせいだ。

「具体的には？」

「芸能人らしいですけど、名前はまだ聞いていません。買ってくれるなら話す、と言っています」

「売りこんできたのは誰だ？」よくある交渉の手口だと青井は思った。金を吊《つ》り上げたいのだろう……そもそもＡＭＣとしては金を払うつもりはない。情報に金を出さない方針は、新聞と同じだ。

浜口がメモに視線を落とし、「フリーライターで、井形《いがた》という男です」

「井形？　却下だ」青井は即座に言った。

「いいんですか？」浜口が目を見開く。「アクセス数を稼げるネタですよ」

「井形は信用できない」

「ご存じなんですか？」

「ああ。俺が週刊誌で仕事をしている時に、奴《やつ》は駆け出しのライターだった」ということは、今は三十五歳ぐらいだろうか。「基本的には使えない男だよ。それに、虚言癖がある。でっち上げのネタで、編集部が大迷惑を被ったことがあるんだ」

「ああ……それはまずいですね」

「奴はブラックリストに入れておいてくれ。それに、シャブネタでアクセス数を稼ぐのは、好きじゃない」

「仰せの通りに」一礼して浜口が引き下がった。

自室に戻り、自分でコーヒーを用意して一息つく。青井の肩書きは、AMCジャパンの社長兼編集長だ。ただし青井としては、編集長の肩書きの方を重視している。何しろ一番楽しいのは、日々のニュースのハンドリングなのだ。だから、朝の編集会議が一日のクライマックスになり、後は淡々と事務仕事をこなすことになる。今日もこの後は会議、会議……日本新報の買収問題について、アメリカ本社との調整もある。本社サイドの意向が今一つ読めないのが困るが、それは近日中に解消できると信じていた。本社のCEO、アリッサ・デリーロが来日し、この問題について最終的な決断を下すことになっているのだ。それまでに、自分の方針をはっきり決めておかないと。これは、自分がAMC日本法人の社長になって最大の仕事なのだ。

コーヒーカップを持ち、窓辺に寄る。窓辺には他に高いビルがないので、抜けるような街の景色が遠くまで続いている。ビルの密集地である新橋において絶景を望めるポジション——しかし、ありがたいと思ったことはない。どこで仕事をしようが同じなのだ。おそらく自分はこの会社でキャリアを終えることになるだろうが、また転職することになっても、今よりずっとひどい環境で仕事をすることになっても、どうでもいい。

基本さえ守れれば。

自分の基本は——ニュースを追い続けることだ。現場を外れてしまった今でも、自分の本分は「猟犬」だと思っている。隠れた事実の匂いを嗅ぎつけ、穿《ほじく》り返す。たまたま巡り合わせで会社を任される立場になってしまったが、もしも許されるなら、また現場に出たいぐらいだった。

新報を買収すれば、業務の拠点はそちらに移すことになるかもしれない。会社の組織としてはＡＭＣの傘下に入るにしても、取材のための基地としては、このビルよりも新報の本社の方がよほど適している。買収した会社に乗りこんで仕事をする……あそこにはまだ知り合いもいる。会ったらどんな顔をされるのだろう。不安なような、楽しみなような、微妙な気持ちだった。

「失礼します」

亜都子の声が聞こえた。ドアはいつも開け放しにしてあるので、社員も遠慮なしに入って来る。

「ボス、先ほどの件ですけど」亜都子が右手に持った紙をひらひらと振って見せる。

「ああ、ありがとう。ちょっと座ってくれるか」彼女に依頼していたのは、新報の組織図を用意することだった。

二人は、六人ほどが同時に着席できるテーブルに向かい合って座った。亜都子が体を思い切り伸ばし――小柄な女性なのだ――メモを押しやった。最後は人差し指で弾《はじ》いて、青井に近づける。青井はメモを拾い上げて眼鏡をかけ直し、組織図をざっと眺めた。

「なるほどね……」

「新報の次期社長は誰になりそうなんですか？」

「順当なら、編集担当副社長だ。今の新報だと、鳥井《とりい》さんだな。二代前の編集局長」

「必ず記者出身者が社長になるんですか？」

「過去に例外はないよ」

「記者の人って、お金の計算とかできそうにないですけどねえ」亜都子が皮肉を飛ばした。

「まあ、そうなんだけど」青井は思わず苦笑した。「でも、新聞社においては、間違いなく記者が主流だからね。記者にあらずんば人にあらず……とは言わないけど」

「鳥井さんって、優秀なんですか？」

「もちろん、馬鹿じゃないよ」青井はまた苦笑した。眼鏡がずり落ちそうになり、急いで人差し指で押し上げる。最近少し痩せたのか、眼鏡が顔に合わなくなってきていた。

「新報の編集局長にまでなる人が、能無しのはずがない。金の計算ができるかどうかは分からないけど」

「人望はあるんですか？」

「それは分からない。個人的には知らないんだ」

青井は、二十年も前に新報を辞めた。その時、鳥井はどのポジションにいたか……四十歳ぐらいだから、政治部のデスクだっただろうか。現場の記者から、実際に紙面を作るデスクへ転身する年齢——日本の新聞記者は、現場の寿命が短過ぎる。

「この人になったら、完全にゼロから交渉がリスタート……じゃないですよね？」探りを入れるように亜都子が言った。「あの会社とやり取りするの、結構面倒じゃないですか」

「別に、君が苦労しているわけじゃないだろう」

「でも、まだるっこしいですよ。交渉っていう感じじゃないですよね。毎回料亭で豪華な会席料理とか……料亭で会合するような余裕があるなら、身売りする必要もないんじゃないですか？」

「それは、日本の企業の文化だから」こんなことを亜都子に言っても理解されないかもしれないと思いながら、青井は説明した。

「変な文化ですねえ」亜都子が鼻を鳴らす。

それを無視して、青井は新報の組織図をさらに見ていった。順当にいけば、次期社長は鳥井。しかし、本当にそのままいくだろうか。青井の視線は、組織図の下の方へ向かった。そうだ……ダークホースが一人いる。

「もしかしたらだけど、この人が上がってくるかもしれない」

亜都子が青井の指先を見つめた。指の下には、副社長で九州本社代表の、新里の名前がある。

「九州本社の新里さん？　この前まで、東京本社の編集局長だった人ですよね」

「ああ」

「九州に飛ばされたんじゃなかったでしたっけ？」

「あれは、向こうの副社長が病気療養に入ったせいだ。一種の玉突き人事だな」

「玉突き人事って？」亜都子が不思議そうに聞き直した。人生のほとんどをアメリカで過ごしている彼女は、時々日本語の慣用表現に戸惑うことがある。

「一つ動いたら、それに連動して順次動く……玉突きって、そういうものだろう？」

「ビリヤードのことですか？　玉の動きはもっと複雑ですよ」

「まあ……とにかく、そんな感じだ」彼女は変なところにこだわるんだな、と青井は苦笑した。「とにかく、大穴で新里さんが東京へ戻って来る可能性もある」

「飛び級みたいな人事ですよね」亜都子が指摘する。

「そうだな……ただ、新里さんは優秀な人だから。長期的視野に立って、今後の新報のことを考えるなら、新里さんに社長をやらせるのも手だと思う。長期安定政権になるんじゃないかな」

「それはちょっと違うんじゃないですか？　買収が完了したら、社長としては残らないかもしれないし」

「そこは、また後で心配すればいい話だよ。今は、次の交渉相手が誰になるか、それだけ考えていればいい」

青井は、新里の名前を二度、指先で突《つつ》いた。新里か……確かに切れる男だ。切れ過ぎる、とも言える。過去の嫌な記憶が、もやもやと蘇《よみがえ》ってきた。

「ボス？　何か？」亜都子が怪訝《けげん》そうな口調で訊ねる。

「いや、何でもない」首を横に振り、青井は過去を頭から消し去ろうとした。二十年も前のことではないか……あれからいろいろなことがあった。新報を辞めた以上に屈辱的な経験もしている。もはやどうでもいいと考えようとしても、すっきりしない。

いつまでも過去にこだわっていたら前へ進めないんだよな、と青井は情けなく思った。

3

参った……南はぐったり疲れ、椅子の上で姿勢を崩した。辛うじて尻が引っかかっているだけで、床に突っ張った両足で体を支える。かつて精神的、肉体的に、こんなにくたびれたことがあっただろうか。今はとにかく横になって、十分でもいいから眠りたかった。しかしまだ、それは許されない。

小寺の葬儀。密葬で、という話だったが、実際には家族だけで済ませるわけにはいかなかった。公務——会社関係の人間が何人も顔を出し、受付を任された南はてんやわんやだったのだ。まあ、駅から斎場まで道案内をやらされなかっただけましだよ、と自分を慰める。今日はひどく冷えこみ、案内板を持ってずっと立ち尽くすのは、拷問のようなものだっただろう。

参列者の受付が途切れた後で、交代で焼香することになっている。これが小寺との永遠のお別れか……と考えても、さほど感慨はない。小寺と自分の関係は複雑なのだ。小寺にすれば南は、新報の評判を落とした誤報を書いた張本人。

社長室に引っ張られて早々、南は小寺に直《じか》に呼びつけられたことがある。提出した報告書の文面について、ねちねちと文句を言われたのだ。あんな風に文章に駄目出しされたのは、入社直後、原稿の書き方も分からず悩んでいた頃以来だっただろう。

三十分も絞り上げられ、げっそりして自席に戻った南を気遣ってくれたのは——社長室の同僚の酒井優奈《さかいゆうな》だった。南があまりにもダメージを受けていたのが一目で分かったのか、「どうしたんですか?」と声をかけてくれたのだ。

南にすれば、眼前に垂らされた細い救いの糸。社長室に来てから、何となく疎まれているように感じていて、周囲の人間とはろくに話したこともなかったのだが……優奈は自分を人間扱いしてくれた、と思った。何だか妙に安心してしまって——心配そうな優奈の表情や喋《しやべ》り方は、南の心を溶かした——小寺に絞られたことを明かしてしまったのだ。

「大丈夫ですよ」優奈は平然として言ったものだ。「いつものことです。明日になれば忘れてますから」

「まさか」

「ころころ変わる人なんです」笑顔を見せながら優奈が言った。

そんなはずはあるまいと思ったが、翌日、小寺は南を昼食に誘い、前日叱責したことなどなかったかのように、上機嫌で蕎麦《そば》をたぐり続けたのだ。意味が分からないと混乱もしたが、後に小寺の動きを見ていると、優奈の説明は本当だったと分かった。朝令暮改。命じたことを一時間後には否定する。気まぐれなのか物忘れが激しいのかは、南には判断できなかったが。

それ以来、優奈とはよく話すようになった。記者職とは違う、社長室独特のしきたりを教えてくれたのも彼女である。

南は無意識のうちに、優奈の姿を探してしまった。いた……当然喪服姿で、焼香の列に加わっている。今日はお疲れ様の意味もこめて、思い切って食事にでも誘ってみようか。気になる存在だが、上手《うま》く切り出すタイミングがなかったのだ。

焼香する際、祭壇の写真を見ないように意識した。この写真は社長室長が最終的に選んだのだが、遺影としてはどうなのだろう。いつどこで撮られたものか分からないが、どうにも傲慢に見えるのだ。いや、小寺はいつも傲慢な表情を浮かべていたのだが……。

下を向いたまま焼香し、両手を合わせてから深々と一礼。視線を上げずに、家族の方へ体を向けて、もう一度頭を下げた。これで面倒な義務は終了。

後は火葬場へ。それを見送ったら、社長室としての仕事はもう終わりだ。あとは家族やごく親しい友人たちだけがつき添うことになるだろう。今日はもう、これで引き上げさせてもらいたいところだが、一度会社へ戻らなければならない。溜息をついて受付に引き返したところで、思わぬ人物――ここにいてもおかしくはないが――に会った。新里。

「車はあるか」新里がいきなり、不機嫌な口調で切り出した。

「用意します」

「社長を見送ったら、会社へ戻りたい」

「分かりました。すぐですね？」

「ああ」

南は新里の顔を真《ま》っ直《す》ぐ見た。この男とも因縁が深い……蘇った嫌な記憶を、南は一瞬で打ち消した。もはや全てが過去だ。小寺が死んだ今、全てを水に流してもいいのではないだろうか。

南はその場を離れ、会社に電話を入れた。新里用に車を一台回してもらうように頼んで、また溜息をつく。こんな仕事をするようになるなんて、思ってもいなかった……記者として入社し、それなりに頑張ってきたつもりなのに、十年も経たないうちに取材現場から外されてしまうとは。社長室の仕事は刺激が多い――会社の中枢に直接つながる内容ばかりだ――ものの、取材現場の興奮を超えるようなことはない。ここでの仕事は大事なものだと分かってはいたが、どうにも釈然としなかった。

三十分後に出棺。深々と頭を下げて見送った後、南はすぐに、新里用の車を確認した。斎場の駐車場で待機中。新里を探して、駐車場へ案内する。

「君は会社へ戻るのか？」

「少しこっちで後片づけがありますが、その後で戻ります」

「一緒に来い」

「いや、自分はまだここを離れられないので」

「石島室長には言っておく。君も一緒に来てくれ」

そう言われると断れない。面倒な後片づけから逃れられるのはありがたいが、会社まで新里と二人きりというのは気が重かった。何を言われるか想像もつかず、嫌な予感ばかりが膨れ上がっていく。

車が走り出すと、新里がすぐに口を開いた。意外なことに弱気な台詞《せりふ》だった。

「参ったな」

「いきなりでした」

「いや、今考えると前兆はあった。小寺さんは、よく愚痴を零《こぼ》していたからな」

「体調が悪かったんですか？」

「自覚するほど不調ではなかった。ただずっと、人間ドックで数字がよくなくてね。もう何年もそういう状態が続いていたんだ」

「ええ」

新里が、シートの上で体を揺らした。居心地が悪いようだ……長身なので、足元が窮屈なのだろう。いや、落ち着かないのはそのせいばかりではあるまい。

「どうやら私が後を継ぐことになるようだ」

「はい」南は意識して背筋を伸ばした。新里が次期社長ということは、既に公然の秘密として語られていた。ただし、正式に就任に向けて動き出すのは、葬儀が終わった明日以降、ということになっている。仮に現時点で何かあっても、会長の早坂が代表権を持っているから対処できるわけだ。

「話は聞いているだろう？」

「小寺社長から直接聞きました」

「君に何か託したのか？」驚いたように新里が訊ねる。

「いや、託したというか……」南は、小寺が搬送される直前の様子を説明した。

「意識はあったのか？」

「言葉は、はっきりしていました」

「そうか……皮肉な話だな。最後に、一番重要なことを言った相手が君だとは」

「自分が会社に迷惑をかけたのは分かってます」南は、新里の皮肉っぽい言い方にかちんときて、乱暴に言葉を返した。

「それは私も同じだ」

「それなら局長――副社長が、小寺社長の後を継ぐのは、何か変じゃないですか」

「はっきり言うな、君も」新里が小さく声を上げて笑う。「私が九州へ行ったのは、左遷だと思っているだろう」

「いや、別に……」

「否定しなくてもいい。実際に左遷だったんだから」

左遷どころか、辞職に追いこまれてもおかしくない裏工作があったのだ。新里は、小寺と政治家の不適切な接近を諫《いさ》めようとして、小寺に煙たがられた。小寺のやり方も褒められたものではないが、新里の行動は、会社に対する裏切り行為と取られても仕方がない。しかし新里は執念深く……実際にその後で、南に事実を書かせようとしたぐらいだ。

「すみません……はっきり言っていいですか」南は切り出した。

「言うなと言っても君は言うだろう。それが飛ばし屋の体質だから」

それとこれとは違うと思ったが、南は反論しなかった——できなかった。少なくとも、自分が飛ばし屋なのは間違いない。そうでなければ、甲府支局時代、手柄を焦って誤報を飛ばしたりしない。

「左遷されたなら、どうしてすぐに戻って来られるんですか？　しかも社長になる……私の常識では、そういう人事はありません」

「君が知っている人事なら、確かにそうだろうな。官僚組織でも会社でも、一度王道の出世コースから外れると、元に戻るのは難しい」

「ええ」

「ところが、小寺さんは変節する人だ……君も知っての通り」

ふいに、数か月前に新里と交わした会話を思い出す。二人きりで六本木で会った時の、新里の罵倒と言ってもいい台詞。「あの人は、その場その場の判断で、適当に方針を変えるんだ。長期的なビジョンがあるわけじゃない。目の前の困難から逃れるためなら、昨日は左と言っていたのに今日は右と言い出す人だから」。自分の上司——大マスコミのトップに対する批判として、これ以上ひどいものはあるまい。トップの資格なし、と断じているようなものだ。

「年明けに東京へ来た時、小寺さんと呑んだんだ」

「ええ」和解したのか、と南は驚いた。九州へ行く前の新里は、小寺とはいい関係とは言えなかったはずだが……。

「その時に、いろいろ話をした。小寺さんはもう、気が変わっていたよ。次の社長を頼むと言われたんだ」

「喧嘩《けんか》したのに、ですか？」

「喧嘩はしていない」新里が軽く声を上げて笑う。「面と向かって小寺さんと遣《や》り合ったことは一度もないんだから」

「そうなんですか……」社長室で緊迫感溢《あふ》れる対決があったのでは、と想像していたのだが。

「三池《みいけ》との関係は切った、と言われた」

「そうなんですか?」問題の、小寺と不適切な接触があった政治家。二人は、ネット規制について密談を繰り返していたのだ。今考えれば、あれは言論封殺であり、マスコミの人間が行うべきことでは絶対にない。

「詳しい事情は聞いていないが、何かあったようだな」

「新しいスキャンダルですか?」

三池は、いろいろと黒い噂《うわさ》のある人間である。これまでは上手くスキャンダルをすり抜けてきたものの、いつどこでつまずいてもおかしくない、と言われていた。

「そこは分からない。ただ、小寺さんは、『三池とはもう話ができない』とはっきり言っていた。その流れがあって、私を戻すつもりになったのかもしれない」

「そうですか……」それにしてもこれは小寺の「変節」だ。九州へ赴任させてからわずか二か月ほどで、自分の後継に新里を指名するとは。

「会長の口添えもあったらしい」

「そうなんですか?」

「ああ。早坂会長は、私の九州への異動には反対だったようだ。もちろん、三池との関係については、早坂会長ははっきりとは知らないはずだが……」

新里の口調には戸惑いが感じられた。新里以上に南は戸惑っていた。上層部の、狐《きつね》と狸《たぬき》のばかし合い――知りたくもなかった。巻きこまれたら、「厄介な」という程度では済まないだろう。

「いずれにせよ、私は一年で東京へ戻ることになっていたようだ。小寺さんと早坂会長は、その点では意思統一ができていたらしい。今回は、それが早まるだけだ」

「そうですか……忙《せわ》しないですね」

「慣れている。新聞記者には、引っ越しがつきものだからな」

新里が自分を「新聞記者」と呼ぶことには違和感があった。自分で記事を書かなくなった人間は「記者」と名乗れないのではないか。もちろん自分もそうだ。社内の身分的には、まだ「記者職」なのだが、社長室に異動してから一本も記事は書いていない。このまま、いずれは「記者職」も外されるのではないかと思うと、怖かった。自分はやはり、取材の現場でしか生きられない人間だと信じている。

「しかし、そんなにころころ方針が変わるものなんですか？」南は首を傾げた。確かに小寺は、すぐに前言を翻すタイプではあったが……。

「社長室にいて、その辺はよく分かったんじゃないか」

「よく分かりません。直接社長とやり取りするようなことは、あまりありませんでしたから。避けられていたのかもしれません」

「なるほど」

「なるほどって、何がなるほどなんですか」新里は、いかにも裏の事情を知っていそうだった。

「この前、君と話した時、私は君の異動をほのめかした」

「ええ」

南は思わず顔を両手で擦った。あの時、新里は何と言ったか……。「会社員には、異動というものがあるんだ」「君は危険人物なんだ」「放り出すと、何を書かれるか分からないから。だから社内には置いておく」。新里の台詞が次々と脳裏に蘇る。

「君が社長室に異動になったのは、小寺さんの直接の意向だ」

「そうですか……」だいたいそんなところだろうと思っていた。新里の発言を総合して考えれば、あの時に既に予想できていて然《しか》るべきだった。

「君は飛ばし屋だ」新里が遠慮なく指摘する。「ただし飛ばし屋というのは、必ずしも否定されるべきものではない。飛ばすほどの材料を摑める記者は、そんなに多くないからな。結果的に飛ばし記事になってしまうのは、周りの責任もあるんだ。入念に取材内容と原稿をチェックして、掲載するかどうか決めるのはデスクの仕事だ。君は、周りの人間に恵まれていなかっただけかもしれない」

「そんなことはありません。全部自分の責任です」誤報の責任を、支局のデスクや支局長に押しつけるわけにはいかない。

「君には能力はある。そういう人間を馘《くび》にするとどうなるか……会社を恨んで、攻撃をしかけてくるかもしれない。会社としては、わざわざ敵を作ることはないと思わないか？」

「……ええ」

「飼い殺しというと言葉は悪いが、手元に置いて監視しておいて、いずれ使えるチャンスを待つ——それが小寺さんの狙いだったんだと思う」

「会社の犬として飼い慣らそうとしたわけですか」南は思わず皮肉を吐いた。

「そこまで卑下することはない。君が今でも会社から給料をもらっているのは事実だろう」

「はい」何だか情けなくなる。この異動を蹴って、会社を飛び出す選択肢もあったのではないか……しかし、「三十歳の元新聞記者」が簡単に再就職できるほど、景気はよくない。金とプライドを天秤《てんびん》にかけて、単純に金が勝ったということだ。

「取《と》り敢《あ》えず君には、引き続き社長室で仕事をしてもらおうと思う」

「今まで通り、ということですね」

「いや……特化してだ」

「何にですか？」

「身売りに関して」

南は、体の芯がきゅっと硬くなるのを意識した。今現在、新報が抱える最大の課題。ただし社長室にいても、交渉がどうなっているかはまったく知らない。あくまで社長の専任事項だったのだ。

「これから、身売り交渉は新たな局面に入ると思う。君には、全面的にその仕事に注力してもらいたい」

「どうして私なんですか」

「私は君をよく知っているつもりだ。君なら、こういう仕事もきちんとこなせるだろう」

「過大評価です」南はすかさず言った。実際にそうだと思うし、これ以上ややこしい事態に巻きこまれると、自分がどうなるか分からないという恐怖もある。いつか現場に復帰するために、今は一つのヘマも許されない。

「君は会社に迷惑をかけてきた。このタイミングで罪滅ぼしすべきではないか」

自分のことは棚に上げるわけだ、と白けた気分になる。社長を諫め、さらに三池との不適切な接触を俺に公表させようと画策した男が……。

斎場から銀座の本社までは車でわずか二十分ほどで、二人の会話は中途で終わってしまった。こんな話は、社内では続けられない。

「今の話は……私には荷が重すぎます」車を降りる直前、南は逃げにかかった。

「いや、君ならできる。私には、信頼できるスタッフが必要なんだ」

「そもそも、本当に身売りしないといけないんですか？」前代未聞の話だ。戦時中、そして戦後の一時期に統合・混乱を経験した後は、日本の全国紙は同じ顔ぶれで新聞を発行し続けている。仮に買収されて、題号が変わるようなことになったら、日本のマスコミ史に残る大事件だ。

「君が想像しているよりずっと、新報の財政状況は悪い。現在だけじゃない……将来においても立ち直る材料はないんだ」

「部数減のためですか」

「それが一番大きな理由だ。東日本大震災以降、うちがどれぐらい部数を減らしたか、分かってるだろう……十万部減ると、単純計算で月に四億円のマイナスだぞ？　売上がそれだけ減れば、普通の会社なら経営危機だ」

「給料カットでは間に合わなかったんですか」三年前、南がまだ支局にいた頃に給料カットが行われた。それに続いて希望退職も募られ、相当数の社員が会社を去っている。あれも、業界内では「地殻変動」と騒がれたものだ。つまり、新報の経営不振は長く続いている。

「そういうことになる。経営陣の怠慢だな」

その「経営陣」が新里本人のことを指しているのかどうかは、南には分からなかった。

自虐的な台詞を吐けば許される問題でもないだろうが……。

「とにかく、日本新報の名前を残す——同じ題号で新聞の発行を続けることが一番大事なんだ。そのためには身売りも仕方がない」

「しかし、実際にはそんなに簡単なものではないでしょう」

社長室に来てから、この話を聞く——密《ひそ》かにだが——機会が多くなり、南は自分なりに条件を調べてみた。新聞社の株式売却に関しては、戦後すぐに制定された「日刊新聞紙の発行を目的とする株式会社の株式の譲渡の制限等に関する法律」で、譲渡制限の項目がある。要は、「変な人間に新聞を経営させない」のが狙いで、新報の定款にも譲渡制限は謳《うた》われている。表現は堅苦しいのだが、マスコミ関係以外の企業には譲渡しない、というのが要諦だ。ただその条件は、定款変更で対応できるらしい。この項目を削除すれば、相手が銀行だろうが外資系企業だろうが株式、つまり経営権の譲渡は可能になる。

最終的には株主総会で決定されるとはいえ、非上場企業である日本新報の株主総会は、一般の上場企業のそれとはだいぶ違う。何しろ株主は、全て会社に深く関係した組織や人間ばかりで数も少ない。社員持ち株会、関連会社、それに創業者一族……実際には、株主総会を開く前の根回しで全てが決まってしまうだろう。

「そう、まだまだ問題はある。最終的に条件が詰まるまでには、乗り越えなくてはならない壁がたくさんあるだろう。経営陣は身売りすることで意思統一はできているが、組合との交渉は難航しそうだしな……そういうことに、君にも絡んで欲しいんだ」

「意味が分かりません」

「ここで上手く立ち回らないと、君の将来も危うくなるぞ」

「脅すんですか」南は思わず唾を呑んだ。

「身売りに際しては、大規模なリストラが行われると思う。その際、きちんと会社に残って、その後は希望の部署に行くことも大事じゃないか？　このご時世、会社から放り出されたら、再就職は難しい」

まさに脅迫だ。新会社になっても残してやるから、自分の言うことを聞け——だが南は、これ以上抵抗できないと悟った。仮に今、「編集局に戻して欲しい」と言っても、受け入れられないだろう。そういうことを何度も繰り返していると、「面倒な奴」という評判も定着してしまう。そうでなくても自分は、「誤報を飛ばして新報の信用を失墜させた男」なのだ。部数減の原因を、あの誤報から続く一連の騒動のせいだ、と密かに非難する人間すらいるのも知っていた。

「正式に社長に就任したら、身売りに向けてプロジェクトチームを作る。その際には、君にもチームの一員になってもらう」

「局長——副社長」今、この男をどの肩書きで呼べばいいのか、混乱してしまう。新里は気にしていないようだったが。

「何だ」

「新里さんは、身売りに関しては推進派なんですか」

「推進派も反対派もない。新報が生き残る道はそれしかないんだ」

4

「ではそういうことで、一つよろしくお願いします」

「承知しました」

三池は表情を緩めてうなずいた。

「それにしても、ご面倒をおかけします」

「いやいや、うちのスタッフは優秀ですから。今後はスタッフにきちんと対応させます」

「申し訳ございません」

三池は立ち上がった。何度頭を下げられても状況は変わらない。やると決めたらやる。面倒な礼儀など必要ない。だいたい、いつまでも居座られたら困るのだ。相手もこちらの心中を察したのか立ち上がり、最後にまた深々と一礼して、部屋を出て行った。

ようやく……三池は足元に置かれた紙袋を持って自分のデスクにつき、内線電話で秘書の渡《わたり》を呼び出した。渡はすぐに部屋に入って来た。もう二十年も一緒に仕事をしていて、面倒な仕事を進んで引き受ける便利な男である。今年四十五歳になるにもかかわらず、依然としてフットワークは軽い。

「これを適当に頼む」

座ったまま、三池は紙袋を差し出した。受け取った渡が、眉をひそめる。

「ずいぶん重いですね」

「中身は見ていない」

「では、ちょっと失礼して……こういうのは早めに確認しておいた方がいいです」

「ああ」

目の前で金勘定をされるのは嫌なものだが、渡の言うことには一理ある。早め早めに金を処理するのは、この商売の基本だ。

渡がデスクの向かいにあるテーブルにつき、紙袋に手を突っこんだ。中から菓子折りを取り出し、蓋を開ける。せんべいか……と三池は鼻を鳴らした。重さを抑えるために、羊羹《ようかん》ではなくせんべいを選んだのだろう。

渡がせんべいを全部取り出し、その下から札束を拾い上げた。五百万だ、と三池はすぐに見て取った。百万円の札束が五つ。結構な額とはいえ、今回の依頼にはこれぐらいの価値がある。

「五本です」渡が右手をぱっと広げて言った。

「多いな……それだけ面倒な話だ」

「分かりました」内容も聞かぬまま、渡があっさりと引き受けた。

「ただし、深追いしてはいけない。あまり首を突っこむと、後々厄介になる」

「引き際が肝心ですね」

「ああ」

「承知しました。ところで、この金は安全ですか？」

「もちろんだ」

「了解しました」

うなずき、渡が札束を丁寧に菓子折りに戻した。ふと顔を上げ、「せんべいはどうしましょうか」と真顔で訊ねる。

「それは、皆で食べてくれ」三池は思わず苦笑した。渡は時々、真面目なのかボケているのか分からなくなる。真剣な表情で、冗談とも本気とも取れない台詞を吐くのだ。

「精夏堂《せいかどう》の濃密醬油《しょうゆ》味《あじ》ですね」

「それが何か？」精夏堂は、地元の甲府で明治時代から続く和菓子屋だ。

「うちの子どもが好きでしてね」

「ああ、持って帰ってくれ」三池は思わず、蠅《はえ》を払いのけるように手を振った。今のは本気なのだろうか？

「では、ありがたく」

「依頼の内容についてだが……」

渡はうなずき、メモ帳を広げた。昔からこうだ……些細《ささい》な話でも、必ずメモを取る。

三池は端的に状況を説明した。

「後で改めて連絡を取って、詳細を詰めてくれ。厄介な話だが」

「そのようですね……何とかします」一礼して、渡が袋を持って立ち上がる。実際に厄介な話なのに、何とも思っていない様子だった。

渡を送り出し、三池はお茶を飲んだ。すっかり温《ぬる》くなっているのだが、最近は淹《い》れての熱いお茶よりも、少し冷めた方が好みである。熱い物が喉に沁《し》みるのだ。病気かもしれないと不安になる反面、その他には特に異常もないので、病院に足を運ぶ気にはならない。政治家の最大の敵は病気だ。医学が進歩した現在では、一昔前なら絶対に助からなかった病気から生還する人も少なくない――とは言っても、これまで病気知らずだった三池にとって、病院は恐怖の場所だ。

まあ、いい。

一つ一つの仕事を丁寧に進めるだけだ。

世の中の人間は、政治家がどれだけ頼みごとを持ちこまれるか知ったら驚くだろう。

それに文句を言う人がいるのも分かる。だが、批判をする前に、政治家を使ってみればいいのだ。我々は選挙で選ばれ、税金で生きていく立場。有権者には、政治家を有効活用する権利がある。

5

取締役会、臨時株主総会を経て、新里のトップ就任はあっさり決定した。身売りのプロジェクトチームに関しては、その後、特に進展がなかった。いつ声がかかるのかと不安になりながら、南は日々の業務をこなしていた。もしかしたら新里は忘れてしまって、車の中で話したことは「なし」になるかもしれない。

二月も下旬に入った月曜日、南は午前中の仕事を終えて、遅い昼食に向かった。とはいっても、外へ行く気にはならず、社食だ。社長室に異動してから、ここで食事を摂《と》る機会が増えた。いつ呼び出しがあるか分からないから、なるべく社内で待機ということなのだ。しかし社食の料理がそんなに美味《うま》いわけもなく、いい加減うんざりしている。昼食ぐらい、外で好きな物を食べたいのに……人に言われるまま、右往左往していた社会部の警察《サツ》回り時代の方が、まだましだった。基本的に本社には席がなく、ずっと外で仕事をしていたから、いろいろな店を発掘できた。

今日は蕎麦……社食でも、蕎麦は比較的ましなメニューだ。せいろにいなり寿司を二つつけただけの、侘《わび》しい食事。これで値段は、だいたい外で立ち食い蕎麦を食べるのと一緒である。

さて、手をつけようかと箸を持った瞬間、声をかけられる。

「今頃、飯か？」

箸を宙に浮かしたまま、顔を上げる。同期の辻《つじ》。相変わらずの丸顔に童顔で、二十代の前半にしか見えない。しかし既に、社会部ではエースなのだ。警視庁クラブから警察庁担当という王道の取材コースを歩み、現在は遊軍。今後も、いかにも社会部のエースらしい道を歩いていくだろう。四十歳で警視庁キャップ、その後はデスク、五十になる頃には社会部長——ヘマさえしなければ、そういう出世ルートが開けているはずだ。

「ちょっと午前中の仕事が長引いてね」南はざっくりと説明した。

「社長室も大変だな」

「俺の仕事が遅いだけだ」南は自虐的に言った。同期の中ではいち早く地方勤務から本社に上がり、社会部の王道を歩いている辻——南から見れば、眩《まぶ》し過ぎる存在だ。もしかしたら彼のキャリアは、自分が歩んでいたかもしれないキャリアである……羨ましいとは思うものの、辻の場合、童顔のせいでどうしても憎むまではいかない。得なタイプだな、とつくづく思う。

「社長室の仕事か……俺には想像もできないし、やれそうにないけどな」

「役員のご機嫌を取って、スムーズに仕事してもらうのは大変だよ……お前は？」

「ああ、今日は夕刊の当番だったんだ」

南は視線を上げて壁の時計を見た。既に午後二時過ぎ。夕刊遅版の最終締切は午後一時近くだから、ゲラのチェックを終えて、ようやく昼飯にありつけたのだろう。

「今日は何か？」

「いや、退屈な紙面だった」辻が首を横に振った。「デスクが四苦八苦してたよ」

「そうか」

社長室には、夕刊は各版ごとに刷り上がりが届けられる。しかし今日は、十一時半頃にできあがる早版の完成紙面に目を通している暇さえなかった。

二人はしばらく無言で、食事に専念した。蕎麦は茹《ゆ》で置きで少し伸びているが、箸をテーブルに叩きつけたくなるほどひどい味ではない。辻はカレーに生卵をトッピングしていた。

「身売り話の方、どうなってる？」

カレーと卵を混ぜ合わせながら、辻がいきなり訊ねる。唐突な話題に、南は噴き出しそうになった。咳《せ》きこみながら答える――曖昧に。

「今は止まってるんじゃないかな」

「相手は外資……AMCだよな。あそこ、そんなに財力があるのかね」

「逆に言えば、うちにどれだけ資産価値があるか、だ」

「上場企業だったら、時価総額で会社の価値が分かるけど」辻がうなずき、カレーを丁寧にこね続ける。もはや生卵は影も形もない。「うちは非上場だからな……実際、新報の価値ってどんなものなんだろう」

「分からないなあ」南は箸を置いた。昔から、新聞社の財産は人材だけ、とも言われている。もちろん、都心の真ん中に不動産を持っていて、そこからの収入に頼る社もあるのだが、新報は現在、大きな不動産物件を持っていない。ほぼ、この本社ビルだけと言っていいだろう。

「東日《とうにち》みたいに、不動産が何件もあるといいんだろうけどな」辻が零した。

「あそこは一時、新聞社というより不動産業みたいだったらしいよ」

「そうなのか？」辻が目を見開く。

「バブルの頃に、結構不動産に手を出して、しかも全部上手くいってる」その辺の情報は、社長室に異動してから知ったことだった。「不動産の売買や管理って難しいんだけど、東日にはその道のプロがいたのかもしれないな」

「で、うちは？」

「二十年ぐらい前に、所有不動産をほぼ全部処分した。当時はそれで借入金をクリアにしようとしたんだろうけど、今考えると失敗だったんじゃないかな」南はまた箸を持ち、いなり寿司を食べようとしたものの、もう食欲は失せてしまっていた。会社の噂話は、食欲増進剤にはならない。何とか口に押しこみ、必死で咀嚼《そしやく》する。

「目先の借金を返すことに焦ったわけだ」馬鹿にしたように辻が言った。

「当時の経営陣はそういう判断だったんだろうけど……読みが甘かったよな。その後、多少景気が回復して、都心部の不動産事情も好転したんだから、我慢して不動産を持っていれば、今も家賃収入が期待できたはずだ」

もっとも、不動産を手放したのは、老朽化も大きな原因だった。例えば新宿にあった「日新《にっしん》ビル」。その名前よりも、メーンのテナントだった「日新劇場」の方が一般には馴《な》染《じ》んでいるかもしれない。演劇やコンサートの会場として使われて四十年以上……建て替えの費用などを計算した結果、手放すことになった、と南は聞いていた。どうやら劇場側と、建て替え後の家賃の関係で折り合いがつかず、交渉が決裂したらしい。

「身売りは上手くいくのかね」辻がぽつりと漏らした。「社長も代わったし、交渉はゼロからやり直しになるんじゃないか？」

「それは、俺はよく知らないけど」

「社長室にいても？」上目遣いになって、辻が疑わしげに訊ねる。悪戯《いたずら》っ子《こ》のような表情……取材相手は、邪気のないこの顔つきに騙《だま》されて、つい喋ってしまうのかもしれない。

「俺みたいな下っ端には関係ないさ」

「そうか」

「実際、そういう動きには全然嚙《か》んでないし」新里のプロジェクトチームにも、まだ具体的な動きはない。

「そうなんだ」

「社長室って言っても、仕事はいろいろだから……お前の方こそ、どうなんだよ。相変わらず忙しいのか？」

「まあまあかな……正直、ちょっと上の空ではあるけどね」

「お前が？」辻はそういうタイプではないと思っていた。常に地に足をつけて、慎重に取材する記者……。

「買収されたら、会社はどうなるんだろうな」

「そんなに変わらないだろう」

「そうかなあ」スプーンを持ったまま、辻が手の甲で顎を撫でた。「相手は外資だろう？　ニュース系のウェブサイトだから業態的には近いようにも見えるけど、実際には新聞とは全然違うんじゃないか」

「その辺は、俺には分からないけど……」南は曖昧に言ったが、実際にもまったく予想できない。

「一つ、嫌な予感がしてるんだ」辻の表情が暗くなる。

「どんな？」

「紙の新聞の発行停止、とかさ」

「まさか」南は目を見開いた。「それじゃ、新聞がなくなるのと同じじゃないか」

「いやいや、ニュースは流れるわけだから、新聞がなくなるとは言えないんじゃないかな。うちだって、ウェブでニュースは配信してるんだし。紙からウェブに替わる、つまりメディアという入れ物が替わる……特に根拠はないけど、そんな予感がするんだ」

「確かに、AMCはそういう会社だけど」

言われて、南もにわかに嫌な予感に襲われた。AMCは、アメリカのローカル紙を次々に買収し、紙の新聞の発行を停止して、ウェブサイトのみでニュースを流すビジネスモデルを打ち立てようとしている。上手くいっているところもあるし、早々と失敗に終わったケースもあるが、今後の新聞のあり方として、注目はされている。

「そういう時代なんだろうなあ。インディペンデントも完全電子化だし」辻が遠い目をして言った。

イギリスの高級紙・インディペンデントの完全電子化のニュースは、メディア業界を揺るがした。一時は四十万部を誇った部数は、最盛期の十分の一まで激減し、その結果の紙の廃刊——経営陣の無能さ、電子化の出遅れなど様々な要因が指摘されているが、いずれにせよ「紙が消える」という事実は衝撃をもたらした。

「向こうとは事情が違うだろうけど」南は少しだけ反論を試みた。

「だけど、世界的にはそういう流れは止められないんじゃないかな。俺たちが定年になるまでには、紙の新聞は全部姿を消しているかもしれない」辻の声は暗かった。

「ああ……そうなったら、二十四時間ニュース垂れ流しの地獄になるだろうな」

「確かに」

新聞記者の仕事はきつい、とよく言われる。実際、辻など、警視庁クラブにいた頃には、午前五時に朝駆けの迎えの車がきて、夜回りを終えて家に戻るのは午前二時という、滅茶苦茶な生活が続いていたという。家にいるのは一日三時間だけ。これで体を壊さない方がおかしい。

それでも、新聞には一日に二度、締切がある。夕刊と朝刊が終わった後の静けさは、まさに「一時休戦」という感じで、途切れなく続く仕事の切れ目になっている。それがウェブになると、もはや「締切」の感覚がなくなる。朝の五時だろうが夜中の二時だろうが、何か起きれば取材して記事を流さねばならず、記者の負担は今よりはるかに大きくなるだろう。そしておそらく、会社の組織も大きく変わる。事件・事故に対応する社会部や地方支局の人数は拡充しなければいけないだろう。時差のある海外の取材を担当する外報部も然り、だ。

それだけ頑張っても、果たして今まで通りの収入を得られるかどうか。仕事がきつくなって生活レベルが下がったら、多くの記者が逃げ出すのではないだろうか。正義感や社会的な責任感だけでは、仕事はできない。

「記者の仕事もきついけど、体が慣れてるんだよな。俺にはこれしかできないだろうし……あれこれ考えると不安になるよ」

「分かるけど、俺たちにはどうしようもないぜ」

「お前なら何とかしてくれると思うけど」

「まさか」南は声をあげて笑った。「俺はただの下っ端だから。大事なことは、上でしか決まらない」

その言葉は本当だった。しかし自席に戻った瞬間、南は大きな渦に巻きこまれたのを悟った。

新里に呼ばれたのだ。

社長室には何度も足を踏み入れたことがある――そもそも小寺が倒れた瞬間をこの目で見ている――が、新里が新社長になってからは、入るのは初めてだった。何というか……未《いま》だに引っ越し中という感じ。あちこちに積まれた段ボール箱の中には、まだ開封されていないものもある。小寺の本で埋まっていた書棚はほぼ空になり、新里の本が入るのを待っていた。

南はデスクの前で休めの姿勢を取り、新里の言葉を待った。新里がいきなり立ち上がり「そっちで話そう」とソファを指さす。南は新里の向かいに腰かけ、できるだけ浅く座るように気をつけた。一方、新里は足を組み、リラックスした様子だった。

「AMCとの交渉は、基本的に小寺さんが一人でやっていた。もちろん社長室の人間は同席していたが、基本合意を決めるまでは、全部自分でやるつもりだったんだろうな」

新里がいきなり話し始める。

「ええ」最初から説明するつもりだな、と南は覚悟を決めた。新里は時に、説明が長くなりがちである。座るよう指示したのも、長話になると自分で分かっていたからかもしれない。

「基本、私がその役目を引き継ぐ。ただしこれ以降は、交渉の場には君が必ず同席して欲しい」

「私ですか？」南は思わず唾を呑んだ。「そういう重要な役目は……」

「今後、社長室の仕事の中心は、会社の売却交渉になる。当然、社内の調整や、株主への説明も必要になってくるが、そういう内部の仕事と外仕事とどちらがいい？」

「それは……」

南は言葉に詰まった。売却に関して、組合はまだ静観を決めこんでいる。基本的に御用組合で、社員の雇用さえ保障されればあまり抵抗はしないだろうが、条件が厳しくなれば、反対の声を上げる恐れもある。潜在的な反対勢力だ。株主への対応も面倒そうだ。そういうややこしい仕事よりは、ＡＭＣとの交渉につき合った方が面白いかもしれない。だいたい、交渉は新里が一人でやるのだろうし、自分は横で淡々と記録係をやっていればいいのだ。気楽な仕事じゃないか、と自分に言い聞かせる。

「選択肢はない。これは緊急の課題で、仕事の内容を調整している暇はないんだ。私が主導して進めることになる。いいな？」

「はい」いいも何も、結局自分は抵抗できないと分かっている。所詮は平社員で、社長の命令なら黙って従うしかないのだ。ここで頭を下げておけば、会社がどうなっても自分が生き残る道は出てくるだろうし――いつの間にか姑息《こそく》に考えるようになってしまったな、と情けなくなる。

「プロジェクトチームは、石島室長をトップに、十人ほどで頑張ってもらうことになる。通常業務に加えての特別業務だからしんどいと思うが……まあ、取材の現場よりは楽だろう」

そんなこともあるまいと思ったが、南は無言でうなずいた。

「まず明日……午後一番で向こうの代表と会う」

「AMCジャパンの青井さんですね？」

「面識は？」

「ありません。名前を知っているだけです」

「うちのOBだということは？」

「それは知っています」

「そうか」新里が、拳で顎を擦った。何故《なぜ》か目つきが厳しくなっている。「二十年前――ちょうど今の君ぐらいの年齢で辞めたんだ」

「辞職、ですか？」

「ああ」

「それが今や、AMC日本法人の代表……大変な出世ですよね。そういうタイプだったんですか？」

「出世欲が強いという意味か？　いや、そういう感じではなかった――少なくとも私が知る限りでは。新報を辞めてからいろいろな仕事を渡り歩いて、今のポジションに流れついたんだろう。そもそも青井は、うちが二十年ほど前にネット事業を立ち上げた時の中心人物の一人だった」

「元々は記者ですよね？」意外な話だった。

「ああ。でも彼は大学が理系なんだよ。うちには珍しい人材だった……当時はまだ、ネット事業のことは誰も分からなかった。それで、コンピュータ関係に詳しかった彼を編集局から異動させたんだが、本人はそれが気にくわなかったようだ」

「そうなんですか？」

「外報部にいて、最初の海外支局に出る予定が決まっていたんだが、その異動が急に変更になったからな」

「ああ……」了解して南はうなずいた。海外支局は、昔も今も若手記者に人気の職場である。十年近く記者をやってきて、ようやく希望が叶《かな》うと思ったら、海の物とも山の物とも分からない新セクションに行かされる——ブチ切れて当然だ。「二十年経って、こういう形でまた新報に関わることになったんですね」

「個人的な話をしていいか？」

「はい」南は座り直した。わざわざ「個人的な話」と前置きするからには、気楽な話題ではあるまい。

「嫌な予感がするんだ」

「と言いますと？」

「青井をネット関係の部署に行かせたのは、私なんだ。私が決めたわけではないが、言い渡したのは、当時外報部のデスクだった私だ。青井が、その件についてどう思っているか、分からない」

6

「ボス、リラックス」亜都子が肩を上下させた。

「別に緊張してない」そう言いながら、青井も釣られて肩を上下させた。そうすると、肩甲骨の辺りに強い張りを意識する。

「私とホテルで二人きりだからって、緊張することはないですよ」

「君ね、それは逆セクハラだ」

軽口を叩いているうちに、すっと気持ちが楽になってくる。亜都子は普段から真面目なのかふざけているのか分からないが、時にこういうすれすれの発言で青井をリラックスさせてくれる。

「それにしても、経費の無駄遣いだな」青井はホテルの会議室内をざっと見回した。住所的に「銀座」とはいえ、ここは東京メトロの銀座駅よりも新橋駅に近い場所にある。新報とＡＭＣの中間地点に位置し、会合に便利なのは事実としても、毎回この会議室を借りるのはいかがなものか……一回借りるのに五万円というのは、いかにももったいない。もっとも、秘密を守るにはこういう場所が一番いいのだろう。それに、これまでのように料亭で密会するよりはましだ。

　二人は先に部屋に入り、会合の準備を整えた。十人が座れる会議室で、長テーブルの中央に自分と新報側の人間が向かい合って座る。それぞれ立ち会いは一人で、今までと同じように、記録係として同席する予定だ。時間が長引く前提で、コーヒーはポットいっぱいに用意されている。無線ＬＡＮの環境も整っているから、何か調べ物があってもすぐに対応できる。亜都子がパソコンの準備をしている間に、青井はカップを一つ取り上げ、コーヒーを一センチほど注いだ。ぐっと飲み干し、美味いコーヒーだと満足する。高い金を取るだけのことはある。

「こっちはいつでも大丈夫ですよ」亜都子がノートパソコンから顔を上げた。「新報の新里社長のデータ、もう一度見ておきます？」

「いや、必要ない」新里のことならそれなりに知っている。亜都子が集めたデータよりもずっと詳しく。

「あ」

　亜都子が短く声を上げて立ち上がった。ちょうどドアが開いた——青井も椅子から腰を上げ、背広のボタンを留める。

　二十年ぶりに会う新里は、さすがに老けていた。髪には白い物が多くなり、目尻には皺《しわ》も目立つ。だがひょろりとした長身は昔のままで、贅肉《ぜいにく》はない。地味なグレーのスーツに白いシャツ、紺無地のネクタイ。コートは既に脱いで、右腕にかけていた。青井を見ると一瞬立ち止まったが表情は一切変えず、さっと一礼する。元部下に対するのではなく、あくまでビジネスパートナーに対する態度。連れて来たのは、これまで見たことのない若い男だった。小寺との交渉では、年配——それこそ定年が近そうな男性秘書が同席していたのだが、心機一転ということだろうか。

改めて名刺を交換したものの、新里は気さくな態度を見せなかった。そこまで堅苦しくならなくてもと思ったが、どうやらあくまで、ビジネスライクにいくつもりらしい。時間が経てば、もう少し雰囲気が解《ほぐ》れるかもしれないが……もっとも青井自身、彼に対してどういう態度を取るか、未だに決めかねている。新報の社長室から連絡があったのは、四日前。以前からの予定通りに交渉を行い、今後は新里新社長が担当する、というものだった。

それを聞いて以来、少し胃の調子が悪い。

同行してきた社長室の南康祐という男は、中肉中背、特徴に乏しい容貌で、疲れて見えた。記者職ではなく、総務系のプロパーだろうか。記者から総務系の仕事へ転身することはよくあるが、それはもう少し年齢が上の場合で、南の年齢の記者だったら、普通は現場でバリバリやっているはずだ。そう、ちょうど自分が編集局を追われたぐらいの年齢だろうか……いや、その件は置いておこう。なにぶんにも古い話だし、個人的な感情でこの話を動かしてはいけない。

亜都子が四人分のコーヒーを用意し、全員が着席した。テーブルの中央で、青井と新里が向き合う。亜都子と南は、それぞれ主役の右側についた。二人ともノートパソコンを広げ、南はＩＣレコーダーまで用意している。これはやり過ぎ……正確に記録を残すことが、この会合の目的ではないのに。

「どうも、ご無沙汰しています」過去のいきさつを完全に無視したままなのも不自然な気がして、青井は自分から切り出した。「二十年ぶりですね」

「そうなりますかね」新里の口調は淡々としていた。「ご出世で」

「こういう形で再会するとは思いませんでした」青井は眼鏡をかけ直した。

「まったく」新里がうなずく。「今回は、急な事情で交渉相手が変わって、申し訳ない」

「いえ……小寺社長のことは残念でした。本当に急な話でしたね」

「ええ」新里の表情がわずかに強張《こわば》る。

「何か、前兆のようなことはあったんですか？」

「後から考えれば……ということはいくつもありました。しかし、心筋梗塞の前兆を見抜くのは、結構難しいようです」

「お元気そうでしたけどね。小寺さんとなら、話を上手くまとめられそうだった」

「基本的に、小寺社長の遺志を継いで話を進めたいと思います」新里がうなずく。

「個人的にはどうなんですか？」

「はい？」新里が目を細める。「新里さん個人としては、新報の身売りをどう思っているんですか」

「私は社の代表としてここに来ています」

身売りは会社の総意——あくまで公の立場を貫くつもりらしい。しかし表情は、どこか苦しげだった。青井はそこに、彼個人の迷いを見抜いた。

「では、中断していたところから話を進めてよろしい、ということですね」青井は念押しした。

「前回までの交渉については、記録を精査しました」新里がうなずく。「そちらの条件提示待ち、と聞いています」

「ええ。アメリカ本社のＣＥＯが間もなく来日予定で、その際、詳細に条件を決める予定になっています」

「御社のような会社でも、ずいぶんアナログな方法を取るわけですね」

青井は会話を中断し、新里の顔をまじまじと見た。皮肉？　この場で皮肉を言えるほど、新里に余裕はないはずだが……やはりかつての部下ということで、気楽に接しようとしているのだろうか。青井は表情を引き締め、軽口には乗らないぞ、と無言で伝える。しかし新里の表情はまったく変わらなかった。

「ＡＭＣはネット系の会社と思われがちなんですが、元々は新聞なんですよ」青井は説明した。新里は当然知っているだろうが……。

「それは了解しています」新里が素早くうなずく。

「二十年以上前から、アメリカで地方紙の買収を進めています。それが十年ほど前に、紙からネットに移行しただけで……基本は新聞社です」

「そうですね」新里が再度うなずいた。回りくどいと思っているのかもしれない。

AMCのCEO、アリッサ・デリーロは、本来新聞業界の人間である。元々父親が、フロリダの地方紙のオーナーだったのだ。そこで働き始めたのを足がかりに、地方紙の買収を繰り返して一大メディアコングロマリットを作り上げた。アメリカの場合、新聞社の売買は珍しいことではないとはいえ、非常に精力的に動き……世界各地でメディア買収に動いた業界の大立者の名前から、彼女は「女性版マードック」「二十一世紀のマードック」とも呼ばれている。その資金力の源泉は、新聞ビジネスではなくニュース専門テレビ局であるが。テレビで稼いだ金を新聞で食い潰している、と批判されてもいる。

現在は、経営に苦しむ地方紙を買収して紙の新聞の発行を停止、ネット版に移行させるというビジネスモデルを定着させつつある。AMC本体も、全米をカバーするニュースサイト――自社で記者を抱えて取材を展開している――を運営している。

「CEOは、来週来日予定です。月曜日から水曜日まで滞在しますので、その時に一度会っていただけませんか？　判断材料になると思います」青井は提案した。

「もちろん、喜んで」新里がうなずく。

「ただしその席では、具体的な条件の提示はできないと思います。その後、社内で討議して、御社にお伝えすることになるでしょう」

「何でしたら、弊社にお出《い》でいただくこともできますが」新里が誘いかけた。「社内の様子を直接見ていただくのはどうでしょう」

「出入りを見られると、面倒かもしれませんよ」青井は本気で心配した。目撃証言から噂が広まる恐れもある。

「表沙汰にならなければ大丈夫でしょう。言わなければ――ばれなければ、問題は存在しないことになる」

そんな哲学的なことを言われても……そう言えば新里は昔、箴言《しんげん》めいた台詞をよく口にしていた。

「確かに、直接見学させていただくのは大事かもしれませんね」青井は同意した。

「あなたは、社内の様子をよく知っていると思うが」

新里がいきなりギアを切り替えた。これまでの淡々とした雰囲気から一転して、部下に気安く話しかける態度になる。

「どうでしょう……辞めてから二十年も経っていますから、だいぶ様子も変わったんじゃないですか?」

「確かに、十年前には大規模な改修工事をしています。ビルも古くなったから」

うなずきながら、それも問題なのだと青井は思った。古くなった本社ビルには、不動産としての資産価値はほとんどない。その辺は新報側にとってのマイナスだ。

「取り敢えず、CEOをご案内するスケジュールを決めてしまいますか？」新里がすぐに、業務用の口調に戻った。

「そうですね」

青井は、横に座る亜都子にちらりと視線を送った。彼女の細い指がキーボードの上で躍る。準備完了のサインに、右手の親指をさっと立てて見せた。

「滞在中のスケジュールを教えていただけますか？　こちらで、CEOの予定に合わせます」新里は丁寧な態度を崩さなかった。

「月曜の午後に来日して、水曜の夕方の便で帰国予定です」ノートパソコンを覗《のぞ》きこんだまま、亜都子が言った。「基本的には、月曜の夕方から水曜の午後までフルに動けますが、余裕があるのは火曜の午後ですね」

「結構です」

新里がうなずき、隣に座る南に目配せした。南も、亜都子と同じように素早くノートパソコンをチェックする。

「昼に会食予定が入っていますが」南が遠慮がちな口調で言った。

「ああ、それは延期しても構わない予定だ……」新里が青井の顔を真っ直ぐ見る。「例えばですが、火曜にお昼をご一緒して、その後で社内を見学していただくのはどうでしょう」

「問題ありません」青井はうなずいた。その席には当然、自分も同席することになる。新里と飯を食べるのは気が進まないが、仕事だから仕方がない。

「では、改めて場所はお知らせするということで……」

「社食はまだありますよね」ふと思い出して青井は訊ねた。

「もちろん」新里が、不機嫌そうに目を細める。

「じゃあ、社食でどうでしょう。新報の皆さんが、普段どんなものを食べているか、うちのCEOに知ってもらっては」

「しかし、いくら何でも社食では……」新里の表情は渋い。

「これまでも、何度もそういうことがあったんです。CEOは、買収先の記者たちと一緒にランチを摂ったりして、社内の雰囲気を肌で感じるのが好きなんですよ。やはり、元々新聞の人ですから」

ただしアリッサ・デリーロには、記者経験は一切ない。あくまで「新聞経営のプロ」だ。この辺は、日本のマスコミ業界では理解されにくい感覚だが……日本の新聞社の場合、経営陣の多くは記者上がりだ。

「それでよければ、うちとしては問題ありませんが」納得した様子ではないものの、新里が同意した。

「分かりました。では、スケジュールを調整して、こちらから時間を連絡します。大袈《おおげ》裟《さ》にならないように、できるだけ少人数でお伺いしますよ」

「その方がいいでしょうね」新里がうなずく。

これで今日の山は越えた、と青井は思った。実際、その後の話題は最近のマスコミ業界の動向に移る。どうやら新里は焦る気がないようだ、と青井は判断した。そして、過去について語るつもりもないらしい。

しかしいずれは、二十年前のことを話題にせざるを得ないだろう。

その時、自分がどんな気分になるか、青井には想像もつかなかった。

「ボス、お疲れですか」

「そりゃあ、疲れたよ」青井は両手で顔を擦った。午後五時……普段の青井は、午前九時に出社してから十二時間は会社に居座っているから、長時間の仕事には慣れている。とはいえ、今日はさすがにエネルギー切れだ。交渉相手が変わって気を遣ったのだから仕方がない。

「下で一杯やっていきますか？」亜都子が、口元にグラスを持っていく仕草をした。

「そうだな」よく喋った——後半は大して内容のない会話だったが、それでも喋り過ぎて喉が渇いている。コーヒーは、喉の渇きを癒すためには、あまり役に立たないようだ。

二人はホテルの一階にあるバーに立ち寄った。まだ早い時間にもかかわらず、店内は外国人客で賑《にぎ》わっている。日本人のサラリーマンと違い、彼らにとってはもう、一日の仕事は終わりなのだろう。これでよく仕事が回っていくものだ、といつも不思議に思う。

二人ともビールを頼む。喉の渇きを癒すためだけなので、つまみはミックスナッツのみ。亜都子は乱暴に鉢に手を突っこみ、ナッツを大量につまみ出した。そのまま手を口に叩きつけるようにして放りこむ。豪快に音を立てて嚙み砕き、ビールで流しこんだ。彼女はだいたい、こういう感じで酒を吞む……いかにもアメリカ育ちらしい、大らか——大雑把な感じ。青井はゆっくり、喉に負担をかけないようにビールを吞んだ。

「どうでした、久しぶりの上司との再会は」

「特に何もないよ」青井は肩をすくめた。眼鏡を外してカウンターに置き、目を擦る。

「そうですか？　因縁の相手なんでしょう？」

「個人的な因縁じゃない。俺に異動を言い渡しただけで……だいたい、彼が決めたことじゃないから」

「でも、そういう相手と二十年ぶりに再会して、言ってみれば立場が逆転した感じでしょう？　どうですか？」亜都子が拳を青井の口元に差し出した。

「何だよ、これは」青井は彼女の拳を見下ろした。

「インタビュー」

「小学生か、君は」

亜都子がにやりと笑って手を引っこめる。

「でも、向こうにしてもやりにくいんじゃないですかね。かつての部下が、自分の会社を買収する責任者として出てきたわけだから」

「別にやりにくいことはないだろう。そもそもこの事態はイレギュラーだし。本当は、小寺さんとそのまま話を続けていたはずだったんだ」

「交渉相手が変わって、むしろよかったんじゃないですか」亜都子がさらりと言った。

「どうして」

「小寺さん、言うことが結構ころころ変わってたじゃないですか。前回出た話が次にひっくり返るようなことも、よくありましたよね」

「そういう人だったんだろうな……それに本人も、この件に関しては腰が定まっていなかったのかもしれない」

「そんなの、向こうの勝手な都合ですけどねえ」亜都子がカウンターに肘をつき、拳に顎を載せた。「そもそも向こうから言ってきた話じゃないですか。要するに、助けてくれってことでしょう？　それなのに態度がしょっちゅう変わるっていうのは、どうなんですかね。新里さんの方が、やりやすいんじゃないですか」

「確かにそういう意味では、新里さんの方がいい交渉相手かもしれない。ただ、社内が完全に一本化されているかどうかが分からない……まだまだ問題がありそうだな」

「新報も大きい会社ですから、簡単には一枚岩にならないでしょう。実際に買収となったら、零れ落ちる人が相当出てくるんじゃないかなあ」

「新聞社は、人材だけが財産なんだけど」青井は掌《てのひら》で顎を擦った。「優秀な奴ほど、見切りをつけてさっさと抜けるかもしれない」

「ありがちですね。残ったのはカスだけ……なんてことにもなりかねないです」

「それは言い過ぎだ」青井は釘《くぎ》を刺した。

「失礼しました」まったく失礼と思っていない態度で、亜都子がひょこりと頭を下げた。

「……ところで、ちょっとお願いしてもいいかな」新里との会談中、ずっと気になっていたことがある。

「何ですか?」

「今日、会談に同席していた南という男、知ってるか?」

「いえ」亜都子が顔の前で勢いよく右手を振った。「今日、初対面です。小寺さんの時には、別のオッサンが来てたじゃないですか」

「どう思った?」

「何か、暗い感じの人ですね。心に傷を抱えてるみたいな……もうちょっと顔がしゅっとしてれば、そういう翳《かげ》もプラスになるかもしれないけど、私にはただ暗いだけに見えました」

「その評価はちょっと可哀想《かわいそう》だけど……南について調べてみてくれないか？」

「何でですか？」

「引っかかるんだ」

青井は事情を説明した。新報の場合、社長室は各局とは別の独立した組織で、他よりもワンランク上の存在である。そこに配属されるのは、若い女性社員か、ある程度経験を積んだベテラン社員――各部のデスククラス――のはずである。少なくとも、青井が在籍していた頃はそうだった……南はおそらく、三十歳ぐらい。社長室に配属されるには若過ぎる。何か、特殊な事情があるような気がしていた。

「でも、そういうのって明文化されてるわけじゃないでしょう？」亜都子が反論する。

「明文化なんて日本語、よく知ってるな」

青井がからかうと、亜都子がむっとした表情を浮かべて反撃した。

「私、子どもの頃の趣味は、広辞苑を読むことだったんですよ。日本語をちゃんと勉強するようにって、親に強制されたんですけど、広辞苑、はまりますよねー。私、ボスよりも語彙は豊富かもしれませんよ」

「ああ、分かった、分かった」青井は首を横に振った。「とにかく、南については調べてみてくれ」

「了解です……でも、ボス、ちょっとこだわり過ぎだと思いますけどね」

「勘だよ、勘」青井は耳の上を人差し指で突いた。自分の勘がまだ尖《とが》っているか、自信はまったくなかったが。

7

こうやって英語でペラペラ喋られると、ついていけないよ……つくづく自分は役立たずだ、と南は情けなく思った。新里は海外勤務経験も豊富な外報部出身だから、通訳なしで普通に話している。テープ起こしは、後で録音を聞き直して、必死にメモを作ることを考えるとうんざりした。記者としてはよくやる仕事だが、英語から翻訳するとなると、手間は倍以上になる。

ＡＭＣのＣＥＯ、アリッサ・デリーロは、豪快な外見の女性だった。年齢は五十歳、身長百七十センチほどのがっしりした体つきで、歩くのがやたらに速い。先導役の南が追い抜かれそうになってしまうこともしばしばだった。声も大きく、よく笑う。

社食での会合——奇妙な雰囲気になった——や、編集局、広告局の見学などで一時間半。その後、新里の部屋でお茶を飲みながら雑談となったのだが、アリッサがどこか落ち着かない様子なのに南は気づいた。

新里との会話を聞いているうちに、彼女が印刷工場のことをしつこく聞いているのが分かってきた。現在、新報本社には印刷工場はなく、各地に分散している。都心部に印刷工場を持つコスト、それに災害時などのリスクを回避するためにも、工場は各地に散らしておいた方がいい——新里の説明でアリッサはようやく納得した様子だった。どうしてこんなに印刷工場のことを気にするのだろう……ＡＭＣは、最近買収した地方紙については、紙の新聞の発行をやめてネットに移行させている。新報もそうなるべきだと思っているのかもしれない。だとすれば、工場を閉鎖するコスト、土地を処分して得られる金額などは、気になって当然だろう。発行部数がたかだか数万部のアメリカの地方紙と、三百万部に達する新報とでは事情も違うはずだが。

二時間以上に及ぶ会合が終わると、南はぐったり疲れた。部署に戻り、自分でコーヒーを淹れる。一口飲んでから自席で大きく伸びをしていると、いきなり「お疲れ様でした」と声をかけられた。

「ああ」慌てて両腕を引っこめる。

優奈だった。プロジェクトチームで仕事を始めてから、以前にも増してよく話をするようになった。何しろ新里のスケジュールを一手に管理しているのは彼女なのだ。とはいっても、まだ二十七歳。髪型や服装などは大人らしく装っているものの、顔つきには子どもっぽい雰囲気が残っている。物腰は柔らかく、常に柔和な笑みを浮かべている——彼女の前では新里の表情も緩みがちになるのを、南はしっかり確認していた。

「今日のことは、メモにするんですか？」彼女も案内役には加わっていた。

「そうなんだけど……」南は額を揉《も》んだ。「英語、苦手なんだよな」

「録音はしたんですか？」

「ああ」

「私、やりましょうか？」そう言う優奈の目は、何故かキラキラと輝いていた。

「いや、それは悪いよ」彼女は帰国子女で、英語はペラペラなのだが。

「ずっと話も聞いてましたし、大丈夫ですよ。全部テープ起こしするんじゃなくて、メモでいいんですよね？」

「ああ」

「じゃあ、やります。そんなに時間はかかりませんから」

「いや、悪いよ」

「うーん……それじゃ、夕飯一回、奢《おご》りでどうですか」優奈が人差し指を立てた。長く白い指……子どもっぽい仕草なのに、指には大人の色気がある。

「それで済むなら安いもんだよ」南は腕時計を見た。「何だったら、今日でも？」

「いいですよ」

優奈がにっこりと笑った。ああ、この笑顔で勘違いする男もいるだろうな、と南は思った。

自分も勘違いしそうだった。

約束通り、南は優奈を食事に連れ出した。もちろん、デートというわけではなく……ただのお礼なんだから勘違いするなよ、と自分に言い聞かせる。

銀座は、食事をする店には事欠かない。もっとも彼女の好みが分からなかったので、店のチョイスは任せることにした。優奈は迷わず、スペイン料理の店を推してきた。

「スペイン料理？」会社を出て歩き出しながら、南は思わず確認した。

「基本的にはお酒を吞ませる店なんですけど……パエリアが美味《おい》しいんです」

「結構食べ歩いてるんだ」

「せっかく銀座にいるんですから、楽しまないと」優奈の笑顔には屈託がなかった。

新報から歩いて五分ほどのビルの二階にある小さな店だった。六時過ぎなのに、もう客で埋まっている。

「危なかったですね」二人がけのテーブルにつきながら、優奈が言った。「予約しておけばよかった」

「人気の店なんだね」

「美味しいですよ」

「ここにはよく来るんだ？」

「たまにですよ……高いですから」優奈が悪戯っぽく言った。

そこは心配しなくてもいいだろう……最近、南はあまり金を使わない。取材現場にいると、つい面倒臭くなって自腹で払ってしまうことも多いのだが、社長室では、外の人間とのつき合いが極端に少なくなる。それに本社に上がってきてからは酒をやめているから、本当に金が減らない。


南はガス入りのミネラルウォーターを、優奈はビールを頼んだ。

「南さん、呑まないんでしたっけ？」

「やめてるんだ。何だか酒を呑むのに疲れて」

「そんなこと、あるんですか？」

「支局時代に呑み過ぎたのかもしれない」実際は、用心のためだ。酒を呑んでポカをするなど、絶対に許されない。


料理は確かに美味かった。生ハム、スペイン風のオムレツ、海老のアヒージョ。どれも味つけがはっきりしていて、ビールやワインに合いそうだった。こういう料理の友が炭酸入りの水というのは、何とも情けない。

「今日は何もなくてよかったです」優奈が店内を見回しながら小声で言った。

「何もないって？」

「このお店、たまにフラメンコギターの生演奏があるんですよ。それを楽しみに来る人もいますけど、話はできなくなりますから」

「ああ、なるほど」言われてみれば、店の一角に小さなステージがある。フラメンコと言えば情熱の音楽……ただ聴くだけならいいとして、夕食を食べながらでは忙しなくなるだろう。

「今日の……向こうのＣＥＯ、どんな感じだと思った？」

「女傑」優奈があっさりと言った。「女傑って、古いですかね」

「そんなこともないよ。向こうはこれから何を言ってくるのかな……」南はフォークを皿に置いた。「社長は、どういう方針なんだろう」

「それは、南さんの方がよくご存じじゃないですか？」

「そういう話、あまりしないんだ」

「そうなんですか？」

「だって俺は平社員だよ？　社長が迂闊《うかつ》にそんな話をするはずがない」

「そうですかねえ」

優奈が首を傾げる。そうすると、実際の年齢よりもずいぶん幼く見えた。そう言えばこのところ、まったく女っ気のない生活だったな、とふいに思う。何となく、このまま結婚もできないのだろうと予感することもあった。しかし、この辺で身を固めておくのも手かもしれない。恋人ではなく、妻を探す……家庭を持って生活が落ち着けば、今後の仕事についても考えがまとまるのではないだろうか。目の前の優奈に、決まった相手はいるのだろうか……。

会話が心地良く転がっていく。南は、取材以外では決して座持ちのいい男ではないと自覚しているのだが、特に気を遣わなくても優奈の言葉や笑顔を引き出せるのが意外だった。もしかしたら自分たちは、相性がいいのかもしれない。ビールで少し酔って赤くなった優奈の顔を見ながら、南は胸の真ん中あたりがふっと温かくなるのを感じた。

二時間ほどの食事——特に収穫があったわけではなくとも、こういう気持ちになれただけで十分だ。久しく忘れていた感覚に、南は表情が緩むのを感じていた。

「ご馳走様《ちそうさま》でした」

店を出た途端、優奈がぺこりと頭を下げる。結構痛い出費だったが、これだけ豊かな気持ちになれたのだから、安いものだ。しかもまだ、午後八時。久しぶりに酒を呑むのも悪くないな、と思った。優奈がＯＫしてくれればだが、何となく彼女は誘いに乗ってくれるような気がした。

「この後——」

思い切って誘おうとした瞬間、後ろから「南さん」と呼びかけられる。言葉を中途半端に宙に漂わせたまま、南は慌てて振り向いた。一瞬、誰だか分からない——しかしすぐに、今日の午後会ったＡＭＣの高鳥亜都子だと気づく。肩書きは確か、総務マネージャー。総務部長ないし課長ということだろうか。それにしてはずいぶん若い——南より年下だろう——が、外資系企業というのはこういうものかもしれない。年齢に関係なく、できる人間なら上にいく。

「ああ、昼間はどうも」南は頭を下げた。

「いえいえ、こちらこそ」愛想よく亜都子が言った。「ええと……彼女さんですか？」

それを聞いて優奈が顔を赤らめる。ビールのせいだけではないな、と南は勝手に解釈した。そしてすぐ、「会社の同僚です」と説明する。余計なことを言うと、話がややこしくなりそうだった。

「ああ、食事だったんですか」納得したように亜都子がうなずく。

「うちの社長室の酒井優奈です」昼間、二人が名刺を交換していたかどうか思い出せず、南は亜都子に優奈を紹介した。「こちらは、ＡＭＣの高鳥さん」

「ああ、どうも。先ほどお会いしましたね。うちのＣＥＯがお世話になりました」亜都子が笑みを浮かべたまま、軽い調子で言った。「あの、酒井さん？」

「はい？」優奈が疑わしげに目を細める。

「ちょっと南さんをお借りしていいですか?」

「お借りって……私は別に……」優奈が戸惑いながら言った。

「じゃ、いいですね。南さん、一時間ぐらいなら時間をもらえますよね?」

「それはまあ……もしかして、私を探していたんですか?」

だったらずいぶんおかしなやり方だ。彼女に渡した名刺には、携帯電話の番号も載せているのだから、用事があるなら電話してくればいいのに。張り込み、あるいは尾行されていたような感じで気分が悪い。

「実は、たまたまなんです」

亜都子が舌を出した。成人した女性が舌を出すのを見るのはいつ以来だろう、と南は呆《あき》れた。何だか子どもっぽいというか、こちらの常識では計れないタイプのような感じがする。

「近くで軽く呑んでて、出て来たら南さんがいたから」

本当に、という一言を南は呑みこんだ。後をつけていたとしたら、明らかにおかしい。何か秘密の話でもあるのか……。

「昼間の件で、ちょっとブレストしたいんですよ」亜都子が切り出した。

「私は、ブレストするほど、この件に噛んでいませんよ」

「そうですか? ずっと新里社長についているんでしょう?」

それはむしろ、優奈の仕事だ。自分は当面、ＡＭＣとの交渉がある時だけ、同席することになっている。

「いや、とにかく……一時間ぐらいなら構いませんよ」路上で言い合いしているのが馬鹿らしくなり、南は一歩引いた。それに彼女と話せば、何か新しい情報が出てくる可能性もある。新里が喜びそうな情報……こんな状態でも、自分はまだ「手柄」について考えてしまうのだな、と南は密かに苦笑した。

「じゃあ、ちょっとこのまま……」

南は優奈に目配せした。優奈は少し硬い表情になり、頭を下げた。「じゃあ、私は失礼します」と言ったが、かすかに不機嫌な雰囲気を漂わせている。踵を返して地下鉄の出入り口の方へ向かう彼女の背中を見ながら、絶好の機会を逃してしまったかもしれない、と南は悔いた。

「もしかして、お邪魔しちゃいました？」軽い調子で亜都子が訊ねる。

「いや、別に……そういうのじゃないですから」

「だったらいいんですけど。軽く一杯やります？　体が冷えちゃった」亜都子が自分の両腕を抱くようにした。

「申し訳ないんですけど、酒は吞まないんですよ。お茶でどうですか？」

「お茶ね……まあ、いいか」どうやら本当に吞みたかったようで、亜都子が残念そうな表情を浮かべる。「この辺、どこかお茶が飲める場所は？」

「ありますよ」南は、晴海通りの方を曖昧に指さした。記者時代に発掘した店が、すぐ近くのビルの四階にある。最近は行く暇もないのだが、好きなタイプの店だった。何より、今でも店内で煙草を吸えるのがいい。亜都子が煙草を吸うかどうかは分からないが、南は食事の間ずっと煙草を我慢していて、食後の一服もまだだったのだ。

「じゃあ、お任せします」亜都子がさっと頭を下げた。

店に落ち着くと、南はすかさずシャツのポケットから煙草を取り出した。

「いいですか？」

「お互い様で」にこりと笑って、亜都子がハンドバッグから煙草を取り出した。南が見たこともない銘柄――箱のサイズからすると、普通の煙草よりずっと細い、女性向けのようだ。

「最近では、喫煙者が二人揃うのは珍しいですね」煙草に火を点け、深々と煙を吸いこみながら南は言った。

「でも、うちの会社、意外と煙草を吸う人が多いんですよ」亜都子も煙草に火を点ける。

「外資系なのに？　喫煙者なんか採用しないと思ってました」

「元々、マスコミ業界の人が多いからじゃないですかね。マスコミ関係者って、本当によく煙草を吸うから」

納得して南はうなずいた。ＡＭＣの日本法人、ＡＭＣジャパンは、独自取材に基づくニュースサイトを展開しているから、新聞社やテレビ局からの転職組が多いと聞いている。通常、ポータルサイトは、ニュースを「集めて」くる。新報も、複数のポータルサイトに記事を有料で提供していて、一般の人が「ニュースなんかネットで見れば済む」と言う時の「ニュース」は大抵、新聞やテレビ発の情報なのだ。しかしＡＭＣは自前の記者を抱え、独自の取材活動を行っている。

「南さんも、うちに来たらどうですか？」亜都子がいきなり切り出した。

「まさか、用件はスカウトじゃないでしょうね」

「とんでもない」亜都子が声を上げて笑った。「今のは、単なるネタです」

「それにしてはヘビーだけど」

「軽くスルーして下さいよ」

ニコニコ笑いながら亜都子が言った。変わったタイプだ、と南は警戒した。あまりにもあけすけ過ぎる。目が細く、どこか眠そうな顔つきなのに、実によく喋る。しかし本音は読めない。今も、いったい何のために自分に声をかけてきたのか、想像もできなかった。ブレストは言い訳だろうし、偶然会ったとも思えない。だが南は、あくまで穏便に話を進めることにした。

「銀座はよく来るんですか？」

「あまり——普段は新橋で用が済んじゃいますからね」

「夜も？」

「銀座より、新橋のお店の方が好きなんですよ。オッサン臭い店が好みなんで……美味い煮込みと焼き鳥、ビールと焼酎があればいいです」

「それは本当に、オッサンの晩酌ですよ」南は苦笑した。もちろん、そういうつまみや酒が好きな女性がいるのは分かっているが、亜都子の見た目はオッサン臭さとは無縁である。顔立ちは地味でも、それをカバーするように化粧は派手。長く伸ばした髪はウェーブがかかっているが、これも自然なように見えて、結構手間と金をかけて手入れしているのだろう。服装も……胸元が大きく開いたグレーのカットソーに、春を先取りしたような淡い青のジャケットという恰好である。スカートは露骨に短い。

二人とも、この店の名物であるミルクコーヒーを頼んだ。特別なものではなく、単なるカフェオレなのだが。

「あ、結構美味しいですね」ミルクコーヒーを一口飲んで、亜都子が笑みを漏らした。

「ここ、いい店ですね。静かだし」

「一人になりたい時に籠もるんですよ」残念ながら最近は、そんな暇もないが。

「南さんって、元々、新報で何をしていた人なんですか？」

どうしていきなり個人的な質問をする？　南は警戒したが、隠すのも不自然だと思い、

「記者ですよ」と正直に答えた。

「どういう部署で？」

「甲府支局と……それから社会部です」

「ああ、やっぱりそうですか」納得した様子で、亜都子が大きくうなずく。

「やっぱりって何ですか」南は少しだけ不機嫌な口調で訊ねた。

「何か、そういう雰囲気があったから」

「分かるんですか？」

「鋭い感じ？　それと、斜に構えて世の中を見ているような」

「そんなものですかね」南は右手の甲で右目を擦った。「自分では分からないけど」

「うちも、基本的にはマスコミでしょう？　元々、他のメディアで記者をしていた人も多いから、雰囲気は何となく分かるんですよ」

「なるほどね」もしかしたら、本当にAMCにスカウトするつもりかもしれない、と南は警戒した。人に買われて転職するのは悪い話ではないとはいえ、今はあまりにも間が悪過ぎる。AMCが新報を買収する話が進んでいる最中なのだ。そこで移籍などしたら、「何を考えているんだ」と言われるだろう。ましてや買収が完了したら、自分はかつての同僚や先輩の「親会社」の社員という、微妙な立場になる。居辛《いづら》くなるのは間違いない。

そうでなくても、会社では難しい立場なのに。

「南さんぐらいの年齢で社長室に異動って、珍しくないですか？　日本のマスコミの記者さんって、四十歳ぐらいまでは現場にいますよね」

「よくご存じですね。まあ……いろいろありまして」

「誤報とか？」

いきなり切りこまれ、南は言葉を失った。甲府支局時代、自分が間違った情報に引っ張られて誤報を書いたことは、新報内部の人間なら誰でも知っている。彼女は、新報に情報源を持っているかもしれないし……買収しようとする相手のことを徹底的に調べるのは、ある意味当たり前だ。たぶん、今までのやり取りは茶番に過ぎない。

「知ってるんですか？」

「まあ、いろいろ……新報については徹底的に調べていますから」

「でしょうね」言葉を切り、南は慌てて周囲を見回した。こういう話を、オープンスペースで持ち出すのはまずい。他に客がいないとはいえ、誰に聞かれているか分かったものではない。

「南さん、切れ過ぎるんじゃないですか」

「まさか」

「切れる人って、周りを無視して突っ走ることがありますよね」

「いや、そういうわけじゃ……」本当に切れる記者なら、馬鹿みたいな誤報など飛ばすわけがない。

「でも社長室にいるのは、能力を買われてるからでしょう？　エリートコースですよね」亜都子がコーヒーカップ越しに南の顔を見て、念押しするように言った。

「どうかな」実際は「監視」されているのだ。ヤバいことをしでかしそうな人間は、むしろ権力の近くに置いて縛りつけ、利用するだけにする——小寺の考えも、今は何となく理解できる。

「優秀だから、会社の中心で仕事をさせよう——当然ですよね？　もしかしたら、将来の社長候補とか？」

「いい加減にして下さい」南は煙草を灰皿に押しつけた。「私はそういう人材じゃない。会社の経営になんか、興味もないですよ」

「現場の方がいいんですか？　取材している方が楽しい？　自分の文章力に自信を持っている？」

畳みかけるような亜都子の質問に、南の苛立ちは頂点に達した。以前だったら本当に爆発していたかもしれないが、今は抑える術《すべ》を知っている。怒っても何の得にもならないし、相手は新報が身売りしようとしている先の人間……デリケートだ。

「記者として入社したんだから、記者の仕事をしたいと思うのは普通でしょうね」ゆっくりと言って、南は深呼吸した。それですっと気持ちが鎮まる。大抵の怒りは、深く息を吸って吐くことで消えていくのだ。何度も怒ったり落ちこんだりして学んだ知恵である。

「でも今は、会社の命運をかけた大事な仕事に関わっているわけでしょう？　できる証拠ですよ。ボンクラだったら、こんな仕事は任せられません」

南は反射的に声を上げて笑ってしまった。

「何ですか？」不審そうに亜都子が訊ねる。

「いや、ボンクラなんて言葉、久しぶりに聞いたな。というか、生身の人がボンクラって言うのを聞くのは、初めてかもしれない」

「そうなんですか？」亜都子の顔が赤らむ。

「あなたの語彙は不思議ですね」

まるで日本語を知らない、あるいは慌てて勉強したような話し方。それでピンときて、南は「あなた、もしかして帰国子女ですか？」と訊ねた。

「というより、十歳からずっとアメリカです」

「さっきの酒井優奈は、帰国子女ですよ。中学から高校の途中まで、アメリカにいたそうです」

「私は大学もアメリカでしたから」

「今の会社は……」

「もちろん、本社採用です。日本法人ができる時に、送りこまれてきたんですよ」

「日本語ができるから？」

「そういうことでしょうね。でも、結構大変でした。だいたい、私の日本語、少し怪しいし」亜都子が溜息をつく。「家と日本語学校の授業だけだと、分からないことも多いですよね」

「ちゃんとしてますよ」南は思わず慰めた。

「それはどうも」

笑顔の消えたごく普通の表情になり、亜都子がさっと頭を下げる。吸わないまま灰皿の上で灰が伸びていた煙草を取り上げ、一吸いしてすぐに揉み消した。あまり美味そうに吸わないんだな、と南は思った。美味く感じないなら、こんなもの、やめてしまえばいいのに……体に悪いだけなのだから。

「こういう仕事、どうなんですか」南は逆に訊ねた。

「こういう仕事って？」

「大きな声では言えませんが……企業買収」

「ああ」亜都子がうなずく。「難しいですよね。でも今回の一件は、御社の方から持ちかけてきたんですよね」

「ええ」そもそもどうやって始まったかを、南は知らないのだが。「身売り」の噂が流れ始めた時には、まだそういう話に縁のない現場の記者だったのだ。

「その後は本社の意向で進んでいますけど、ＣＥＯがどうして新報の買収を検討し始めたのかは分かりません」

「アジア進出の足がかりとか？」

「そんなところかもしれませんね」

「女性版マードックとしては、世界制覇が目標なんですか？」

「それ、ＣＥＯの前では絶対に言わないで下さいね」亜都子が真顔になって、小声で忠告した。「そう呼ばれるの、本当に嫌ってるんです。一度、『私はあんな旧世代のオッサンじゃない』って激怒してましたから」

「オッサンって？　本当にそう言ったんですか？」

「そういうニュアンスです」亜都子が笑って、新しい煙草に火を点ける。ついでに、という感じでミルクコーヒーに砂糖を加えた。これで会話の流れを一時的に断ち切った感じである。

「ちなみに私は、何の決定権もない人間ですからね。今回の交渉に関しては、社長のカバン持ちです」

「カバン持ち……」

この単語は彼女の語彙にないのだと思い、南は適当な説明の言葉を探した。

「要するに雑用係です。だから、私から何か情報を取ろうとしても無駄ですよ」

「へへ……私からも取れませんよ」

何でこんなことを楽しそうに言う？　意味が分からず、南は首を傾げた。しかし亜都子は、南の仕草の意味を捉え損ねたようだ。アメリカでは、疑義を呈する時に首を傾げる習慣がないのだろうか。

結局彼女は何がしたかったのだろう。もやもやした気持ちを抱えたまま、南は亜都子と別れた。帰りの地下鉄が一緒になると面倒臭い……と思ったが、南は日比谷線、彼女は銀座線だった。中途半端な時間なので車内は空《す》いていて、遠慮せずに腰かける。落ち着くと、今夜はやはり妙な夜だったな、との思いが強くなる。亜都子との、奇妙なダンスを踊るようなやり取り。彼女はやはり、何かを探り出そうとしていたのだろうか。

こんなことでもやもやするなら、亜都子を無視して優奈と一緒にいればよかった。明日の朝、謝っておかないと……しかし、そこで彼女が怒っていたら、むしろチャンスだろう。南を気にしている証拠なのだから。

もっとも自分のような負け犬にとって、優奈はあくまで高嶺《たかね》の花だ。

8

「紙の全廃ですか」

「ええ」アリッサが短く認めた。午後九時、ＡＭＣジャパンの社長室。眼鏡をかけ、書類に視線を落としながらの返事だが、声には一本芯が通っている。顔を上げると眼鏡を外し、青井に厳しい視線を向けた。「何か問題でも？」

「いえ」

実は予想していたことだった。アリッサは日頃から、新聞は紙を捨て、ネットに移行するしかないと話している。アメリカでは既に実行に移しているから、新報に関しても「紙の全廃」を打ち出すのは当然だろう。

「インディペンデントでさえ電子化しました。日本の新聞にできないことはないでしょう」

「ええ」

「何か問題でも？」アリッサが繰り返し訊ねる。

「日本の場合」青井はアリッサの目を正面から見た。「海外とは事情が違います。ご存じかと思いますが、一般紙の部数は、ほぼ宅配の部数とイコールです。つまり日本の新聞は、宅配によって支えられている。計算できる定期収入になるわけですし、新聞を定期購読する習慣は簡単には消えません」

「しかし、部数は確実に減っています。特に二〇一一年以降……これは間違いなく、地震の影響ですね」

「ええ。特に東北地方は大きな影響を受けました」家そのものが被害を受ければ、新聞を取るどころでないのは当然の話だ。

「それにしても、それ以降で五十万部近く減っている。これは壊滅的な数字ではないですか」アリッサがまた書類に視線を落とした。「金額にすれば、年間二百億円以上のマイナスです」

「単純な計算では、損失額は算出できませんが――」

「今後、部数の低落傾向に歯止めがかかる材料はあるんですか？」アリッサが青井の言葉を遮った。

「いえ」

「でしょうね。しかも部数が減れば、広告収入も減る。広告料金を値下げすれば、一時的にクライアントは戻るかもしれませんが、長期的にはマイナスです」

「仰《おつしや》る通りです」まったくの正論だ。

「前期の営業利益の赤字は十億円超、純利益も十五億円の赤字です。ここ五年ほどを見ると、一時的に黒字に転じることはあっても、赤字の期が多い。不安定ですね。しかも不動産などの資産もない上に、サイドビジネスの文化事業でもヒットがない」

「ええ」かつては「文化・芸術の新報」と呼ばれていた時期もあった。バブル前後には海外の「門外不出」の美術作品を日本で展示したり、大規模なクラシック音楽のコンサートを開くなど、ヒット企画を連発していた。しかし最近は、そういう「当たり」がない。これも資金難の影響だろう。いい企画を実現させるためには、まず資金が必要なのだ。

「うちが新報を買収しても、紙の新聞を発行し続ける限り、劇的に業績が改善する見こみはありません。今のところ、赤字は半期だけで済んでいますが、通期で赤字になる状況が続けば、うちが買収を決める前に倒産ということもあり得るのではないですか」

「否定はできません」厳しい見方だと思ったが、それは自分の中に、未だに「新報は立ち直るかもしれない」という希望が残っているせいではないだろうか。実際には……極めて難しいだろう。

アリッサが書類をまとめ、立ち上がった。窓辺に歩み寄ると、腰のところで後ろ手を組んで街を見下ろす。

「紙をやめれば必要なくなる工場を売却することで、電子化を進める予算が手に入るでしょう」

「ある程度は」

アリッサが振り向き、不満そうに鼻に皺を寄せる。しかしすぐに表情を緩め、青井にうなずきかけた。

「東京も大きい街ね」

「ええ」青井も自席を立ち、彼女の脇に並んで立った。夜になると、街の景色がさらに遠くまで見通せて、無数のビルの灯《あか》りが宙を飛んでいるように見える。ふと、「砂上の楼閣」などという言葉が頭に浮かんだ。自分たちが関わっているネット系のメディアには、実体があるのだろうか……。

振り向くと、開け放しにしたままのドアから、編集フロアの一部が見える。二十四時間ニュースを提供し続けるこのフロアから、人の姿が絶えることはない。誰かが馬鹿でかい声で、英語で話していた。海外に取材中か……新報を買収し、向こうの社屋で取材するようになったら、編集局のセクション分けはどうするべきだろうとぼんやりと考える。

「古巣のトップに立つ気分はどう？」

「さあ」青井は首を横に振った。「まだ、どうなるか分からないでしょう」

「強い意志で押し通して下さい」

ちらりと横を見ると、アリッサの表情は真剣だった。東京の夜景を見ているようで、実は焦点はすぐ近くに合っているような感じがする。遠くと近くを同時に見通す目——それを持っているからこそ、アリッサは新時代のメディア王になれたのかもしれない。

「個人的にも、新報に対して思うところはあるんでしょう？」

「まさか」青井は思わず吐き捨てた。「二十年も前のことを恨むほど、暇じゃありませんよ。実際、今では辞めて正解だったと思っています。辞めていなければ、この会社で仕事はできなかったでしょうしね」

「世の中には、二つのタイプの人間がいるのよね」アリッサが体の向きを変えて、青井の方を向いた。「一つの仕事にずっと関わっていく人間と、次々と新しいことを試みる人間……私は前者ね」

「そうですか？　地方紙の再生をどんどん進めているじゃないですか」

「でも、やっていることは同じ。潰れかけた地方紙を買収して立て直す——今は紙で立て直すのではなく、ネットニュースとして立て直しているだけ。基本は変わらないわ」

「紙の新聞とネットニュースでは、まったく違いますよ」青井は思わず反論した。

「そこは、あなたと私の見解の相違ね」アリッサが眼鏡をかけ直す。「私に言わせればどちらも同じ。取材して原稿を書く——どんな媒体であっても、記者の仕事は同じではっ？　紙だからしっかり書く。ネットに書く時には適当な取材、いい加減な文章でいいっていうことにはならないでしょう」

「それは、まあ」青井は不承不承同意した。どうしてもこの女性——自分とさほど年齢は変わらない——には言い勝てない。

「入れ物が違うだけなのよ。それに紙の新聞もニュースサイトも、パッケージ化された入れ物であることに変わりはない。もちろんニュースサイトでは、もっと柔軟な形でニュースを提供できるけど」

「ええ」

「取材して記事を書く——メディアが変わっても、その基本は変わらないわ。当局の公式発表だけを見ていたら、世の中の動きは分からないから。そこに出てこない情報を引っ張り出すことに、ジャーナリズムの価値はあります」

「それは分かります」

「話がずれたけど、あなたは新しいことを次々と試していくタイプね」

まったくその通り……青井は新報を自らの意思で飛び出して以来、様々な仕事に手を染めてきた。週刊誌や月刊総合誌のライターをやっていた時は、新聞社の「看板」がどれだけ大きいかを思い知って苦汁を嘗《な》め——取材には不自由した——ネット系の仕事を始めた時には、日進月歩の技術に対応するのに神経をすり減らした。そこで金を貯《た》めてアメリカに渡り、サンフランシスコでニュースメディアの仕事をしていたこともある。その仕事を通じてアリッサと知り合い、ＡＭＣが日本へ進出する時に代表を任されて現在に至る……確かにあちこち寄り道してきたが、ある意味、自分とアリッサは同じ世界の住人だ。

ずっとニュースの世界に身を浸してきた。

「買収すれば、現在の新報の経営陣は、大幅に入れ替えざるを得ません」アリッサが厳しく指摘した。「彼らには、危機意識が足りない。それに彼らは経営のプロではないから、引いてもらうしかありません。その後釜に入るのは、当然あなたです。私は日本の事情に詳しくありませんから、積極的に経営に首を突っこむつもりはありません」

「私も、経営のプロではないですよ」あくまでニュース現場の人間という意識だ。

「あなたはAMCの日本法人で成功しています。ぎりぎりとはいえ、最近は黒字も出している。まだビジネスモデルが確立されていないネットニュースで、この成績は立派です」

「広告の連中が頑張ったからでしょう」

現段階では、収入の大部分は広告に頼らざるを得ない。あとは有料の「詳細版」とメルマガ。しかし青井は、まだまったく自信を持てなかった。広告収入に頼るのは非常に危険である。新報の経営危機も、広告収入の大幅な落ちこみが原因の一つだったわけだし……だいたい、広告主に気を遣っているようでは、まともなニュースは作れない。新報にいた時にも、広告局と編集局が、記事の取り扱いを巡って丁々発止のやり取りをする場面を何度か見ていた。大抵は、編集局側が「黙れ」と一喝して、騒動は収まったのだが。新聞は実売によって収入の多くを得ている——六割近くが販売収入だから、広告に全面的に頼らずともいい。広告に影響を受けるのは、むしろテレビだろう。クライアント第一。番組内容まで、クライアントの意向に気を配らなければいけない。

もっとも最近は、広告を確保するのにも苦労しているようだ。そのためか、青井が在籍していた頃には絶対に掲載されなかった怪しげな商品の広告も、しばしば目にするようになった。

「ここでの経験は、新報の経営にも生きるでしょう……ただあなたも、一度始めたことをやめるのは苦手みたいですね」

「ああ」青井は苦笑した。「AMCリークスですか」

この話はこれまで何度か、アリッサと話し合った。「日本版ウィキリークス」としてAMCジャパンが立ち上げた、タレコミ専用サイト。当初は物珍しさもあってか重要な情報提供もあり、それを元に記事に仕立てたこともあった。だがすぐに廃れてしまい、最近寄せられる情報はインチキなものばかり——それどころか、寄せられる情報の数自体が減ってきている。

「前から言ってますが、あれはやめるべきです。日本人のメンタリティは、内部通報には向いていないのでは？」

「それで記事になったものもありますよ」

「昔の話です」アリッサが切り捨てた。「廃止を検討して下さい。あなたには今、もっと重要な課題がある。ＡＭＣジャパンで成功したのと同じように、新報のかじ取りをしてもらいたい」

「ＡＭＣジャパンと新報では、会社の規模が違いますよ」

「あなたを追い出した人たちを見返すチャンスでは？」

アリッサは、青井が新報を飛び出した理由も知っている——そもそもその話をした時に、アリッサが新報の存在を認識していたのが驚きだった。あくまでアメリカ国内の新聞を相手にしているだけで、海外のメディアの情勢まで把握しているとは考えてもいなかったのだ。

「そういう気持ちで、この仕事をするつもりはありません」

「だったら、あなたのモチベーションは？」

青井は黙りこんだ。答えにくい質問を……いや、青井自身、どうしてこの仕事に精力を費やしているか、よく分かっていないのだが。

この話は元々、新報側から持ちかけられた。事業の譲渡先を探していたようだが、やはりメディア系でないと——という結論に達して、多くの新聞を立ち直らせてきたＡＭＣに助けを求めたのだ。青井は最初、この事実を誇らしく受け止めた——受け止めようとした。しかし、どうしても気持ちを保持できない。自分の気持ちはそんなに単純なものではないと分かっただけだった。

「方針は決まりました。紙は全廃します」アリッサが繰り返す。

「新報側は蹴るかもしれません」

「痛みもなしで、新報のブランドを残せると考えていたら、甘いわね」アリッサが厳しく指摘した。「何かを守ろうとしたら、必ず犠牲は伴うものよ。新報にとって一番大事なのは何？　それ以外のものは、犠牲になるのも仕方ないでしょう」

アリッサがホテルに引き上げた後、青井は自席にぐったり腰を下ろし、両足を投げ出して天井を見上げた。

要求は予想できていた——できていたものの、実際に彼女から聞かされるとショックは大きい。最終的にアリッサが出した新報買収の条件は二つ。

①紙の新聞の発行は全面停止。

②ＡＭＣジャパンが運営するニュースサイトは廃止し、全スタッフは新報の記事を中心に運営する、新しい有料ニュースサイトに合流する。

ＡＭＣ側も大きな変革を強いられるわけだが、アリッサはそれについては何とも思っていないようだった。自分は変わらないと言いつつ、アリッサは周囲をどんどん変えていく。

とにかく、この二つの条件を新報側が呑んだ上で、正式な買収交渉が始まるわけだ……すっかり冷えたコーヒーを一口飲み、青井は目を瞑《つむ》った。自分がやりたいのは、こういうことなのだろうか……気持ちの整理もできぬまま、流れに乗ってしまった。もちろん今からでも、降りることはできるだろう。だがこれは、メディア再編の大きなチャンスでもある。新報単独では、思い切った方策に出ることはできるはずもなく、自分たちのような「外部の血」は絶対に必要だ。

少し静かに考えをまとめたかったが、声をかけられ、いきなり現実に引き戻される。

「いいですか、ボス？」亜都子だった。

「どうぞ」

部屋に入って来た亜都子が、新聞の切り抜きをひらひらと顔の横で振った。

「南さんのこと、少し分かりましたよ」

「ああ」

青井は椅子の肘掛けを摑んで立ち上がり、ソファに腰を下ろした。亜都子が切り抜き——実際にはコピーだった——をテーブルに置く。

「これは？」一瞥《いちべつ》してから、青井は亜都子に訊ねた。

「一年半ぐらい前の新報の記事です」

「それは見れば分かるよ」青井は、馴染みのある題字に視線を落とした。すぐに事情を了解する。「これがどうしたんだ？」

「この記事の主役が南さんなんです。この時は、甲府支局で記者をやっていました」

「まさか」

「まさか、じゃないでしょう」口を尖らせながら、亜都子が青井の正面に座った。「業界では有名な話らしいですよ」

コピーは何枚もあった。一番上は「おわび」記事。

おわび　15日の「甲府2女児殺害　母親を逮捕へ」の記事で、県警が被害女児2人の母親に対して事情聴取し、容疑が固まり次第逮捕という事実はありませんでした。関係者に謝罪すると同時に、記事を取り消します。

記事にミスがあれば、新聞も当然それなりの対応をする。比較的頻繁に見かけるのが「訂正」。「おわび」はそれより一段階踏みこんだ感じになる。このおわび記事は、その中でも最上位——最上位という言い方はおかしいかもしれないが——のものだろう。

「記事の取り消し」は、普通ならあり得ない。おそらく、新報のデータベースを漁《あさ》っても、「甲府2女児殺害　母親を逮捕へ」の記事は見つからないだろう。

次のコピーは、紙面の半分ほどを埋める検証記事だった。

日本新報は、8月15日付朝刊社会面に掲載された「甲府2女児殺害　母親を逮捕へ」の記事が、事実の裏付けがない誤報だったことに対する検証を行った。取材担当者への聞き取り調査などを中心に、過熱する事件取材の裏側で、一部担当者の焦りと思い込みが誤報を生んだ原因になったと結論づけた。（本社調査班）

これについては覚えている。たかが──たかがと言っては問題があるかもしれないが、殺人事件に関する誤報程度で、ここまで大袈裟な検証記事を掲載するのは異例だ。一年半ほど前に掲載されたのを見た時に、妙な印象を抱いたのを思い出す。新報は、何か焦っているのではないか……もちろん、間違いを認めてその原因を突き止めるのは、正しい行為である。そうでなくても新聞は傲慢で、ミスがあっても認めない、あるいは無視してしまうという批判が昔からあった。

それにしてもこれは、やり過ぎではないか。そうだ、この後、新報は外部の有識者を招いた調査委員会を作り、さらに誤報の原因を追及したのだ、と思い出す。事態はさらに動き、最終的にこの事件の真犯人逮捕を、新報が特ダネとして報じた。

「つまり、南はこの一件の中心にいたのか？」

「甲府支局の記者で、誤報を書いたのも、最後に特ダネを書いたのも彼のようです」

「本人に直当《じかあ》たりしたのか？」

「そこまではっきりは確認してません。聞きにくいですよね」亜都子が肩をすくめる。

「でも、周辺の情報では、間違いないです」

「そんな人間がどうして社長室にいるのかな」青井は首を傾げた。

「さあ、どうしてなんでしょう」

合わせるように亜都子も首を傾げる。煙草を取り出して掌の上で転がし始めたので、青井は「禁煙だぞ」とすぐに忠告した。「分かってますよ」と不愛想な口調で言って、亜都子が煙草をパッケージに戻す。

「社長室っていうと、エリートコースだぞ」

「日本の会社では、普通そうですよね」亜都子が同意する。「会社の中枢です」

「このミスは、新報に深刻なダメージを与えたはずだ。もちろん、新報の退潮はこの前から始まっていたけど、さらにきついダメ押しになったと思う」

「ですよね」

「ＡＢＣで部数の推移を調べてみれば、この時のダメージが分かるはずだ」新聞や雑誌の発行部数などをまとめている日本ABC協会のデータは、基本的に信用できる。

「調べます？」

「……いや」青井は考え直した。「そこまでは必要ないだろう。でも、ネットで散々叩かれたのは覚えてるよ。今の新聞は、ネットでどう書かれるかをすごく気にするからな。南は、見せしめとして馘になっていてもおかしくなかったと思う」

「これぐらいで馘ですか？　日本の会社は甘いんでしょう？」

「自己都合退職に追いこむ……そういう嫌らしいことを、日本の会社は平気でやるんだよ」俺の場合は勝手に自主退職だったわけだが……引き止める人間が誰もいなかったことを考えると、南との違いがはっきりする。

たぶん南は優秀なのだ。優秀であるが故に、会社は中枢部に置いて利用しようとした。引き止め工作が一切なかった自分の場合は、まったく期待されていなかったということだろう。情けない話だ。

「そんなに切れる感じでもなかったですよ、私が話した限りでは」亜都子が爪を弄《いじ》った。

「能ある鷹《たか》は爪を隠す、と言うけどね」

「何ですか、それ」

「広辞苑で読まなかったか？　日本のことわざだよ」

「覚えてないですね」亜都子がむっとして言った。「わざとぼうっとしたふりをしてるということですか？」

「そんな感じだ。いずれにせよ、ちょっと気をつけた方がいいな。彼は、案外策士かもしれない」

「本人は、社長のカバン持ちだと言ってましたけど」

「なるほど……」青井は顎を撫でた。卑下だろう。実際には新里の信用は厚いはずだ。信用できない人間を、カバン持ち——一番近いスタッフに使うはずもない。

「南さんのこと、どうします？　もう少し調べてみますか？」

「いや、取り敢えずはこれでいい」いかに新里に信頼されているとしても、彼が今回の交渉のキーマンになるとは思えなかった。

「了解です。じゃあ、調査とは別に、ちょっと彼にちょっかい出してもいいですか？」

「おいおい」青井は苦笑した。亜都子が肉食系だということは知っているが——本人もそれを隠そうとしない——シビアな交渉の場に私的な感情が混じるのは好ましくない。

「冗談ですよ」亜都子が舌を出した。「だいたい彼、社長室の女の子とつき合ってるみたいですから。今日、二人が食事を終えたタイミングで摑まえたんですけど、いい雰囲気でしたよ」

「そんなことはどうでも……」青井は口をつぐんだ。もしかしたら、どうでもいい話ではないかもしれない。社長室の女の子とつき合っている——南はやはり、新報の権力中枢に深く入りこんでいるのではないか。「やっぱり、南のことをもう少し調べてくれ。気になる」

「ハニートラップはありですか？」

「なし」青井は即座に却下した。「余計なことは考えないでいいから」

「別に余計なことじゃないんですけどね」唇を尖らせて、亜都子が立ち上がる。「情報を取るためには、何でもありじゃないんですか」

彼女には説教しても無駄だろう、と青井は諦めた。亜都子は、アメリカのＡＭＣ本社でも、取材の仕事は経験していない。そういう経験があれば、やっていいこと、悪いことは自然に分かるようになるのだが……。

意外と亜都子が危険なポイントになるかもしれないな、と青井は気を引き締めた。

9

政治家の仕事は人と会うこと——それが三池の持論だ。地元の支援者、政治家同士、時には記者。そして時には、まったくつながりのない人間と会うこともある。それが面白くもあるのだが、今回の相手が「会いたい」と言ってきた時、三池は少しだけ戸惑った。

場所は料亭の個室……落ち着くと、三池は相手の名刺を見返した。「長澤英昭《ながさわえいしょう》」、肩書きは「日新美術館館長」である。日本新報の関連会社というか、文化事業の一環だとすぐに分かった。何かと因縁がある新聞社なのが気になったものの、取り敢えず「本体」の方ではないので、会ってみる気になったのだ。それを勧めたのは、秘書の渡だった。どういう縁か、渡は以前から長澤とは知り合いなのだという。その渡も当然、この会合には同席していた。

「お名前は、『えいしょう』とお読みするんですか」三池は確認した。名刺にわざわざ振り仮名がふってあるのだ。

「ええ。親の気まぐれでしょうが」

「長澤さんというと、新報のオーナー……以前はそうでしたよね」

「親の代までです。オーナーというか社主ですね。その後、いろいろあって社主の座からは降りましたけど」

長澤が一瞬、声に鋭い怒気を滲ませる。何か問題があったのかと懸念しながら、三池はゆるりとした調子で話を続けた。

「でも、今でも大株主ではあるんでしょう?」

「そうですね」長澤がさらりと答えた。「私が個人筆頭株主です」

うなずき、ビールを一口呑む。わずかに空いた沈黙の時間を利用して、三池は長澤を観察した。自分と同年代……渡の事前説明によると、七十歳だ。小柄で、上品に白くなった髪を、緩く後ろに流している。服も、見ただけで上質なものだと分かる。ツイードのスーツは、ともするとやぼったくなりがちなのに、長澤のそれは体にぴたりと合っていて、非常にスマートな印象だった。合わせたシャツは真っ白、ネクタイは緑をベースにしたペイズリー柄である。派手なペイズリー柄は胸元で浮きがちなのだが、深い緑色のせいか、しっくりと落ち着いていた。何というか……自分とは違って、いかにも育ちのよさそうな感じ。三池にとっては苦手なタイプだった。

「日新美術館というと、丸の内にある……」その辺の情報は渡から聞いていた。

「今や、新報に残った唯一の文化事業ですね」皮肉っぽく言って、長澤がウーロン茶を飲んだ。「いろいろな事業をカットし続けて、それでもなかなか会社の低落傾向は止まらない」

「ずいぶん悲観的でいらっしゃる」

「中にいるからこそ、分かることもありますよ」

三池はまたビールを一口呑んだ。アルコールを呑まない相手と宴席で一緒になると、落ち着かない気分になるのだが……仕方ない。居心地は悪かったが、好奇心はそれを上回っている。

「元々、経済部長をやられていたとか」

「記者で入りましてね。一族のコネですが」

どうにも皮肉っぽい男だ、と三池は早くも辟易《へきえき》してきた。こういうタイプの人間は、愚痴を続けて話を堂々巡りさせたまま、一歩も進まないことがよくある。

「美術館の方に転身されたのは、その後ですか」

「転身というか、飛ばされたと言いますか……」長澤が言葉を濁した。どうも複雑な事情があるようで、自分で説明する気はないようだった。

「勤め人はいろいろ大変ですな」

「私の場合、立場が微妙でしたから。いろいろ軋轢《あつれき》があったのはお分かりいただけると思いますが」

三池は無言でうなずいた。多くの会社で、「二世」のコネ入社は珍しくもない。しかし、創業者一族――彼が入社した時点で父親はまだ「社主」だった――の子弟というのはまた意味合いが違うだろう。経済部長にまでなったのだから、それなりに優秀な男のはずだが、社内であれこれ言われていたのは間違いない。

この手の話を続けていくのが得策かどうか、分からなかった。「会いたい」と言ってきたのは長澤の方だが、まさか愚痴を零す相手として三池を選んだわけではあるまい。

「それで……本日のご用件は？」三池は低い声で切り出した。

「新報の身売り話が進んでいるのは、ご存じですよね？」当然こちらが知っている前提で言った。

「まあ……そういう噂は聞いていますよ。はっきりした情報ではないですが」

大手の全国紙が身売りとなれば、大事《おおごと》だ。この噂を聞いてから、三池も注意して情報を集めているのだが、はっきりしたことはまったく分からない。情報が出てこないが故に、身売り話は本当だと解釈していたが……こういう話は、途中で漏れると大抵潰れるものだ。トップシークレットとして、極めて少ない人数で話を進めるのが普通だ。

「三池先生は、新聞社の身売りについてどうお考えですか？」

「ご時世、ということもあるでしょうな」三池は取り敢えず、無難な答えに終始することに決めた。「しかし新聞を含めてマスメディアには、安定した経営が大事です。それでこそ、公正な報道ができるでしょう。外部から余計な援助や圧力を受けていたら、それに左右されてしまう」

「しかし、情勢は厳しい」長澤の表情は暗かった。

「そのようですね……私も詳しくは知りませんが」

「ネット系企業についてはどうお考えですか」

「適切な運営が必要ですが、なかなか難しいようですね。トラブルが絶えない」

「先生はメディア規制を考えておられる――その方面での活動も活発ですよね」長澤が畳みかけて訊ねる。

「いやいや」長澤が「メディア議連」を指して言っているのは明らかだった。「あれは単なる勉強会です。言論規制につながるようなことは考えていませんよ」

「ネット空間の善と悪――便利ではありますし、誰でも情報を発信できるようになったのは大変な進歩だと思いますが、マイナスも多いですよね」

「それは間違いないですね」

　この話には深入りするな、と三池は自分を戒めた。数か月前にも、危ない橋を渡りかけたのだ。新報の小寺社長――今や前社長と呼ぶべきだが――とネット規制について話し合っていたという情報がネットで流れ、冷や汗をかいた。結局、一部で問題視されただけで、大きなトラブルにはならなかったが……ネットには「増幅効果」がある。実態は大したことがなくとも、噂が広まるうちに、大事件だという印象が強くなってしまう。しかし三池は対処方法を知っていた。無視。放置しているうちに、どんな話題も自然に消滅する。実際この話題は、国会などで問題になることもなく、とうに忘れられている。ネットで流れた後、新聞もテレビも後追いしてこなかったし、こういう話題――政治家のスキャンダル――が大好きな週刊誌も乗ってこなかった。ネットで公表した人間にすれば、波紋が広がらなかったのは誤算だっただろう。

「小寺社長とは、お知り合いだったんですね」

「残念なことでした」三池はゆっくりと首を横に振り、弔意を表した。長澤はもしかしたら、小寺との不適切な関係を蒸し返すつもりなのか……。

「小寺社長が亡くなった後、新報とパイプはあるんですか？」

「特にないですね。最近は誰かにお会いしているわけでもありませんし」新社長の新里とはパイプをつないでおくべきかもしれないが、まだ決めかねている。実は、ネットへの情報流出は新里の仕業ではないかと疑っているのだ。確証はないし、調べるのも無理だとは思うが。

「三池先生が、あまりお好きではない状況がありまして」長澤が体を揺らした。見ると、いつの間にか左手に煙草の箱を持っている。どこから取り出したのか、まるで手品のようだった。「よろしいですか？」と上目遣いに三池を見る。

「どうぞ」三池は煙草を吸わないが、人が吸うのは特に気にならない。

長澤が深々と一服した。それで気持ちが落ち着いたのか、顔色までよくなっている。顔を背けて煙を吐き出すと、煙草を灰皿に置いた。

「新報が身売り交渉をしている相手は、外資系のネット企業ですよ」

「ほう」三池は思わず身を乗り出した。

「正確にはネット企業ではないのですが……AMCという会社をご存じですか？　アメリカのメディアコングロマリットとでも言うべき企業です」

「ああ、向こうで地方紙の買収などをしているようですね」

「そうです」長澤がうなずき、煙草をつまみ上げる。吸う気はないようで、指の間から煙が立ち上るに任せていた。「最近は、買収した地方紙の発行をやめて、電子版としての生き残りを画策しているようです。上手くいっているところも、そうでないところもあるようですが……向こうは、新報のような全国紙を電子版に変身させることで、再生させようという狙いのようです」

「上手くいきますかね。日本とアメリカでは事情が違う」

「アメリカでは、紙媒体のデジタルへの移行は、確実に進んでいます」長澤が指摘した。「新聞ではないですが、ニューズウィークも一度は電子版に移行しました。それに新聞でも、電子版の読者が確実に増えている。ウォール・ストリート・ジャーナルの有料ウェブ登録者数は、既に九十万人を超えています。紙の発行部数が百四十万部前後ですから、もはやサイドビジネスとは言えないでしょう」

三池は無言でうなずいた。この辺の情報は当然、頭に入っている。しかししばらくは、長澤の講釈を聞いていよう、と思った。

「AMCも、以前は新聞を買収して立て直すことが仕事だったんですが、最近はとにかく電子化させる事業をメーンに据えています。つまり今は、実質的にはネット企業と言っていいでしょう。それで……日本の新聞が、アメリカのネット企業に売られるのは正しいことだと思いますか？」

「そもそも、売却には法的な問題があるはずです」

「いや、あの法律は、あくまで新聞の経営権を守るためのもので、新聞社側がメディアと関係ない企業への売却を決めれば、問題はありません。定款の問題です」

おっと、これはまずい……元警察官僚である三池は本来、法律畑の人間であり、内閣改造で外れるまでは法務大臣を務めていた。基本的に法律・メディアの専門家とみなされているわけで、こんな基本的な法律を知らなかったでは済まされない。後で確認しておこうと頭の中にメモし、取り敢えず、再び無言でうなずくにとどめる。

「しかし私は、これは新報の自殺だと考えています」

「とはいえ、買収はそう簡単にはいかないのでは？」ビールを呑もうとしてグラスを口元まで持っていき、三池は手を止めた。酒を呑んでいる場合ではない。話は急速に、シビアな方向へ進んでいる。

「いや、情勢はそちらに傾いています。少なくとも経営陣は、身売りの方向で一致している。小寺社長が進めていた話なんですが、ご存じないですか」

「聞いていなかったですね」少し顔を強張らせながら三池は答えた。小寺も、ネット規制についてはあれこれ話したものの、自社の問題については口を閉ざしていたわけだ……もちろん、外部の人間に簡単に話せることではないだろうが。

「とにかく今、社内はざわついています。私としては、この身売りをやめさせたい。大胆なコストカットやリストラなどで、新報は生き残れるはずです」

「あなたは……個人の大株主ですよね？　阻止することもできるのでは？」

「そこまでの株は持っていません。それに新報の株主は基本的に、関連会社や社員の持ち株会などで占められているんですよ。取締役会が決めたら、株主総会ではそれがそのまま通ります。非上場企業の株主総会というのは、そういうものです。もはや形骸化してしまっている」長澤が吐き捨てる。

それはそういう決まり——慣習なのだから仕方がないと思ったが、三池はまたも黙ってうなずいた。そうしながら、頭はフル回転している。新報が身売り……これは大規模なメディア再編の第一歩になるかもしれない。

それにしても、小寺は何を考えていたのか。問題が表沙汰になってから小寺と会うのは控えていたが、その間に動きがあったのだろうか。小寺が「変節漢」だという評判は、三池も聞いていたが。

「一つ、お力をお貸しいただけないでしょうか」

「いやいや、一民間企業の問題に、私が首を突っこむわけにはいかないでしょう。政治家がそういうことをすると、何かと批判を浴びます」

「では、ネット企業が今よりも影響力を持つようになっても構わないと？」

痛いところ——三池の関心事を突いてくる。

三池は腕を組み、無言で長澤を見詰めた。軽々《けいけい》に結論は出せない。しかしこれは、じっくり考えるべき価値のある問題だ……。

長澤と別れた後、車の中で三池は渡に訊ねた。

「長澤という男は、どうなんだ」

「非常に難しい立場にいます」渡がさらりと答える。

「というと？」

「二十五年前、新報が会社の再編をしようとした時に、社主である長澤さんのお父上が抵抗しました。社主の権限を削《そ》ぐような改革だったんです」

「なるほど」三池はうなずいた。当時の経営陣が、長澤一族の存在を鬱陶しく思っていたことは容易に想像できる。

「長澤さんのお父上は、個人筆頭株主でもありました。特別企画室という部署が、社主の意向を汲《く》んで社内に影響を及ぼしていたんですが、まずそこが解体されました。一種のクーデターです。お父上は結局大きな流れには逆らえませんでした。創業家は大量の株を手放すことになって、影響力を削がれました。しかもその際、会社の方針に反対したということで、当時経済部長だった長澤さんも主流部門から外されたんです」

「ずいぶん若くして経済部長をやっていたんだな」

「ええ。それが能力によるものか、コネによるものかは分かりませんが……結局、関連会社に出されました。後に、亡くなったお父上の株を譲り受けて個人筆頭株主にはなったんですが、経営には口を出すことなく、今は日新美術館の館長に収まっています」

「今回の件は、よほど腹に据えかねたのかね」

「あるいは、新報は未だに自分の会社、という意識があるのかもしれません——どうされます？」

「検討する」

短く言って三池は黙りこんだ。これは重大な問題だ。まずは情報収集。決断を下すのはその先でいい……向こうの動きが、自分より速くないことを三池は祈った。

第二部　抵抗勢力

1

「辞めることにした」

「辞める？」南は思わず辻に詰め寄った。

「ああ」辻があっさり認めた……が目を合わせようとはしない。

「辞めてどうするんだよ。お前、子どもが生まれたばかりじゃないか。それに奥さん、専業主婦なんだろう？」南は畳みかけた。

「まあ、そこは何とかなるさ」辻が言葉を濁す。

　本社の屋上。ＡＭＣのＣＥＯ、アリッサ・デリーロを会社に案内してから一週間後の昼前、突然辻から呼び出された南は、前置き抜きでとんでもない告白を受けた。クソ、落ち着け……煙草を取り出したが、ショックで手が震えてライターの火が点かない。煙草を手の中に包みこむと、力が入り過ぎて潰れてしまった。火を点けるのを諦め、顔を上げて訊ねる。

「まさか、身売りが原因じゃないだろうな」

「察してくれよ」辻は頑《かたく》なに目を合わせようとしなかった。「上司にも、人事にも、一身上の都合で、としか言ってないんだから」

南は、潰れた煙草をスーツのポケットに突っこんだ。中が煙草の葉だらけになってしまうと気づいたのは、新しく一本を取り出してからだった。左手で椀《わん》を作るようにして風を防ぎ、何度かライターをかちかちいわせた後で、ようやく着火に成功する。火が揺らいでいるのは、風のせいではなく手が震えているためだ。何とか煙草に火を移すと、火が消えないように急いで深く吸いこむ。慌て過ぎて、咳きこんでしまった。

「大丈夫か？」辻は本気で心配している様子だった。

「……ああ」右手の前腕部で口を押さえたまま、ひとしきり咳をしてから、ようやく落ち着いた。煙草を吸う気はすっかり失せていたが、気持ちを落ち着かせるためにと、取り敢えず煙を深く吸いこむ――何とか手の震えも収まった。

辻の顔を真っ直ぐ見ながら「とにかく、驚いた」と言った。

「悪い、悪い……一応、お前には言っておこうと思って」

「他の人間には言ってないのか？」南は目を見開いた。何だかおかしい。辻は、同期の中でもリーダー的存在なのだ。自然に周りに人が集まるタイプというか……童顔で、人に警戒心を抱かせないからかもしれない。そういうのは、入社直後の研修時からずっと変わらなかった。

「最小限の人間にしか言ってない」辻の表情がかすかに強張る。

「何で」

「言う必要もないからだ」

「そんなこと、ないだろう」南は辻に一歩詰め寄った。もう、胸と胸がくっつきそうな距離になっている。「辞めるのは大変なことだぜ？　せめて同期には知らせないと」

昔ほどの人気はないが、新聞記者は、依然として狭き門だ。入社試験の倍率は、数百倍から時に千倍に達する……だからこそ、「せっかく入ったのだから頑張ろう」という気持ちになるのが自然だし、仲間意識も強い。

「別に、送別会なんて必要はないよ」辻が苦笑する。

「いや、だけど……だいたい、どうして辞めるんだ？」

「ちょっと座ろうぜ」

言って、辻は灰皿の近くにあるベンチに腰を下ろした。長年風雨にさらされ、元々青かったプラスティック製のベンチは、薄い水色に褪《あ》せている。南はまだ長い煙草を灰皿に投げ捨て、すぐに新しい一本に火を点けた。

「お前、ちょっと吸い過ぎだぜ」辻が顔をしかめる。

「誰のせいだと思ってるんだよ」軽く睨みつける。

「それはそれとして、体に悪いぞ」

「分かってる」しかし、今度はすぐに手放すつもりはなかった。ゆっくりと煙を体に入れてから、少し辻と距離を置いてベンチに腰かける。

「身売り交渉、どうなってる？」

「それは……」やはり、それが理由なのか？　南は、胃を誰かに摑まれたような痛みを感じた。「まだ何とも言えない」

「正式には決まってないんだ？」

「正式なことは、一つも決まっていない」

「交渉中、か」

　さりげない口調だったが、辻は引く気がないようだった。ここは「しつこい」と軽く叱っておくべきか……こういう風にすれば、取材先にも嫌われないのだろう。甲府支局時代、知り合いの警察官に言われた言葉を思い出す。「あんた、ギラギラし過ぎなんだよ」

「あのさ、お前が慌てる必要はないと思うけど」辻が苦笑しながら言った。

「別に慌ててない。ショックを受けてるだけだ」

「ああ……社長室にいるお前にこんなことを言うのは何だけど、身売りを考えているような会社は、先行きが厳しいんじゃないか？」

辻の指摘に、南は黙りこんだ。本当に厳しいかどうかは、何とも言えない。「まさかあの名門が」と驚かれた倒産も少なくないし、中小企業ならそれこそ日常茶飯事だろう。一方で、経営陣の必死の努力で苦境を脱した企業だってあるはずだ。しかし、自分のことは自分が一番よく分からない……南は、辻よりもよほど会社の権力中枢の近くにいるのだが、将来のことはまったく読めなかった。新里にくっついて、身売り交渉の場に出席していても、心のどこかでは「身売りしなくても何とかなるのでは」と考えている。

もちろん、根拠はない。

「安定して仕事ができないと、落ち着かないんだよ。それじゃ、いい取材はできないだろう」

「新報を見捨てるのか？」

「俺がいなくなったって、新報が潰れるわけじゃない」辻が苦笑した。

「だけどお前は、社会部のエースじゃないか」

こういうことを言う自分が嫌になる。しかし、持ち上げてでも何とか引き止めたかった。同期がさっさと逃げ出す——自分は、沈む船から逃げ遅れるネズミになるのでは、と怖くなる。辻は何も言わず、緩い笑みを浮かべて南の顔を見るだけだった。

「会社に希望が持てなくなった、ということか」南は思わず訊ねた。

「率直に言えばそうだ」

「じゃあ、俺も率直に言わせてもらう。心配なんだよ。お前が辞めたら、ドミノ現象で辞める奴がどんどん出てくるんじゃないかと思うんだ」

「まさか」苦笑しながら辻が言った。「俺にはそんな影響力はないよ」

「実際、辞めそうな人間が何人もいるそうだ」

「まさか」もう一度、今度は真面目な口調で言って、辻が目を見開く。

「編集局だけじゃないんだ。販売、広告、印刷、発送……全社的な動きだよ」

「さすが、社長室にいると、そういう情報も入ってくるわけだ」

「とにかく、お前が辞めると影響が大きい。協会賞記者なんだぜ？　少しは自覚しろよ」

辻が新聞協会賞を受賞したのは三年前、警視庁クラブにいる時だった。大規模な汚職事件に関してで、警視庁クラブの記者が業界最高のこの賞を受賞したのは久しぶりだったため、大きな話題になった。以来、辻は名実ともに「エース」として認められるようになったのだ。

「そんなの、昔の話だよ」辻がさらりと言った。

「奥さんは了解してるのか」

「ああ」

「よく説得したな」

「まあ、それぞれの家庭にはそれぞれの事情があるんだよ」

「本当に平気なのか？」まだ心配で、南は念押しせざるを得なかった。

「まあ、何とかね」辻が耳を掻いた。

「辞めてどうするんだ？」

「少し休むかな。さすがに最近、ちょっと疲れた」

「言っちゃ何だけど、そんな余裕、あるのか？　次の仕事は決まってるのか？」

「それはこれから考えるよ」

「再就職先を考えないで辞めるのか？　それはあまりにも無謀じゃないか」

南は厳しく突っこんだ。相変わらず景気のよくないこのご時世、何のあてもなく辞めたら、家族を養えなくなる。もしかしたら、実家が何か商売をしていて、それを手伝うとか……想像を思うまま口にすると、辻は無言で首を横に振った。

「本当に大丈夫なのか？」再度念押しする。

「ああ。少し、家族と一緒にいる時間を増やすよ。そうじゃないと、嫁にも娘にも嫌われる。この辺で、たっぷり家族サービスしておいてもいいんじゃないかな」

「お前自身の話だから、俺には何も言えないけど……いつ辞めるんだ？」

「三月十五日」

「あと一週間しかないじゃないか」南は思わず腕時計を見た。カレンダー機能どころか、日付表示もないのだが。「上司は本当にOKしたのか？」

「ああ。もう人事の手続きも済んでる」

「誰も引き止めなかったのか」

「特には」

「馬鹿じゃないか」南は吐き捨てた。「新報の財産は人なんだぜ。それをむざむざ見過ごすなんて……」

「俺は、百人いる部員の一人に過ぎないよ」辻が肩をすくめる。

「編集局長は？」現在の編集局長・村越《むらこし》は、社会部長経験者だ。かつては辻の上司でもあった——辻が新聞協会賞を取った時の社会部長である。以前の部下の動向は気にするのではないだろうか。

「いや、話してない」

「これから呼び出されるんじゃないか？」

「まさか」辻が首を横に振った。「記者が一人辞めるぐらいで、編集局長がいちいち騒いだりしないさ」

「そうかな」この辺は確かめてみよう、と南は思った。しかし、既に手遅れではないか……人事部の手続きが済んでしまったら、辞表を撤回するのは難しいはずだ。不可能ではないだろうが、かなり厄介な状況になるはずで、「なかったこと」にしようとすれば、今度は人事部に迷惑がかかる。

「ま、そういうことだ」辻が両手で腿《もも》を叩いた。「本当に、送別会とかは必要ないからな」

「それは希望に添うけど……でも、何で俺に喋ったんだ」

「さあ、何でかな」

からかわれていると思い、南は体を捻《ひね》って辻の顔を見た。極めて真面目——冗談を言っている様子ではない。

「何でか分からないけど、お前には言っておかないといけないような気がして」

「よく分からない」

「俺も分からない」辻が微笑《ほほえ》んだ。「それよりお前は、どうするんだ？」

「俺？　何が？」急に話を振られて、南は戸惑った。

「もしも新報が本当に身売りしたら……そのまま会社に残るのか？」

「それは、考えたこともない」いつの間にか長くなっていた煙草の灰が、先端からぽろりと落ちる。南は、コンクリートの上に転がる灰の塊を踏み潰した。

「このまま新聞の発行を続ければ、編集局の仕事はそんなに変わらないだろう。でも、社長室とかはどうなるんだろうな？　もしかしたら、幹部は総取っ替えになって……外部から新しい社長が来たら、お前はそういう人間に仕えるわけだよな？」

「いや、社長室にいるかどうかも分からないし」編集局に戻りたい——誤報を飛ばし、あるいは特ダネを摑み損ねた後でも、自分の本分はあくまで記者だと信じていた。

「大変だと思うよ？　新聞作りのノウハウをまったく知らないような新社長があれこれ口を出し始めたら、滅茶苦茶《めちゃくちゃ》になる」

「そういうことにはならないと思う」

「そうか……とにかく、そういうことだから」辻が立ち上がる。

「一回、飯でも食わないか？　俺は個人的に送別会をやりたい」

「お気遣いはありがたいけど、いろいろ忙しいんだ。ばたばたしてる」辻はあっさり断った。「じゃあ……変な話で悪かったな」

　特に感慨深い様子も見せず、軽く一礼して辻は去って行った。その背中を見送りながら、南は嫌な予感に襲われていた。

　これは、ダムに空いた最初の穴かもしれない。水圧に押されて、穴はあっという間に広がる——多くの社員が、雪崩を打つように新報を辞めていく可能性もある。

　人材こそが新聞社の財産。その財産が欠け落ちていったら、本当に会社は身売りできるのだろうか。

風が強く吹き抜け、大きく跳ね上がったネクタイが南の頬を打つ。お前もいい加減に目を覚ませ、と叱咤《しった》されているような気になった。

「辻さんが？」

優奈がはっと顔を上げた。それから慌てて周囲を見回す。情報を一人で抱えているわけにはいかず、南は優奈に打ち明けた。外での昼食に誘ったので、周りは知らない人ばかり……しかしこういう場所でも、誰が聞いているか、分かったものではない。

「ついさっき、聞いたんだ。君は何か、聞いてない？」

「全然。初耳です」慌てて首を横に振ると、長い髪がふわりと揺れ、花の香りが漂い出す。「ちょっとまずいんじゃないですか？　辻さんが辞めると、影響が大きいと思いますよ」

「社会部のエースだからな……俺なんかが辞めるのとは訳が違う」

「びっくりです……」消え入るような声で言って、優奈が手にした紙ナプキンを握り締めた。

目の前のハンバーグの皿――優奈はつけ合わせまで綺麗《きれい》に平らげていたが南はまだ食べ終えていない――が急に汚いものに見えて、南は手を挙げて店員を呼んだ。皿を下げてもらい、「飲み物は？」と優奈に訊ねる。この店は、食後の飲み物はドリンクバーでセルフサービスなのだ。

「私、取ってきます」

立ち上がりかけた優奈を、南は目線で制した。優奈がゆるゆると腰を下ろしながら「じゃあ、アイスティーで」と言った。ハンバーグは結構濃い味つけだったので、食後には爽やかな冷たい飲み物の方がいいだろうと思い、南もアイスティーにした。

二人分のグラスを持って席に戻る。地下一階にあるこの店は、夜は洋風の居酒屋になる。そういう店の常で、昼間のランチはボリュームたっぷりで、しかも銀座にしては安い――何を食べても千円でお釣りがくる価格設定だ――ので、常に賑わっている。隣のテーブルの近さが気になったが、見知った顔ではないので、新報の社員ではないだろうと勝手に判断する。しかし……自分があまりにも用心深くなっているのに驚いた。

優奈が、アイスティーに何も加えずに飲み始める。南は一口飲んでから、ガムシロップとミルクを加えた。ひどく煙草が吸いたい……しかしこの店は、ランチタイムは禁煙だった。

「辻さんの奥さんって、社長室の先輩だったんです」

「ああ、そうか」南ははっと顔を上げた。辻の結婚式には呼ばれていない――その頃自分はまだ甲府支局にいた――が、辻が「上玉」を摑まえたという噂は流れてきていた。実際、後で結婚式の写真を見せてもらってびっくりした。ウェディングドレス補正があるにしても、どこの女優だ、と驚いたぐらいである。

「大丈夫なんですかね？　いきなり無職でしょう？」

「そうなるよな……」南は腕を組んだ。辻は「少し休むかな」と言っていた。本当に次の仕事は決めていないようだったが……何らかの形で働かざるを得ないだろう。

「奥さん——美鈴《みすず》さんに聞いてみましょうか？」

「頼めるかな」好奇心ではなく……同期を心配しているからだ、と自分に言い聞かせる。

「でもそんなこと、聞けるのか？　普段つき合いがないのに、いきなりそんな話を出したら、向こうは嫌な思いをしないかな」

「大丈夫ですよ。今も時々メールしたり電話したりしますから。お子さんが小さいので、なかなか会えないんですけど」

「そうなんだよ、それが問題なんだ」南は身を乗り出した。「まだ子どもが小さいのに、いきなり会社を辞めるなんて、無茶じゃないかな。家族に対する責任をどう考えているんだろう」

話しているうちに、急に怒りがこみ上げてきた。やはり彼の行動は無責任に思える。仲間とその家族が路頭に迷う姿は見たくなかった。

「でも、これからそういう人、増えるかもしれませんね」優奈が溜息をついた。「もしも本当に身売りが決まったら……リストラされるよりは、自分から進んで辞めた方がいいって考える人がいても、おかしくないですよ」

「リストラ、あるかな」

「ないとは言えないでしょうね」優奈が不安げにうなずく。「あーあ、こんな風になるなんて、就職した時には思ってもいませんでした」

それから優奈は、自分の事情をぽつぽつと話し始めた。親の仕事の都合で、高校の途中までアメリカで過ごし、帰国してからは日本に馴染めなくて苦しんだこと。大学ではそういうことは解消されたものの、今度は就職で苦労したこと。本来記者志望で、テレビ局の報道部門や新聞社を受けてみたが全滅で、結局、新報の総務系の募集にやっと引っかかったこと……当時の苦労を思い出したのか、表情は暗かった。

「だけど、就職ではもっと苦労していた子もいたから、自分はラッキーだって思うようにしてたんです。新報は、給料だって悪くないし」

「そうだよな」

「でも上の人たち……五十歳より上ぐらいの人たちって、恵まれてますよね。就職もそんなに大変じゃなかったはずだし、いろいろな意味で逃げ切れる世代でしょう？」

曖昧にうなずきながら、南は暗い気分になっていた。会社が買収されれば、「逃げ切る」どころの話ではない。それこそリストラで、会社を去らなければならないかもしれないのだ。そして自分も、決して例外ではない。むしろ、真っ先に首を切られる恐れもある。新里の言葉が脳裏に蘇った。「君には能力はある。そういう人間を馘にするとどうなるか……会社を恨んで、攻撃をしかけてくるかもしれない」。だからこその、社長室での飼い殺し。しかし会社が身売りするとなれば、厄介な人間を放り出す最高の機会になるだろう。

「ちょっと、美鈴さんに電話してきます」優奈が言った。

「じゃあ、出ようか？」ここだと煙草も吸えない。

「そうしますか」

優奈が財布を取り出した。二人で千円札を一枚ずつ出し、お釣りは優奈に渡す。

「悪いですよ」優奈が渋い表情を浮かべる。

「いいよ、これぐらい」南は慎重に言葉を選んだ。結局これぐらいしか言えない。

「……後輩なんだし」

「すみません」

優奈がぺこりと頭を下げる。妙に子どもっぽい仕草に、南は胸の中が熱くなるのを感じた。保護欲を掻き立てられる。

店を出てすぐ、煙草に火を点ける。本当はこの辺も路上喫煙禁止なのだが……優奈の電話が終わるのを待つ間、どうしても手持無沙汰だった。少し離れたところで電話をかけ始めた優奈は、最初明るい表情を浮かべていたのに、すぐに眉間に皺が寄り始めた。

結局、話していたのは一分か二分だっただろうか……最後は明るい顔に戻ったが、会話が弾まなかったのは間違いない。

「どうだった?」煙草を携帯灰皿に押しこみながら、南は訊ねた。

「何か、はっきりしなくて」

「辻が辞めることは認めた?」

「それは、ええ……」優奈は歯切れが悪かった。「でも、辞めた後のことについては、はっきり言わないんですよ。何かあるんですかね」

「隠すようなことかなあ」見当がつかなかった。

「食事に誘ったんですけど、乗ってこないんです。子どもがいるから忙しいんだとは思いますけど……南さん、辻さんの送別会とかはやらないんですか?」

「本人が、そういうのは必要ないって言ってるんだ」説明しながら、何だか辻は会社から逃げ出すようだ、と思った。

「美鈴さんが心配です」優奈は、本当に心配そうだった。「家族に対する責任、ありますよね」

「もしかしたらしばらくは退職金で生活して、その後で新しい仕事を探すのかもしれないけど」言いながら、現実味のない話だと思った。十年程度会社に勤めたぐらいでは、退職金はたかが知れているだろう。それ頼りでどれだけ暮らしていけるか……。

「南さんは、辞めないですよね？」

「俺？　ああ、いや……」

「辞めると困る人とか、いるんですか？」

「結婚してないよ、俺」

「でも、恋人とか」

「ああ、ええと、それもない」

この話は、微妙な方向に進むのだろうか。ちらりと横を見ると、優奈は嬉《うれ》しそうな表情を浮かべている。安心しているわけか……ここは、勇気をもって一歩踏み出すのも大事かもしれない。

自分が変わるためにも。

2

自分が同席する三度目の交渉の席で、南は話が始まる前から緊迫した雰囲気を感じ取っていた。何かがおかしい……ＡＭＣ側の青井と亜都子の雰囲気が、明らかに硬いのだ。南は新里にシグナルを送ろうとしたが、新里もいつもと違う雰囲気に早くも気づいていたようだった。表情が厳しい。新聞記者というのは、基本的に場の空気を読む能力に長《た》けているものだ。

この前と同じように、亜都子が四人分のコーヒーを用意する。座る位置も前回と同じ。だが、これまでは必ず話の口火を切っていた青井が、口を開こうとしない。新里も何も言わなかった。

「ええと」代わりに第一声を発したのは亜都子だった。「ボス、硬いんですけど」

そう言う亜都子の口調も硬い。その場の雰囲気を和らげようとしたようだが、効果は上がっていなかった。やはり何かある――青井は重要な話を切り出そうとしているのだ、と南は悟った。それもかなりシビアな話題に違いない。

「本社の方と十分な打ち合わせをしまして、新報買収の条件を決めました」少しかすれた声で青井が言った。よく見ると目も赤い。どうやら寝不足のようだ。

「はい」新里がぴしりと背筋を伸ばす。

南はノートパソコンのキーボードの上で指を静止させた。ＩＣレコーダーの録音ボタンを押していなかったことに気づいて、慌てて右手を伸ばす。録音中を示す赤いランプがついたのを確認して、またメモの用意を始めた。

「新聞の発行を停止していただきたい」

青井の一言が、その場の空気を凍りつかせた。南は一瞬彼の言葉の意味を摑みかね、指はキーボードの上で浮いたままになった。

「それは、つまり……」新里が質問を発したが言葉に詰まり、大袈裟に咳払いした。

「廃刊しろ、ということですか」

「言葉はともかく、そういうことです」青井がうなずいて認める。

瞬時に状況を把握した南は、思わず立ち上がりかけた。冗談じゃない。買収と言いながら、AMCは実際には新報を潰す気か？　こんな条件を受け入れるわけにはいかない。だいたい、新聞を発行しない会社が、新聞社を名乗れるわけがないではないか。

「現在の紙の新聞は発行を停止、全面的にネットに移行していただきます」青井の声は落ち着いていた。

「それは、御社が現在やっていることと同じですね？」

新里も冷静だった。それで南も多少は気持ちが落ち着き、そろそろと腰を下ろした。遅れを取り戻すべく、大慌てでキーボードを打つ。

「弊社のニュースサイトは、基本的に自社取材の記事で作られています。ただし残念ながら、規模ではとても新報さんには及ばない」青井が率直に認めた。「記者の数が絶対的に少ないですから、専門的に取材できる分野は限られます。これでは、メディアとしての信用は得られません。買収完了後は、AMCジャパンのニュースサイトは閉鎖し、新報のニュースサイトに合流させるつもりです。採算性についても検討していますが、十分やれるというのが本社サイドの見こみです」

「有料のニュースサイトで黒字を出すのは、相当難しいと思いますが」新里が指摘した。

「承知しています。紙の新聞の廃止と同時に、相当規模のリストラが必要となるでしょう。しかし電子化すれば、そもそも印刷や発送部門は廃止できます。広告部門の強化は必要でしょうが、販売部門もスリム化できます。広告の一部門にするのが合理的かと」

売る「紙」がなくなるのだから当然だ、と南は皮肉に思った。

「ちょっとそれは……」新里が掌で前髪を撫でつけた。「即答しかねますね」

「当然ですよね」真顔で青井がうなずく。「大きな変革になります。社内の調整も大変でしょう。しかし、これが弊社としての絶対条件です。新報のブランドが生き残るためには、大きな痛みを伴う改革が必要ではないでしょうか」

沈黙――その中で、亜都子が打つキーボードの音だけがカタカタと響く。ノートパソコンでキーボードの音をたてるには、相当強く叩かなければならないのだが……南も慌てて、今の話をメモにまとめた。

・紙の新聞発行停止
・全面的に電子版に移行
・AMCジャパンのサイト廃止、新報サイトに合流
・大規模リストラ

最後の一つが頭に引っかかる。ふいに、辻の顔が脳裏に浮かんだ。早過ぎるように思えたあの男の決断は、結果的に正しいのではないか……屋台骨が揺るがされるような改革の中で、今までと同じように仕事を続けるのは難しい――辻は先を見越して、そう判断したのかもしれない。もちろん彼は、今日青井が出した条件を知る由もないのだが。

「この件は持ち帰っていただいて結構です」青井が切り出した。「ただし弊社としては、長くは待てません。今、三月……遅くとも、六月の株主総会までには社内の意思を統一していただき、その後は一気に手続きに入りたいと思います」

「長引かせる話ではないでしょうね」新里が組んでいた腕を解き、腕時計を確認した。

「金の問題については、この方針が決まってからお話ししたいと思いますが、私たちとしては『買収』という感覚ではなく、『合併』の方向で考えています。ＡＭＣジャパンが新報に合流し、全面的にネットに移行、新報の他の事業については、別途継続していく形になると思います」

いったいどういう会社になるのだろう、と南は訝《いぶか》った。

「ずいぶん……大変な条件を考えられましたね」

「これが本社サイドの意向です」青井が淡々と説明する。「やはり今後、新聞は電子版で、というのが基本的な考えですから。ここ数年で買収したアメリカの地方紙は、全て電子化していますよ」新里がやんわりと抵抗した。

「それで上手くいっていないケースもあると聞いています」

「ええ。やはりまだ過渡期……何百年も続いた新聞の歴史が、そう簡単にひっくり返ることはないでしょう。考えてみれば、新聞が電子化を始めてから、まだ二十年ほどしか経っていません。私はそれを経験していますが……」

青井が言葉を切って咳払いすると、新里が黙りこむ。二十年前の因縁が、二人の間で煙のように漂い出したようだった。口を挟む余裕もなく、南はひたすらキーボードを打つことに専念した。

「今日のところは、これで終わりにしていいでしょうか」新里が切り出した。「これは社に持ち帰って、早急に検討する必要がある課題です」

「もちろん、そうしていただいて結構です」青井がうなずき、左腕を持ち上げて腕時計を確認する。「次回は……予定通り、来週の火曜日でいいでしょうか？　このスケジュールは崩したくないので」

「結構です」新里がうなずく。表情は硬く、声にも元気がなかった。

予想を上回る厳しい条件だった。どうしたものか……自分が決めることではないとはいえ、南は先行きが急に暗くなるのを感じていた。

ホテルから新報本社に戻るまで、新里は一言も発しなかった。考えている……いや、むしろ怒っているように見えた。話しかけたい、真意を知りたいと思ったが、新里は「話しかけるな」というオーラを発している。新報まで歩いて十分ほどの道のりは、はるかに遠く感じられた。

新報に戻り、自室に入る直前、新里は「会長の予定を確認してくれ」と南に命じた。

「分かりました」

「できるだけ早く会いたい」

「確認します」

自室のドアを閉める新里の姿は、まるで穴倉に逃げこむ小動物のようだった。本能的に危機を察し、安全な場所に姿を隠す——そんなことをしても、ＡＭＣ側が出した条件が消えるわけではないのに。

自席に戻ると、隣に座る優奈が心配したように声をかけてきた。

「どうかしたんですか？」

「何が？」

「いえ、あの……」優奈が遠慮がちに訊ねる。「顔色がよくないし、今日はずいぶん帰りが早かったですね」

「ああ、早く終わったから」とはいえ、早過ぎる。ホテルの会議室にいたのは、十五分ぐらいだったのではないだろうか。

南は、会長秘書に早坂の予定を確認した。会長室に在室中で、しばらく誰かと会う予定はない。南はすぐに新里の部屋のドアをノックして、面会は可能だと告げた。既に背広の上を脱いでいた新里が、袖をまくり上げながら部屋を出て来る。

「君も同席してくれ」慌てた口調で南に命じる。

「私がですか？」

「こっちに記憶違いがあったら困る。フォローしてくれ」

覚え間違うほど、情報は出なかったと思うが……命令なら仕方がない。

会長室は、フロアを挟んで、新里の部屋の反対側にある。基本的には社長室と同じ造りだ。違いと言えば、本棚に収まる本の種類だけ……新里の部屋には洋書が多いのに対し、経済部出身の早坂の書棚には、経済誌やその方面の専門書が多い。すっかり白くなった髪を七三に分けた早坂は、渋い表情を浮かべていた。

二人は向かい合わせてソファに座った。南は折り畳み椅子を持ってきて、新里の後方に腰を下ろす。社長室に配属されて二か月あまり、会社のトップとは毎日のように顔を合わせるのに、こういう状況には未だに緊張する。特に今日は……もしかしたらこの話し合いで、新報の未来が決まってしまうかもしれない。

「彼は?」

早坂が自分をちらりと見て不審げな表情を浮かべたので、南はますます居心地が悪くなった。

「今日の会合に同席したので、私の記憶補助です」新里が静かに言った。もう落ち着いた様子である。

新里は、ＡＭＣ側からの条件を説明した。見る間に早坂の表情が暗くなる。分厚い唇が薄く見えるまで口をきつく引き結び、握り合わせた両手にも力が入って白くなっていた。

「その条件は……呑むのは難しいだろう」

「何とも言えません」新里が打ち明ける。「正直に申し上げれば、私はまだ決断できません」

「身売りは既定路線とはいえ、ここまで厳しい条件を突きつけられると、躊躇《ちゅうちょ》するな」

早坂が両手で顔を擦った。

「ええ……ただし、これからまた新しいパートナーを探すのは、相当大変だと思います。銀行に入ってもらう線もありますが、抜本的な解決にはならないでしょうね」

「参ったな」早坂が、小柄な体をソファに埋める。「いや……ちょっと待てよ。ＡＭＣジャパンの代表——青井と言ったか？」

「ええ」

「元々うちの社員だったな」

「そうです。二十年も前に辞めていますが」

「理由は？」

「処遇に対する不満でしょうね」新里がさらりと言った。

南はこの件に関して、新里や社長室の他のメンバーから聞いていたが、どうやら今日は、もっと詳しい情報が手に入りそうだ。取り敢えず、二人の会話を頭に叩きこもう。

「どういうことだったんだ？」

「意に添わない異動、ということです。二十年前、うちがインターネットのビジネスを始めた時、彼を立ち上げスタッフとして異動させたんですよ。元々理系で、コンピュータ関係に詳しいという話だったので……ただしそれが気にくわなかったようで、結局は辞めました」

「それで二十年後、ＡＭＣジャパンでネット系の仕事をしている……妙な縁だな」

「ええ……まあ、二十年というと長いですから、彼も様々な仕事を転々としてきたようですが」

「まさか、意趣返しじゃないだろうな」早坂が目を細める。

「さすがにそれはないでしょうが……実は、外報部にいた彼に、メディア部門への異動を言い渡したのは私だったんです。説得にだいぶ時間がかかりました」

「まさか、君に対する私怨で辞めたのか？」

「そういうことはないと思いますが……」

否定したものの、新里は自信がなさそうだった。南はまた落ち着かなくなった。まさか、人事の恨みが二十年も続くのか？　人は簡単に恨みを忘れないというが、青井はそういうタイプではないと南は思っていた。何というか、いつも淡々としている……交渉の席でも、感情はほとんど見せない。裏ではどうか分からないが、少なくとも新報、あるいは新里に恨みを抱いている様子はなかった。いわゆる「役者」なのかもしれないが。

「取締役会で、非公式な議題にするか」早坂が言ったものの、乗り気な様子ではなかった。

「一応、取締役会は一枚岩ではありますが……この条件では意見が割れるかもしれませんね」

「そうかもしれない。とにかく、取締役会は意思統一しておかないと……今日の会合の件は、メモにまとめてもらえるか？」

「では、南の方から提出させます」

新里が言うと、早坂が目を見開き、南を凝視した。この男で大丈夫なのか……早坂が自分を信用していないのは明らかだった。会合のメモを提出するぐらい、誰でもできる仕事なのだが。

会長室を出ると、南は異様に肩が凝っているのを感じた。その肩凝りは、新里の一言でさらに悪化した。

「ちょっと、私の部屋へ」

会長宛のメモを作らなければならないが、社長の命令では断れない。仕方なく後について部屋に入ると、新里はソファに座るよう、南を促した。例によって緊張したまま浅く腰かけ、新里と対峙《たいじ》する。

「煙草でも吸いたい気分だな」

「吸われませんよね？」

「二十年も前にやめたよ。社内の机から灰皿がなくなって、喫煙室ができた頃だ。喫煙者の肩身が狭くなった時代だった」

自分は未だに肩身の狭い思いをしているが……しかし今は、南も煙草が恋しかった。

「青井のことは、どう思う？」

「いつも冷静ですね」

「辞める時もそうだったらしい」

「そうなんですか？」

新里が右手で頬を擦り、南の頭上に視線を漂わせる。その辺りの空間に、当時の記憶があるとでもいうように。両手を腿に置き、軽く身を乗り出す。

「私が、外報部からメディア部門への異動を言い渡した時にかなりごねたが、結局は折れたんだ。ポイントは、いつ編集局へ戻れるかということになって……内々に、二年で戻す約束をした」

「でも、辞めたんですよね？」

「異動してから半年後だった」新里がうなずく。「仕事は順調にいっていた……かどうかは分からないな。当時のネットビジネスは、手探り状態だったから。利益を出す方向へ行くのか、あくまで会社の宣伝として続けるのか、その方針すら決まっていなかった。当時は、課金システムがまだしっかりしていなかったから、ネットで金を儲《もう》けるのが難しかった」

「ええ」

「とはいえ、それほど仕事が大変だったとは思えない。新しもの好きの人間だったら、面白かったんじゃないかな。ところが青井は、いきなり辞表を提出した」

「止めなかったんですか？」

「メディア部門の方では、止めなかったようだ。私のところに話が伝わってきた時には、もう人事部が手続きを終えてしまっていたから、どうしようもなかった。だいたい私は当時、ニューヨーク支局に出ていたから、青井を説得することもできなかったんだが」

「やはり、編集局を出されたのが不満だったんでしょうか」

「君もそうか?」

唐突な問いに、南は口をつぐんだ。不満か?　不満だ。会社の中枢部での仕事は、見る物全てが新しく刺激的ではある。ただし、今の自分はあくまで「仮の場所」にいるという意識も強い。

「私は、別に……」言葉を濁すしかなかった。本当は、社長と二人きりの場なのだから、本音をぶちまけるには最高の状況なのだ。しかし今、そんな話をしても何にもならないだろう。

「まあ、それはいい」新里が続ける。「後で話を聞いたんだが、青井はあっさり辞表を提出したそうだ。一身上の都合というだけで……その後は雑誌などに記事を書いていた」

「ええ」

「やはり書く仕事がしたかったのかもしれないが……結局ウェブの仕事に戻って来たわけだから、皮肉な話だ」

「そうですね」いずれ、AMCジャパンの中を見てみよう、と思った。見せてくれと頼めば断らないはず……青井がどういう環境でどんな仕事をしているか、にわかに興味が湧いてきた。

「個人的に、青井に当たってくれ」

「え？」

「彼が何を考えているか、今一つ分からない。アメリカ本社の操り人形なのか、交渉の軸なのか。今回の条件提示に、彼の意思が絡んでいるかどうかが分からない」

「それは……探り出すのは難しいと思います」

「記者の仕事と変わらないだろう。口が重い相手、本音を隠した相手の気持ちを探り出すのは、君ならできるんじゃないか」

南は口を閉ざし、拳で顎を擦った。確かに記者の仕事の基本は、「相手に口を開かせる」ことである。だが今回の指示は、そういう仕事よりもはるかに難しい……会社の命運がかかっているのだ。

「やってくれるな？　方法は任せる」

「……分かりました」断れるはずもない。それに、青井という人間には、個人的に興味もあった。亜都子とはパイプがつながっているから、その線から攻めていけばいいだろう。「社長、こういう条件が出ても、ＡＭＣへの身売りは進めるんですか？」

「身売りは仕方がないと、私も思っていた」新里は、南の質問には直接答えなかった。

「この方針を決めたのは小寺さんだ。小寺さんは気まぐれ……朝令暮改の多い人だったが、この決断は私としても支持せざるを得なかった。我々にとって一番大事なのは、新報の看板を守ることだからな。それに新聞は、民主主義の根幹なんだ」

それはあまりにも綺麗事だ。新聞が自由に記事を掲載する——それが民主主義の基本だった時代は確かにあった。しかし今は、状況が違う。遠慮して書かないこともあるし、民主主義の基本である「多彩な言論」は、レベルの問題はともかくとして、ネット空間で実現している。新聞が言論の主役だった時代は、とうに終わっているのだ。新里はそれを理解しているのだろうか……状況は分かっていて、なお抵抗しているだけかもしれない。

「とにかく、身売りの方針に変わりはない。ただし、AMCの条件は厳し過ぎるな。新聞の発行停止は、事実上、新報の死を意味する」

「アメリカとは事情が違いますよね」

「アメリカでAMCが電子化した地方紙は、元々発行部数も少なかった。せいぜい数万部……そういうところが電子化しても、影響は少ない。うちの部数を考えてくれ」

少なくなったとは言え、未だに三百万部はキープしている。それが逆に、足枷《あしかせ》になっているのかもしれない。AMC側は、この部数を支えていくのは無理だと判断したのではないだろうか。

「とにかく、来週の交渉までに、一度青井と会ってパイプを作ってくれ」

「分かりました」

まさか、こんな仕事をすることになるとは……本当なら今頃は、社会部の年間企画で奔走しているはずだったのに。

自分の人生は——新報での仕事は迷走続きなのだと改めて意識した。社長室での仕事を「新鮮だ」などと考えている場合ではない。

3

「びっくりしましたよ、いきなり見学なんて」

南がAMCジャパンの本社に入った途端、亜都子が大袈裟に手を広げた。やたらと目立つボディランゲージは、アメリカ育ちならではだろうか……優奈は、それほど身振りは大きくないのだが。

「無理言ってすみません」南はさっと頭を下げた。

木曜日の夕方。AMCの編集フロア——亜都子はそう呼んでいた——の大きな窓は西向きなので、ブラインドは下ろされている。隙間から漏れて入ってくる夕日が、床に長いオレンジ色の筋を作っていた。

新報の編集局とそれほど変わらないな、というのが南の最初の感想だった。新報の編集局は、ワンフロアをぶち抜いた造りになっていて、中心には局次長たちの席、それに会議用の広いスペースがある。それを取り巻くように配置された各部はパーティションで簡単に仕切られているだけで、行き来は楽だ。これに対してＡＭＣの編集フロアには仕切りが一切ない。机が一見乱雑に並んでいるだけで、中央には新報と同じように、打ち合わせ用の広いテーブルが置いてある。誰が記者で誰がデスクかも分からない……新報なら、机が整然と並び、原稿の面倒を見るデスクは、普通の会社では「係長」が座るようなポジションに陣取っているのだ。あるいは、新聞と違って、ＡＭＣに「デスク」は存在しないのかもしれない。書いたら自己責任で即アップロードとか。

だったら、メディアとして信用できない。多数のチェックが入ってこそ、記事の内容は磨かれるのだ。

しかし雑然とした感じは、夕刊、あるいは朝刊の締切直前の編集局に似ている。電話で話している者、叩き壊そうかという勢いでパソコンのキーボードを打っている者、記事の内容を確認するために、馬鹿でかい声で打ち合わせしている者……結局、取材して原稿を書く作業はどこでも変わらないということか。ただしＡＭＣの場合、こういう喧騒が一日中――それこそ二十四時間続くのだろう。勤務体系はどうなっているのだろう、と不思議に思った。完全交代制の二十四時間勤務とか……新報の記者たちは、こういう二十四時間体制の仕事をどう受け止めるだろう。

誰か知った顔がいないだろうか、と南は編集フロアの中を見回した。基本的にＡＭＣ

は、取材経験がある人間しか採用していないというから、どこかの現場で会った記者がいるかもしれない。しかし、幸いというべきか、知り合いはいないようだった。

「申し訳ないですけど、ボスは今、外出中なんです」亜都子が遠慮がちに言った。

「大丈夫です。この後、会えますよね？」

「ええ。ビジネスディナーで」

「大袈裟じゃないといいんですが」店はＡＭＣ側に任せてしまったが、料亭での密会などは勘弁して欲しい……。

「メキシコ料理は好きですか？」

「はい？」

「メキシコ料理。テックスメックスじゃなくて、本物のメキシコ料理。私は好きなんですけど」

「あなたの趣味で選んだ店なんですか」

「もちろん」何がおかしいのだとでも言いたげに、亜都子が唇を歪《ゆが》ませる。「メキシコ料理、美味しいじゃないですか」

そう言われても、ピンとこない。分かるのはタコスぐらいで……しかしメキシコ風のちゃんとしたタコスを食べたことがあっただろうか、と南は記憶をひっくり返した。覚えがない。

そのまま社内の見学を続け、南は新報との相違点をしっかり頭に叩きこんだ。新報が紙の新聞の発行をやめ、ネット専門になったら、現在のＡＭＣの仕事環境をさらに拡大したようなものになるだろう。二十四時間働かされ、疲弊していく記者たち……しかも、書いた記事は右から左へ流れていってしまう。もちろんアーカイブ、データベースとしては残るにしても、デジタルの文章には「質感」がない。単なるデータの羅列だ。刷り上がったばかりの新聞のインクの香りと紙の温もりは、「仕事をした」という充実感を与えてくれる──自分は古いタイプの記者なのだろうか、と南は訝った。

午後六時、南は亜都子の案内で会社を出た。通りを渡って振り返ると、見上げるような高層ビル……新しい建物だから当たり前なのに、妙な威圧感を覚えた。この会社が新報を呑みこもうとしていると思うと、微妙な気持ちになる。もっとも、ＡＭＣはビルの二フロアを占めているだけだが。

案内された店は新橋の内幸町《うちさいわいちょう》寄りで、ビルの地下一階にあった。フロアは広いが、どこか閉塞感がある。料亭よりはましかとも思ったが、逆にカジュアル過ぎて、真面目な話ができそうにない。まあ、いきなり堅い話ではなく、身の上話から始めるのが、相手の胸襟を開かせる第一歩だろう。

青井は外出先から直接店に来て、もうビールを呑んでいた。南が向かいに座ると、「先にやってて申し訳ない」と頭を下げる。

「いえ」南は素早くメニューを見た。酒は呑まないから除外するとして、飲み物は何にするか……ノンアルコールのページを開き、コーラだな、と決める。刺激が強いであろうメキシコ料理には、きつい炭酸が合いそうな気がした。

「酒は呑まないんですか？」青井が訊ねる。

「やめました」南は打ち明けた。「酒の失敗も多かったんです」

「君が？　そういうタイプには見えないけどなあ」青井が首を傾げる。

「何だか、酒を呑むのに疲れたんですよ」

「そういうこともあるのかね。記者と酒は、切っても切れない縁だけど」

「青井さんもですか？」

「私は、新報を辞めてからの方が呑むようになったかな」

青井がビールのグラスをぐっと傾けた。眼鏡の奥の目が少しだけ潤んでいる。「呑むようになった」という割に、酒は強くないのかもしれない。

「料理、適当に頼んでいいですか？」メニューに視線を落としたまま、亜都子が言った。

「いつもそうじゃないか……まあ、いいよ。メキシコ料理は、君の方が詳しいだろう」

青井が苦笑して、南に視線を向ける。「彼女はずっと、アメリカのメキシコ寄りに住んでいたんだ。ヒューストンとか、サンディエゴとか」

「不思議なんですけど」亜都子がメニューから顔を上げた。「何でアメリカに入ってくると、メキシコ料理は不味《まず》くなるんですかね。私、美味しい料理を食べるためだけに、メキシコに移住してもいいぐらいですよ」

「だったら、ＡＭＣのメキシコ法人を作らないと」

「メキシコのイケメンを摑まえるのも手ですよね」亜都子が唇を尖らせる。「メキシコって、イケメンの宝庫だから」

「そういうのは、休暇の時に頑張ってくれ」

「今年は、カンクンに行きますから……休暇の許可、よろしくお願いします」

何なんだ、この二人の気さくなやり取りは、と南は呆れた。勤務時間外とはいえ、日本法人社長とその秘書役が、ごく気楽な雰囲気で冗談を飛ばし合っている。自分と新里がこんな風に話し合う場面など、想像もできない。

「南さんも一緒にどうですか？」

いきなり亜都子から話を振られ、南は言葉に詰まった。冗談だと分かっていて、反応できない。結局、真面目に答えてしまった。

「海外へ行ってる暇があるかどうかですね」

「忙中閑ありって言うじゃないですか……ボス、言葉はこれで合ってます？」

「合ってる」真顔で青井がうなずいた。

この二人のペースには合わせられそうにない。だいたい自分のターゲットは青井で、亜都子は邪魔な存在でしかないのだが……この後、二人で抜け出して場所を変えるべきかもしれない。

料理が次々と出てきた。それほど辛いわけではないのに、どれもスパイスが利いている。それと、アボカドの使用頻度の高さ……最初に出てきたディップは細かく刻んだアボカドとトマトで、コリアンダーの癖のある香りもあった。コリアンダーは苦手なんだよな、と苦笑しながら、何とか食べる。タコスは、最初から具が包まれた形で出てきた。ここにもコリアンダーの香り。全部こんな感じだと胃を悪くしそうだ、と心配になった。

「メキシコ料理はどうですか？」青井が訊ねる。

「スパイシーですね」南は答えた。

「ここは結構本格的だね。彼女が言う通りで、アメリカのメキシコ料理は物足りない。ただ辛いだけだったりね……本物のメキシコ料理は、もっと味が深いんだ。世界三大料理とか言うだろう？　中国にフランス、それにトルコ料理、あるいはイタリア料理かな？　私はメキシコ料理を加えて四大料理でもいいと思う」

この店も、結局は青井の好みか……亜都子と青井は、結構強い絆《きずな》でつながっているのかもしれないと思った。あるいはビジネスだけの関係ではなく、愛人？

もやもやと考えているうちに、携帯が鳴る。亜都子のものだった。

「失礼します」

スマートフォンの画面を確認し、亜都子が席を立ってドアへ向かう。店内には陽気な音楽——たぶんメキシコの音楽——が流れていて、電話で話すには声を張り上げねばならないのだ。急に二人きりになって会話に困る……気詰まりな雰囲気を感じているのは青井も同じようで、言葉は途絶えた。何か話さなければと、口を開きかけた瞬間に、亜都子が戻って来る。

「すみません、ちょっとトラブルで」初めて見る深刻な表情だった。

「どうした？」青井が、立ったままの亜都子に声をかける。

「ボスのマターじゃなくて、私の方の問題です……ちょっと会社に戻りますね」亜都子が慌てて、コートとハンドバッグを摑んだ。

「ああ」青井が鷹揚《おうよう》にうなずく。

「すみません、南さん、どうぞごゆっくり」亜都子が愛想よく言った。

「大丈夫ですか？」南は腰を浮かしかけた。

「どうぞそのまま」にっこり笑って、亜都子が大股で去って行った。

彼女の姿が見えなくなってから、南は青井に訊ねた。

「本当に大丈夫なんですか？　戻らなくていいんですか」

「彼女がああ言うなら、大丈夫だろう」

「ずいぶん信頼してるんですね。彼女、まだ若いでしょう？」

「二十八」

やはり自分よりも年下だったのか、と南は納得した。

「まあ、私生活には問題がある……ちょっと奔放なところがあるけど、仕事に関しては優秀ですよ。そうでなければ、あの年齢でうちの日本法人を実質的に回すような仕事は任せられない」

「元々アメリカ本社の人なんですよね？　日本へ来たのは、青井さんの指名ですか？」

「まさか」青井が苦笑する。「向こうから押しつけられた――ああいう性格だから、最初はびっくりしたよ。初日に、いきなりパンツが見えそうな超ミニスカートで出社してきてね」

「ああ……」南は亜都子の超ミニスカ姿を想像した。難しくなかった。「何か、分かります」

「でも、それと仕事とは関係ないんだね。彼女がＡＭＣにいるのは正解だと思う。日本の会社だったら、どんなに優秀でも、若いうちは力を発揮するチャンスがないから……その点、記者は特権階級だと思うな」

「そうですか？」

ビールから切り替えたテキーラを一口啜《すす》り、青井がうなずいた。結構なペースで呑んでいるが、まったく酔っていない。弱いなと思ったのは自分の勘違いで、実際には相当鍛えているようだ、と南は思った。

「だって、入社一年目の若い記者でも、一面の記事が書けるじゃないか」

「でも実際には、そういうチャンスは極めて少ないですよね？　入社一年目——地方支局にいたら、そんなに大きなネタを摑むチャンスはないでしょう」

「地方支局ねえ……」

青井が遠い目をした。彼にとっては三十年近く昔の記憶だろう。何となく場の空気が緩んだのを感じて、南は話題を変えた。

「青井さん、支局はどちらだったんですか？」

「新潟」

「ああ」反射的にうなずく。「寒いですよね」

「寒くはないよ」青井が苦笑しながら否定した。「雪は積もるけど、寒さはそれほどでもない。緯度はそんなに高くないからね」

「雪はやっぱりすごいんですか」

「山間部では三メートルがデフォだからね。でも、他の雪国に比べると、少し恵まれているかな？　道路の除雪が完璧なところが多い。山に入ればともかく、国道なんかの幹線道路では、水を出して雪を溶かしちゃうから。スタッドレスタイヤなしでも走れるぐらいだよ」

「そうですか……」

「今考えると、あの頃は空回りばかりだったな」青井がまた遠い目をして、グラスを口元に持っていった。「早く本社に上がりたくて、むきになって仕事をしていた。でもなにぶん、田舎だからね。特ダネになるような材料があったわけじゃない」

「ああ……分かります」

「何なんだって、ずっと思ってたよ。私は海外で仕事がしたくて、新報に入ったんだ。いずれは華々しく特派員と思っていたのに、雪に埋もれた田舎で、毎日埋め草みたいな記事を書いていたんだから」

「海外には……行かなかったんですよね？」

「行かなかった。行くことになっていたのに、その機会が潰れてね」青井の目つきが少しだけ厳しくなる。

　南はうなずくだけにした。青井は意外とお喋り——交渉の場での印象と違い、ひどく砕けた様子で自分のことを話している。こういう時は余計な口を挟まず、相手のペースに任せるに限る。

「最初の海外支局は大事なんだよな」

「ええ」

「そこで、その後のキャリアが決まる。私はアメリカで仕事をするつもりだった。実際、希望通りにロサンゼルス支局へ行くことが決まっていた」

その後、新里からメディア部門への異動を言い渡され、その半年後に会社を辞める――当時の事実関係は頭の中に入っているが、南は黙って次の言葉を待った。果たして、自分が知っている事実と、彼が話す言葉が合致するのか。

「ところが急に、異動になってね」

「どこへですか？」南は話を転がした。

「ニューメディア部――今は何て言うのかな？」

「メディア編集局です」

「ああ、局になったんだね。二階級特進みたいなものだ」納得したように青井がうなずく。「とにかく当時は、ＩＴ系のサービスを始めるために部として発足したばかり――いや、発足時のスタッフとして、私は異動させられた。実は元々理系で、当時の新報の社員では珍しくコンピュータ関係に詳しかったからね。そこを買われたんだと思う」

「先駆者、ですね」

「恰好良く言えば」青井が苦笑する。「とにかく立ち上げスタッフとして、社の技術者たちと一緒にそこへ送りこまれたんだ。会社の命令だから従うしかなかったけど、正直、ショックだったね。海外への赴任が決まっていたのに、それをひっくり返すほど大事な仕事なのかって、涙を肴《さかな》に酒を呑んだこともあるよ」

「本当ですか？」南は目を見開いた。

「それはまあ、大袈裟だけど……」青井がクスクスと笑って、すぐ真顔になった。「それぐらいのショックはあった」

「その頃は、新里社長も外報部にいたと思いますが」

「ああ、デスクだった」青井がさらりと言った。「実際、私に異動を言い渡したのは、新里さんだった」

「そうなんですか？」わざとらしいかもしれないと思いながら、南は椅子の肘掛けを摑んで身を乗り出した。

「新里さんは当時、外報部最年少のデスクだった。だから面倒な仕事を押しつけられたんだろう」

「それは……そうですよね」南はうなずいて同意した。「青井さんも大変でしたね。やっと特派員の道が開けたと思った矢先に、いきなり全然違う部署に行けと言われたら、ショックだと思います」

「切り替えたつもりだけど、半年で嫌になったよ。二年で戻すとは言われたけど、その二年が自分のキャリアの中では完全に無駄になるような気がして……結局、自分から辞めたんだ」

「そうだったんですか」南は反射的に大きくうなずいた。

「でも、不思議なものでね」青井の顔に笑みが浮かんだ。「結局今は、馴染めないと思った仕事をしている。当時の経験が生きているわけじゃないけどね……何しろこの世界は日進月歩で、一年離れていると全然状況が変わってしまう」

「分かります」

「とはいえ、変な因縁を感じるよ。因果応報……はおかしいけど、人生はいろいろと複雑に絡み合ってる。君もそうだろう？」

「はい？」いきなり話を振られ、南は警戒した。「私は、別に……」

「その年で社長室にいるのは、異例じゃないかな。記者出身者が社長室に行くのは、デスククラスになってからじゃないだろうか。少なくとも、私が新報にいた頃はそうだったけど」

「会社の人事のことは、私にはよく分かりません」

「社長室に行って、どれぐらいになる？」

「三か月目です」

「だったらそろそろ、仕事についても分かってきた時期だな。そういう時が危ないんだ……それに何となく、自分の限界が見えてくるような気にもなる」

「そんなこともないですよ」南は慌てて否定した。「記者時代とは状況が違いますから。戸惑うことばかりで、まだ何も見えていません」

「ああ、まあ、そういうこともあるだろうね」青井がうなずく。「とにかくこういうことは、百年に一度あるかないかだ。というより、日本の新聞業界にとっては、初体験だからね」

「青井さんは……今回の件、どう思いますか」

「非公式に？」青井がグラス越しに南の顔を見た。

「ここは非公式の場だと思います」

「そうだね」青井が笑みを浮かべる。「まあ、私もアメリカ本社からの指示で仕事をしているだけだから」

「個人的な感情はないんですか？」

「ないわけじゃないけど、一歩引いてるかな……あくまで本社の指示だから。淡々と仕事をこなすだけだよ」

今回の身売りの件は、新報側からの提案である。身売り先がマスコミとまったく関係ない相手では話にならない……というところから選ばれたのが、ＡＭＣだった。ＡＭＣがアメリカで地方紙再生の実績を持っていたこと、さらに日本法人もあって交渉がしやすかったことなど、プラス材料も多い——現段階では、最適の交渉先なのだ。逆にＡＭＣ側は、あくまで受け身の立場である。

「君は、紙の新聞をやめることをどう思う？」

「時代の流れでしょうかね」

「本気で言ってるのか？」

急に強い言葉で言われ、南は戸惑った。紙の新聞の発行停止を提案してきたのは青井の方ではないか……しかし青井の顔はあくまで真剣だった。

「いずれは――それこそ二十年か三十年先には、全ての新聞が紙からネットへ移行すると思います。今回の話が成立すれば、新報がその先鞭《せんべん》をつけることになるのかな、と」

「理想はそうだね。しかし、抵抗する人は多いと思うよ。印刷、発送部門は、全部リストラになる。組合が黙って受け入れるとは思えない」

「……ええ」

「だから、この件は長引くと思う。こちらとしては、長引かせたくないけどね」

「青井さんも、紙の新聞の発行停止は当然だと思いますか？」

「いや」

南は唇を引き結んだ。そちらが言い出したことではないか……しかし先ほどから青井は「本社の指示」を強調している。自らの意思はないのか、あるいは封印しているのか。

「違うんですか？」

「私は、紙の新聞でこの業界の仕事を始めた人間だ。ニュースは紙で読むものだと思っている」

「今は違うじゃないですか。ＡＭＣではネットでニュースを流しているんだから」

「新聞とは別物だよ。何が正しいやり方か、未だに試行錯誤の毎日です」急に改まった口調になって青井が言った。

「そうですか」

「人間は、変わらない環境に身を置いておく方が楽だよな。システムが安定している方が、過ごしやすい。ところが今は、決定的なシステムがまだできていない、いわば過渡期だ。だから居心地が悪いんだよ……こういう状態はずっと続くだろうね。システムの開発や、それに慣れることに精一杯になって、記者の本筋が見失われてはいけないと思う」青井がまくしたてる。

「本筋というのは――」

「もちろん、特ダネを書くことだ」青井の口調に自信が滲む。「それは、一種の人間の本能じゃないかな。自分だけが知っていることを、誰よりも早く他人に知らせたい――そういう気持ちが人一倍強い人間が、新聞記者になるんだと思う。君もそうだろう」

「ええ……今は記者じゃないですが」

「でも、特ダネを書きたいと願う気持ちは、人一倍強いんじゃないか？」

「もちろんです」

「それで多少の失敗をしても、やはり現場にいたい――違うか？」

南は黙りこんだ。また誤報の話か、とうんざりする。

しかし向こうは、この件を気にしている様子だ。簡単にはいかないぞ、と南は気持ちを引き締めた。

4

南はこれから、歩いて会社へ戻るという。新橋から銀座まで、地下鉄やタクシーを使うのはもったいないということだろう。歩いて夜の街に溶けこむ彼の背中は、何だか寂しそうに見えた。

「どうでした?」

いきなり後ろから声をかけられる。振り向くと、煙草をくわえた亜都子が、路地から姿を現したところだった。

「行儀が悪いな」赤く光る煙草の先を見ながら、青井は忠告した。

「ずいぶん待ったんだから、煙草ぐらい、いいでしょう」

「悪かったな、飯の途中で……腹は減ってないか?」彼女は緊急の電話がかかってきたことにして抜け出し、青井と南を二人きりにしたのだ——事前の計画通りに。

「軽く食べましたけど、お酒ぐらい奢って下さいよ」

「それはいいけど」青井は腕時計を見た。まだ八時。南と同じように一度社に戻るつもりでいたが、それはもう少し後でいいだろう。「じゃあ、軽く行くか」

「ラッキー」亜都子がにやりと笑う。「ところで彼、メキシコ料理のことは何て言ってました？」

「チキンのモレソースでびっくりしてたよ」

「あれは、日本人の味覚にはない味ですよね」

モレソースのベースはチョコレートだ。もちろん甘くはなく、味わいの軸はチョコレート独特の苦みである。それに唐辛子などでアクセントをつけ、ぽってりしたソースに仕上げてチキンなどに合わせる料理は、メキシコではポピュラーだが、日本ではほとんど見かけない。

銀座も、新橋に近い方には、それほど高くない店が集まっていて、気軽に酒を呑める。亜都子は迷わず一軒の店に向かった。そこでは煙草が吸えるからだ、と青井はすぐに気づいた。まったく喫煙者は……と苦笑してしまう。確かに最近は、煙草を吸うというだけで冷遇され過ぎている感じはするが。日本もアメリカ式に、どんどん極端に走っていくのかもしれない。

二人ともハイボールを頼み、一息つく。亜都子は新しい煙草に火を点け、深々と吸った。

「で、どうでした、誤報君は？」

「誤報君、はよせよ」青井は苦笑した。「まあ、その話にはなったけど」

「苦悩する青年っていう感じですか？」

「まだショックは抜けてないな」

「でも、こっちに探りを入れてくるぐらいだから、やる気はあるんじゃないですか？」

南も慌てただろう、と青井は想像した。おそらく、自分と面会してパイプを作り、今後の交渉で役立てようとしたに違いない。それはおそらく、新里の指示だ。彼のような立場の人間が、会社の一大事において、自分の判断だけで動くとは思えない。新里さん、少し考えが浅いんじゃないですか、と青井は皮肉に考えた。こういうビッグビジネスで、簡単に情報が漏れるはずがないでしょう。

青井は、顔の前に流れてくる煙を手で払った。向かい合って座っているし、亜都子は煙草を吸わない人間に気を遣うタイプではない。今も、青井が煙たがっているのをまったく気にしていない様子だった。こういう人間は強いよな、とふと思う。いつの間にか、周りを自分のペースに巻きこんでしまうのだ。不感症で不愛想な人間の方が、トップに立つには相応《ふさわ》しいかもしれない。いずれ彼女が自分の立場に就くのではないかと、青井はずっと考えていた。

ハイボールで乾杯。亜都子は半分ほどをぐっと呑んだ。青井はちびちびと……最近、さすがに酒量も落ちてきた。

「さっき、呑み過ぎました？」

「いや。ビールにテキーラのオンザロックだけだ」

「何だか疲れてるみたいですよ」

「さすがに、ね」青井は、亜都子の煙草に手を伸ばし、一本引き抜いた。

「あら、吸うんですか？」亜都子が目を見開く。

「何年ぶりかな」

亜都子がライターを貸してくれたので、慎重に火を点けた。ゆっくりと口中に煙を溜《た》めておいてから吐き出す。いかにも女性向けの軽い煙草だ……次の一服を深く肺に入れると咳きこみそうになったが、何とか我慢した。頭がくらくらしてきたのは、大学生で初めて煙草を吸った時と同じである。

ちっともリラックスできない。馬鹿馬鹿しくなって、すぐに煙草を灰皿に押しつける。

「あーあ、もったいない」亜都子が肩をすくめる。「吸えないなら吸わないで下さいよ。今は煙草も高いんですから」

「悪い」

煙草でストレス解消できるなんて、嘘《うそ》だろう。単なる喫煙者の言い訳だ。手の中でビックのライターを転がす。何とも軽く頼りない……青井が煙草を吸っていた頃は、ジッポーを愛用していた。あの重みが、何とも頼りがいがあったのだ。

「それで、南さんはどうですか？」

「いろいろ大変だと思うよ。あまりきちんとは聞き出せなかったけど、相当鬱屈してるみたいだな」

「それはそうですよね。誤報を書いて、その後も何かあったみたいだし……新報の中では飼い殺しになっているんじゃないですか」

「どうかな……でも、いかにも新里さんが考えそうなことだ」

「新里社長って、そういう人なんですか？」

「慎重なんだよ。もしかしたら、裏で策略を巡らせるタイプかもしれない」

「その策略に、ボスも引っかかったんですか？」

「よせよ」苦笑して、青井は顔の周りにまだ漂う煙を手で払った。まったく、何で煙草なんか吸おうと思ったのだろう。

「新里さんのこと、恨んでないんですか」

「古い話だ……だいたい、俺が編集局から出されたのは、彼が決めたことじゃない。外報部の一デスクが、記者の人事を決められるわけないからな。あれは、もっと大きな流れの中で決まったことだ」

「だったら、新報そのものに対する恨みはあるんじゃないですか？」亜都子はまだ引かなかった。

「ずいぶん突っこむな、今日は」

「あっちのボスに言われまして」亜都子が親指を立てて上を指した。

「アリッサ？」青井は思わず目を見開いた。「おいおい、そんなこと言っていいのか？」

「アリッサも心配してるんですよ。ボスが新報に対して個人的な恨みを持っているようなら、この交渉をさせるのは申し訳ないって」

「で？　俺を外したら後はどうするんだ。君がやるのか」

「ご冗談でしょう」亜都子が両手をさっと広げる。「私、そんな面倒臭いこと、興味ないですよ。適当に働いて適当に稼いで……後は、カンクンで肌を焼くことぐらいしか考えていませんから」

「まるで日本の若いサラリーマンだな」職場では上から言われたことだけを適当にこなし、自分からは面倒な事態を抱えこまない。そして金の回る範囲で私生活を充実させることを大事にする……。

「あら、私、間違いなく日本の若いサラリーマンですけど」

まったく、ああ言えばこう言うだ。能力は確かなのだから、もっと野心があれば、大きく羽ばたけるかもしれないのに。

「ボス、新里さんとの話し合いで、すごく素っ気ないですよね」

「そうか？」

「顔見知りなんだから、もっと気楽に話せばいいのに。その方が、交渉もスムーズにいきますよ」

「今は？　スムーズじゃない？」

「私にはギクシャクしているように見えますよ」

「私的な話を持ち出すのは気が進まないな」

「新報に恨みを持っているからですか？」

「そんなに短絡的な話じゃないよ」

青井はハイボールを一口啜った。急にアルコールが濃く感じられ、喉が詰まりそうになる。

「仕事とはいえ、きついですよね」

「まあね」

問題は、自分で自分の気持ちが分からないことだ。本当に新報を恨んでいるのか、もう何とも思っていないのか……過去には確かに、激しい恨みがあった。新報に恥をかかせてやろうと、会社のスキャンダルを探っていた時期もある。実際、辞めて何年後かに雑誌で記事を書いていた時に、当時の社長の不動産取引を巡るトラブルの情報が耳に入ってきて、思わずガッツポーズを作ってしまった。結局裏が取れずに記事化は見送ったのだが、あの時は書かなくてよかったと今更ながら思う。あくまで個人のスキャンダルであり、書いても新報に決定的なダメージを与えることはできなかっただろう。

だいたい、新聞にダメージを与えるのは相当難しい。誤報などに対して批評をぶつけることはできるとしても、事実《ファクト》としての誤りを見つけるのは困難だ。一番頼りになる内部情報が取れないが故に——新聞記者は、身内の問題に関しては徹底して口が堅い。よほど不満を持っている人間でない限りは、簡単には重大情報を漏らさない。そういう意味で、南などはいいターゲットになるかもしれない。誤報が遠因になって社長室に異動させられたのは間違いなく、会社には当然不満を抱いているだろう。突けば、交渉でこちらが有利に立てそうな情報をもたらしてくれるかもしれない。

しかしそれは、卑怯《ひきょう》か……今のところ、新報買収の話は条件闘争にはなっていない。紙の新聞をやめるかやめないか、選択肢は二つに一つしかないのだ。

「南さんを利用すればいいじゃないですか」青井の心中を読んだように、亜都子がずばりと言った。「彼、不満分子でしょう？　絶対、会社に対する恨みを持ってますよ。スパイとして使えば、こっちに有利な情報を持ってきてくれるんじゃないですか？」

「それはできない」

「どうしてです？」

「卑怯な手を使って、それが後でばれたら、厄介なことになる」

「甘いですねえ、ボスは」亜都子が溜息をついた。「食うか食われるかなんですよ。いかに有利な条件で交渉を進めるか――それに傾注すべきじゃないですか」

「俺はそこまでドライになれない」

古巣に弓を引くチャンスではある――だがそうすべきかどうか、青井はまったく判断ができなかった。

5

三池は議員会館の自室の中で、何度も往復を繰り返した。先ほど長澤からの電話で入ってきた情報の衝撃で、どうにも落ち着かない。

まさか、新報身売りの条件が、紙の新聞の発行停止とは。それは、新聞の死を意味するのではないか？　完全電子化してネットでのニュース提供は続けるという話だったが、それでは新報は、今までのマスメディアとはまったく違う存在になるだろう。いや、そもそもマスメディアと呼んでいいのかどうか。

政治家にとってマスメディアは、まだまだ利用価値のある存在である。ネットは基本的に、政治にはあまり役に立たない。まさに情報の海――しかも海流は気まぐれで、時に強く流れてコントロールできなくなる。しかし既存のマスメディアなら、十分コントロール可能だ。上手く利用して記事を抑えたり、こちらに有利な記事を書かせるのも難しくない。

椅子に腰かけ、温くなったお茶を啜る。マスメディアの連中も、すっかり腰抜けになったものだ。自分が若い頃は、記者たちはもっと芯が強かったと思う。明らかに思い上がり、勘違いだったとしても……「新聞記者は総理大臣を辞めさせて初めて一人前」と息巻いている記者がいる、という噂も聞いた。鼻で笑うしかなかったものの、気概は買えた。

だがその後、取材される側は、マスメディアのコントロールに成功した。様々な手を使って影響力を削ぎ、逆にこちらはいつでも影響を与えられるようにした。今や、新聞もテレビもまったく怖くない。萎縮している間に連中は取材能力や意欲を失い、今や政治家の致命的なスキャンダルは報じられなくなった。出てくるのは小ネタ……どうでもいいような話ばかり。「新聞は危険な話を書かない」と思えば、情報提供しようという人間も、マスメディアにそっぽを向く。最近は、ちょっとしたネタなら、新聞ではなく雑誌に流れてしまう傾向が強い。雑誌の連中は未だに、訴訟も恐れず強引に書いてくるからだ。

ノックの音に反応して、「はい」と声を上げる。少ししわがれているのに気づき、咳払いを一つして、ドアが開くのを待った。先ほど呼びつけた渡だった。

「お呼びですか」

「かけてくれ」

渡は折り畳み椅子を持って来て、三池のデスクの前に陣取った。

「新報の身売り絡みで、新しい情報がある」

「はい」

「AMC側が、新聞の発行停止を要求してきたようだ。代わりに、全面的に電子版に移行する」

「はい」

渡の表情はまったく変わらなかった。この男は……初めて会った二十代の頃は、快活でよく笑う青年だった。しかし二十年という歳月は、彼を基本的に無表情に変えた。政治の世界で神経をすり減らされ、多くの物を失ってしまったのだろう。時に冗談めかした台詞を吐くのが、若い頃の唯一の名残である。

「今後の動きを注視してくれ。新聞の発行停止となると、影響も大きい」

「承知しました。しかし、新報自体が潰れるわけではないんですね？」

「ああ。紙の新聞の発行停止が、買収の条件だそうだ」

渡がうなずき、メモ帳に素早くペンを走らせた。すぐに顔を上げ、「どうされますか？」と訊ねる。

「あまりいいことではないな」

「そうでしょうか」

「そう思わないか？」予想もしていなかった疑義を呈され、三池は目を細めた。渡は基本的にイエスマンで、三池の指示にはまったく反論しない。

「出過ぎたことを言いました」渡が頭を下げる。

「とにかく、この買収はストップさせなければならない。外資に身売りするだけでも問題なのに、新聞の発行停止となると、マスコミ業界を揺るがす大騒動になる。我々も影響を受けるだろう。いくつもの新聞があってこそ、言論の自由は保障されるんだ」

渡が無言で三池の目を凝視した。何をお題目を……とでも思っているのだろうが、疑問や不満を口に出すことはない。

「そもそもこの買収は、法的には問題ないんですよね」渡が訊ねる。長澤との会合には同席していて、理解しているはずだが、改めて確認したいようだった。

「新聞の株式譲渡に関しては、『日刊新聞紙の発行を目的とする株式会社の株式の譲渡の制限等に関する法律』というのがある。昭和二十六年の施行だから、古い法律だ」

「はい」

「戦後の混乱期に、得体のしれない連中が新聞の株式を取得できないように制限するのが狙いだった。ただしこれは、法的に買収や身売りを制限するものではない。株式を譲渡する相手は、新聞社の事業に関係する者に制限すると、定款上で規定していい、と定めたものに過ぎない。それは分かっているな？」

「はい」渡の返事には熱がなかった。

「会社法の特別法と考えていい。しかし、実際にはあまり効力のない法律だな。事業を――株式を売却しようとしたら、定款の書き換えだけで済む」

「通常の上場企業と違って、株主総会の前の取締役会で全てが決まってしまうわけですね。新聞社のような非上場企業の株主総会は、取締役会の報告を全て了承するだけで終わる……長澤さんが、そう話されていましたね」

「いわゆるシャンシャン総会以上に、問題は起きないだろうな」三池はうなずいた。

「上場しないのも、そもそも一般株主から影響を受けないためだ。新報の株主は全て、社員持ち株会や関連会社だ」

その中で、一種の「例外」が長澤だろう。新報は四半世紀ほど前に組織改編を行い、創業者一族の力をある程度削ぐことに成功したものの、長澤は未だに個人筆頭株主である。

彼にすれば、腹立たしいだろう。記者としても活躍し、将来は当然会社の経営に参画する――その計画の途中で梯子《はしご》を外された恰好である。それから二十五年も、悶々《もんもん》とした気持ちで過ごしてきたのだろう。もう働く必要もない年齢なのに、名誉職である美術館の館長の座にしがみついているのは、会社に未練が残っている証拠かもしれない。何とか新報との関わりを持ち続けたいと、足掻《あが》いているのだろう。

渡が背広の内ポケットからスケジュール帳を取り出した。メモ帳とは別にいつも持ち歩いているもので、ちらりと覗くと、もう書きこむスペースがないほど真っ黒になっている。単に自分や三池のスケジュールを記載しているだけではなく、少しでも関連するようなことは全て書きとめているのだろう。ぱらぱらとページをめくってから、渡が顔を上げる。

「新報の株主総会は、毎年六月ですね」

「そうだな」

「それまでには、この件は決着がつくと思います。取締役会がいつ開催されるかがポイントですが……」

「その辺りは、長澤さんが逐一教えてくれるだろう」

「……それで、先生としてはどうなさるおつもりですか？　新報側と何か話し合いを？」

「いや」三池は乾いた唇を舐《な》めた。長澤は助けを求めてきたのだが、今は新報自体とはパイプがない。

小寺は、亡くなる直前には、露骨にこちらと距離を置くようになった。ネット規制の一点で利害関係が一致して、協力していこうという話になったものの、急にその気をなくしてしまったようだった。おそらく、二人が問題視していたネット企業への身売りを画策し始め、言動のつじつまが合わなくなってしまったからだろう。最終的にあの男は、大きな理念より自社の利益を選んだわけだ。結局は小さい男だったな、と考えて鼻を鳴らす。

一方、小寺との話し合いにしばしば同席していた当時の編集局長——現社長の新里も、いまひとつ信用できない。ネットに流れた小寺と自分の密談の情報は、新里から漏れたのではないか……余計な角を立てるのも面倒臭く、追及してはいなかったが、疑いは残る。

「新報側には接近しない。AMCを排除する」

「排除」繰り返し言って、渡が眉をひそめた。

「いや、この世界から排除するという意味ではない」三池は言い直した。「交渉から抜けてもらう、ということだ。一対一の話し合いだから、どちらかが抜ければ交渉は終わる。新報の将来がどうなるかは分からんが、とにかく今回の交渉は、新報のためにもやめさせよう」

「AMCが手を引いたら、新報は本当に潰れてしまうかもしれませんが」

渡が反論した。今日はどうも、普段とは様子が違う。新報の売却問題について、個人的に何か考えがあるのだろうか、と三池は訝った。もっとも、渡と真面目に話し合いをする気にはならなかったが。この男はあくまで自分の補助頭脳、記憶の助けである。創造的な話し合いやブレーンストーミングをするなら、より相応しい相手がいる。

「もっと適した売却相手がいるだろう。それこそ、銀行とか。私がパイプ役になってもいいぐらいだ」

「分かりました」納得した様子ではなかったものの、渡がうなずいた。「では、取り敢えずＡＭＣ側とパイプを作りましょう」

「そうしてくれ……それと、長澤さんから聞いたんだが、一つ微妙な状況がある。ＡＭＣジャパンの代表は、元々新報の記者だったそうだ。そういう状況が今回の買収劇に何か影響しているかもしれない」

「頭に入れておきます」

スケジュール帳を閉じて、渡が立ち上がる。三池はもう一度咳払いしてから、ふと思い出して声をかけた。

「それと例の件はどうなっている？」

「笛吹市《ふえふき》石和町《いさわちょう》の件ですか？　難しいですね。接触を拒否されています」

「無理はするな。変に揉めると、新しいトラブルになる。やったというアリバイがあればそれでいい。それでこちらとしては、十分誠意を尽くしたことになる」

「分かりました」

渡が素早く一礼する。かすかにほっとした様子が見えるのは、かなり面倒なことだと困っていたからかもしれない。厄介な話を押しつけて申し訳なかったと三池は後悔した。

「ああ、新しくお茶をもらえないか？」

「何にしますか」

三池は「お茶マニア」だ。特に日本茶。コーヒーや紅茶はほとんど飲まず、気分に応じて様々な産地の日本茶を飲み分けている。今日の気分――いや、体調に合うのは……。

「ほうじ茶でいい。ただし、温くしてもらってくれ」

渡が、一瞬だけ目を細める。三池が常に、熱いお茶――必ずしも一番はっきり味が出る温度でなくてもいい――を好むのを知っているのだ。

渡が出て行った後、三池はそっと喉に触れた。触って痛むわけではないものの、気にはなる。熱い物、冷たい物を飲むと沁みるようになったのはいつからだろう。最近は声がかすれることも多い。本当は、すぐにでも医者へ行って精密検査を受けるべきだと分かっている。声は政治家の命。喋れない政治家は、人に向かって訴える力を失う。特に自分の場合、演説で人を惹《ひ》きつけてきたのだ。もしも喋れなくなったら……いや、命の危険さえあるかもしれない。

この件は、まだ誰にも話していない。渡にも、家族にさえも。渡は敏感に気づいているかもしれないが、あの男の性格から言って、受診を勧めてくるとは思えない。
決めるのは自分だ。
だが決められない。

6

新里に呼びつけられた時、南は帰り支度を始めたところだった。久しぶりに面倒な仕事がなく、午後六時には会社を出られそうだったので、優奈と食事の約束をしていた。今日の店は、銀座一丁目にあるフレンチレストラン。実際にはフランス料理屋と洋食屋をミックスしたような店で、メニューにはハンバーグやカレー、ハヤシライスもある。コースで食事をしたら結構な値段……しかし、優奈を行きつけのラーメン屋やカレーショップに連れて行くわけにはいかない。女というのは何かと金がかかるんだよな、と心の中で愚痴りながら、ついにやけてしまう。まだつき合っているとは言えない状態だが、優奈がいて本当に助かっている。身売り交渉はシビア過ぎる。彼女がいなかったら、眉間に寄った皺がそのまま固まってしまったかもしれない。
新里からの電話を切って、渋い表情を浮かべる。それだけで、優奈は緊急事態だと気づいたようだった。

「新里社長？」小声で訊ねる。

「ああ」

「予約の時間、遅らせましょうか？」

「そうだな……」南は腕時計を見た。新里はとかく話が長くなりがちなのだ。「七時半では？」

「大丈夫です。私、先に出てるので、終わったら電話して下さい」

「分かった」

「ああ……そうか」優奈がはっと顔を上げた。「来客ですね」

「そんな予定、あったかな」南は首を捻った。

「さっき急に予定が入ったんです。その人との話し合いに、南さんを立ち会わせるつもりだと思います」

「誰？」

「長澤さん――日新美術館の館長」

　新報の創業者一族で、現在の個人筆頭株主。一度も会ったことはないが、嫌な予感が膨らむ。個人の株主は長澤だけで、彼が今回の身売りに関してどう考えているか、まったく分からない。

　優奈にうなずきかけて、南は席を立った。新里の部屋に入った途端に、ぎょっとする。

新里が後ろ手に組み、部屋の中を行ったり来たりしているのだ。いつも落ち着いている新里にしては珍しい――いや、こんな状態の彼は初めて見た。

「社長」

「ああ」南が呼びかけると、新里が歩みを止めた。「ややこしい相手が来る」

「長澤館長ですね」

「知ってたのか」新里が目を見開く。

「来客の確認をしました。ややこしいというのはどういう――」

「そもそもややこしい人なんだ」新里が南の疑問を断ち切った。「創業者一族の人で、今も個人筆頭株主だから」

その辺の詳しい事情は何も知らない。あらかじめ情報が分かっていれば、対処のしようもあるのだが……新里のレクチャーを受けている暇はあるまい。

「とにかく、私の目と耳になってくれ」

「分かりました」

ノートパソコンを準備している余裕はない。いつも背広のポケットに入れているICレコーダーとメモ帳で何とかするしかないだろう。南は、自分が座るであろうソファの肘掛けの隙間にICレコーダーを隠した。録音されていると分かると口が重くなったり、最悪怒り出す人もいる。

デスクの電話が鳴った。新里が飛びつき、受話器を耳に当てる。

「ああ——お通ししてくれ」

受話器を叩きつけるように戻し、新里がドアのところに立った。南も彼に倣い、開きっ放しのドアを押さえた。ある程度の角度以上開けると、自動的に止まるようになっているのだが、何かしていないと気持ちが落ち着かない。

すぐに長澤が入って来た。小柄で、髪がすっかり白くなっているせいで、上品な感じがする。そう言えば着ている物も……上質そうなウィンドウペインのスリーピーススーツに、ワイドスプレッドカラーの白いシャツ、ペイズリー模様のネクタイ。ウールのコートは綺麗に畳んで右腕にかけていた。これで帽子でも被《かぶ》ってステッキを持てば、完璧な英国紳士という感じである。

「ご無沙汰しております」

新里が深々と頭を下げる。南もドアを押さえたまま、慌ててそれに倣った。長澤が南をじろりと見て、新里に視線を戻す。

「同席は必要ないと思いますが」

「今、一番信用している社長室の人間です」

「そうですか」納得していない様子だったが、長澤がうなずいた。

「どうぞ、こちらへ」

「ああ、先に言っておきますが、飲み物は必要ありません。長居はしませんから」

すぐに内密の話を始めたいのだな、と分かった。南はドアを閉めると、新里の電話を使って、お茶はいらない、と優奈に告げた。

「大丈夫そうですか？」優奈が心配そうに訊ねる。

「問題ありません」素っ気ない口調で言って、南は電話を切った。二人が座ったのを見て、先ほど自分のポジションと決めたソファに腰を落ち着ける。

「お忙しいところ申し訳ないですね」南がメモ帳を取り出す前に、長澤が切り出した。

「いえ、とんでもないです。長澤さんなら、いつでもお会いしますよ」

こんなにへりくだった新里は初めて見た。新報側が不利なＡＭＣとの交渉の席では、常に硬い態度を崩さず、何とか同じ立ち位置にいようと努力しているらしく、決して卑屈には見えない。

「今日は、身売りの件についてお話ししようと思いましてね」

「ご報告が遅れて申し訳ありません。交渉は、難しい局面にきています」新里が先手を打つように言った。

「でしょうね」長澤の口調は揺らがない。あくまで落ち着いた態度を崩さず、わずかでも激昂《げっこう》するような気配は見せなかった。

「よろしきタイミングでご報告しようと思っていたのですが、まだ具体的なことは何一

「ただ、基本線は決まっているんですよね」

「それは、以前ご報告した通りです」

「向こうは——AMC側は、廃刊を要求してきたそうですが」

 どこから聞いたんだ、と南はびくりとした。この件は、会社の幹部——取締役会のメンバーにしか知らされていない。となると、情報漏れのポイントは特定できる。だが、新里が犯人探しの仕事を自分に振ってくるとは思わなかった。今はそれどころではないだろう。

「廃刊ではありません。紙の新聞の発行停止です」

「紙の新聞……そこが新報の基本ではないんですか？」

「ＡＭＣ側は、現在と同じ取材体制をキープしたままで、日本初の本格的なネットニュースメディアにしたい意向があるようです」

「それで採算が取れるのですか？」長澤が突っこむ。「ニュースサイトが成功した例は数少ないでしょう」

「それは、いつまでも紙の新聞を引っ張っているからだ、というのが向こうの言い分です。紙とネットの両立など、中途半端だと……思い切ってネット専業にすれば、広告収入も今より期待できると見こんでいるようです」

「確かに、新報の広告は苦戦していますが、ネットの方が有利だという保証は？」

「保証があるとは言えないでしょうね。慎重に検討しています」

「なるほど……しかし私は――個人筆頭株主としては、この条件に賛成するわけにはいきませんよ。さらに言えば、ＡＭＣへの売却自体についても反対します」長澤がはっきりと言い切った。「外国企業への身売りは、日本の新聞としての新報の死を意味します。他の方法での立て直しを検討するのが、経営陣の義務ではないですか」

言い方は柔らかいものの、長澤の言葉はきつい。あくまで反対の立場を貫く――条件闘争をするつもりは一切ないようだった。

「私個人の持ち株が十一パーセント、日新美術館名義の株が十パーセントある。これは、少なくない割合ですよ」

「承知しています」

ちらりと新里を見ると、こめかみが汗で濡れているのが分かる。この男にしては異常な緊張だ。追いこまれていると言ってもいい。

「ぜひ、考え直していただきたい。発行停止など、とんでもない話です。そもそも身売りについても再検討してもらいたい。財政状況を厳しく見直すことで、新報は今からでも再生できるはずだ」

「それについては、数年前から散々検討しています」

「数年前の取締役会は、無能だったんでしょう」長澤がさらりときつい批判を浴びせる。「現在の身売りの方針を決めたのは、小寺前社長だ。しかしあの人は——亡くなった人のことを悪くは言いたくないが、変節漢だ。言うことがころころ変わるような人間は信用できない。あなたは違うでしょう。一本筋が通った人だし、新報を心から愛している。違いますか？」

「もちろんです。私は新報に育てられた人間ですから、新報を守りたいという気持ちは人一倍強いですよ」

「それではぜひ、考え直して下さい。私も新報を守るために全力を尽くします。そして、私の方針に賛同してくれる人も少なくないことを覚えておいて下さい」

「つまり、取締役会の方針を支持しない株主がいる、ということですか」新里の顔がかすかに引き攣る。

「そういう風に理解していただいて結構ですよ」

長澤がぴしりと腿を叩いて立ち上がった。どうやら、ぐだぐだと文句を垂れ流すタイプではないようだ……それだけに怖い。本音が読めなかった。

「ではまた、要《かなめ》のポイントでお会いしましょう。私は私で、情報収集を進めますが」

「分かりました」力なく言って、新里も立ち上がる。

「貴重なお時間をいただいて、申し訳ありませんね」慇懃《いんぎん》無礼《ぶれい》な口調。

部屋を出て行く長澤を見送ってから、南はソファにへたりこんだ新里を見やった。今まで見たことのないようなダメージを受けている。右手を額に当て、重くなった頭を必死で支えているようだった。新報は一枚岩にはなれない——それを実感した瞬間だった。


「大変だったんですか？」

南が店に入って席につくなり、優奈が心配そうに切り出した。

「俺は何ともないけど、社長がね」南は簡単に事情を説明した。

「そうですか」優奈の顔色も冴《さ》えない。「長澤さん、いろいろ複雑な人みたいですね」

「と言うと？」

優奈が全てを知るわけもなく、説明はアバウトだったが、何となく事情は分かった。要はプライドの問題だろう。金ではない……新報の経営が悪化しているとはいえ、大株主として、長澤は今でも毎年、結構な額の配当を受け取っているはずだ。

「考えてみたら、二十五年も前から新報は火種を抱えていたのかもしれないな」

「そうかもしれませんね」優奈が憂鬱そうに言った。

気持ちが盛り上がらない。例によって南はガス入りのミネラルウォーター、優奈は赤ワインを頼んでいたが、彼女も酒は進まないようだ。少しアルコールが入って耳が赤くなった優奈は、ひどく魅力的なのだが、今日はそこまでもいかない。

それでも料理が美味いので、少しだけ気分が上向いてきた。前菜に取った魚介類のマリネも、メーンのハンバーグステーキも味がしっかりしている。パンだけではなくカレーも食べてみたいと思ったが、さすがにそれでは食べ過ぎだろう。しかし優奈が気を利かせてくれた。

「足ります？」

「ちょっと中途半端かな」南は胃を撫でた。

「じゃあ、カレーかハヤシライスを頼んで、半分に分けるのはどうですか」

「つき合ってくれる？」

「私もちょっと足りないかな、と思ってたんです」

優奈は、女性にしてはよく食べる。それもまた好ましいポイントだ。それなのにスリムな体型を保っている。

「何か、心配になってきた」

「何がですか？」

「この先、会社がどうなるか……交渉が上手くいっても決裂しても、大きな変化があるだろうね」

「ええ」

「そうなった時、自分がどんな風に仕事をしていくのか、想像もつかない」

「それは私も同じです」優奈が急に暗い顔になって溜息をついた。「経営陣が替わったら、社長室も変わるでしょうね」

「でも、総務系の仕事は、会社がどんな風になっても必要だから」

「社長室での仕事は、嫌いじゃないんですよ。今から人事とか経理とかに移ると、勝手が違いますよね」

「そうだよな……」南は思わず頬杖《ほおづえ》をついた。二人の間に沈黙が満ちる。

結局カレーを取り、二人で分けて食べた。程よく辛味が利いて、奥の深い味――カレー専門店としてもやっていけるのではないかと南は感心した。

デザートは飛ばしてコーヒーだけもらおうかと考え始めたところで、ポケットの中のスマートフォンが震えた。また呼び出し……これじゃ、記者時代よりも忙しいとうんざりする。画面には、見慣れぬ携帯の番号が浮かんでいた。

「ちょっと、ごめん」

「社長ですか?」優奈が心配そうに訊ねる。

「いや、知らない番号だ」

「無視しちゃえば?」

「そういうわけにもいかない」言いながら、南は通話ボタンを押した。電話なので少し変わっているとはいえ、聞き間違えようもない――数時間前に聞いたばかりの長澤の声だった。

「南君ですか？」

「はい」

「長澤です。先ほどは失礼しました」

「いえ……」

南は優奈に視線を送ってから立ち上がった。ちょっと待っていてくれ――優奈は素早くうなずいたものの、不安そうな表情は消えない。南は席を離れ、すぐに店の出入り口に向かった。外へ出た途端、まだ冷たい風にさらされ、身震いする。店内が暖かかったので、背広も脱いでいたのだ。

「今、話していて大丈夫かな？」

「大丈夫です。ちょっと食事をしていただけなので」

「それは失礼」相変わらず慇懃無礼な物言い。「そういう時に申し訳ないんだが、ちょっと会えないだろうか」

「今からですか？」南は反射的に腕時計を見た。午後九時……決して遅い時間でないとはいえ、いきなり人を呼びつけようとする長澤の図々《ずうずう》しさにかちんときた。

「ああ。今、どちらに？」

「銀座です。会社の近くです」

「ああ、それなら好都合です。日新美術館の場所は分かるね？」

「はい」行ったことはないが、会社関係の施設の場所は全て頭に入っている。「丸の内ですよね」

「そう。丸の内永代《えいたい》ビル……私は今、六階の事務室にいます」

「今からですね？」南はもう一度確認した。

「あなたは、新里社長の信頼が厚いようだ。だから、ぜひ話しておきたいことがある」

確かに新里は、「一番信用している社長室の人間です」とは言った。だがあれは、話を転がすための適当な台詞だろう。自分が新里に信頼されているとは思えなかった。

「私は、そういう大事な仕事には力不足です」

「メッセンジャーの仕事でも？」

「直接社長に言っていただいた方がいいんじゃないでしょうか」南はやんわりと断りにかかった。優奈との貴重な時間を奪われるのは我慢できない……ナンパな理由だが、この時間から何かやれというのは無茶だ。記者ならともかく、今の自分は一介の社長室スタッフに過ぎない。

「来ていただけますね？」長澤は意に介さない。

「……分かりました」

仕方がない。それに、長澤と話しておけば、何か情報が手に入るかもしれない。ただしその情報をどう使えばいいかが分からなかった。そのまま新里に流してしまうべきか、自分の中で溜めこんでおくべきか。

そもそも、自分がどうしたいかの問題だ、と南は思った。とにかく現経営陣に忠誠を尽くし、会社の体制がどうなろうがしがみついて生き残るように頑張るべきなのか、あるいは別の道を探るべきか……どっちに行くにしても、情報だけはキープしておかなくてはならない。新聞記者にとって——南は今は記者ではないが——情報こそが命綱なのだ。


銀座から丸の内までタクシーを使うことにした。歩いても大した距離ではないが、面倒な仕事は一刻も早く片づけてしまいたい。

一方通行の丸の内仲通りでタクシーに揺られながら、南は無意識のうちににやけていることに気づいた。食事の最後の最後で呼び出されたので、優奈に申し訳なく思い、急いで次の日曜日に会う約束を取りつけたのだ。優奈は快諾してくれた。ばたついたお詫《わ》びのつもりだったが、考えてみれば初めての休日デートである。人間、意識しないで動いた方が上手くいくのかもしれない……さて、どこへ誘おうか。

そう言えばこの界隈《かいわい》では、つい先日まで綺麗なイルミネーションが行われていたのだったと思い出す。真冬、分厚いコートに身を包んだ恋人たちがゆっくりと夜の散策をするには最高の場所だ。そこに優奈の姿を置いてみると、非常にしっくりくる。

ワンメーター分の料金を払い、丸の内永代ビルの前でタクシーを降りる。再開発が進んでいるこの界隈にあっては比較的古いビルで、周囲に高層ビルが目立つようになってきたために、谷底に沈んでいるような存在である。正面の出入り口は当然閉まっていて、南は裏口から入った。五基のエレベーターのうち、動いているのは一基だけ。なかなか来ないエレベーターを待ちながら、南は煙草を吸ってくるべきだったと悔いた。

ようやくエレベーターが来た。建物が古いせいかエレベーターの動きもぎこちなく、六階で止まった時には軽い衝撃が襲う。

エレベーターを降りると、目の前の事務室のドアは閉ざされている。ドアハンドルもロックされていた。小さなテーブルに載った電話を見つけてチェックする。館長室の番号は内線の「001」。おそらくここだろうと思い、南は受話器を取り上げて番号をプッシュした。まるで受話器に手をかけて待っていたかのように、長澤がすぐに電話に出る。

「お待ちしてましたよ」柔らかい口調だった。

「今、事務室の前にいます」

「ロックを解除します」

彼の言葉に続き、かちりと音がした。受話器を置こうとした瞬間、長澤の声が耳に飛びこんでくる。

「私の部屋は……真っ直ぐ進んで下さい。一番奥だから」

「分かりました」

受話器を置き――電話で話しているだけでも緊張する――両手をズボンに擦《なす》りつけた。ドアを開けたところで、コートを着たままだと気づき、脱いで腕にかける。

誰もいない。広いフロアの照明は落とされており、非常灯の弱々しい光だけが頼りだった。広いフロアの両側にデスクが整然と並び、その中央が細く空いて通路のようになっている。できるだけ慎重に……絨毯《じゅうたん》の毛足は長く、気をつけないと靴の先が引っかかりそうだった。

奥のドア……その横のガラス壁から、確かに明かりが漏れ出ている。ただし、煌々《こうこう》としているわけではなく、ぼんやりとした弱い光だった。

遠慮がちにドアをノックする。すぐに「はい」と返事があった。南は「失礼します」とはっきり口にしながらドアを開けた。部屋の中も照明は落とされて、デスクトップライトだけが灯《とも》っている。そして煙草の煙が籠っていた。いや、これは煙草ではなくもっときつい臭《にお》い……葉巻かパイプだろうと南は想像した。

「やあ、お忙しいところ申し訳ない」

一人がけのソファに腰かけた長澤が、軽く右手を挙げた。夕方会った時とは違い、上着は脱いでネクタイも緩めている。そしてベストのボタンを全て外していた。指先には細く茶色い煙草……いや、シガリロだと気がつく。細い、煙草と見紛《みまが》う葉巻。

「座って下さい」

「失礼します」

深々と頭を下げてから、南は向かいのソファに浅く腰かけた。長澤が酔っているのは一目瞭然である。顔は赤く、体がゆっくりと揺れていた。テーブルにはカルヴァドスのボトルとブランデーグラスが載っていて、ボトルは半分空いている。もしかしたら今晩、一人でこれだけ呑んでしまったのだろうか？　リンゴから作られる蒸留酒のカルヴァドスは、結構アルコール度数が高いはずだが。

「君もどうですか？」

「すみません、酒はやめています」

「体でも壊したとか？　新聞記者は、だいたい呑み過ぎですよね」

「いろいろあって、今はやめているんです」

「そうですか。では、煙草をどうぞ」

長澤が身を乗り出し、ガラス製の大きな灰皿を南の方へ押しやった。煙草よりも少し色が濃い灰で一杯になっている。いったい、今日は何本シガリロを吸ったのだろうか。

「どうして煙草を吸うと分かったんですか」警戒しながら南は訊ねた。

「ワイシャツの胸ポケットが膨らんでいる」長澤が南の胸の辺りを指さした。

「鋭い観察眼ですね」

「新聞記者なら当然でしょう……何十年も前にやめましたが、つい人を観察してしまう癖は変わらない」

南は素早く煙草に火を点けた。今夜はどうにも美味くない。緊張している時はいつもそうだ。

「長澤さんは、経済部長だったんですよね」南は先に話を切り出した。「ずいぶん若くして部長になられたと聞いています」

新報で部長になる年齢というと、だいたい五十歳ぐらいだが、長澤は四十三歳で経済部長の座についた。今とは事情が違うにしても、異例の若さだったのは間違いない。

「私は優秀でしたよ……記者としては」

遠慮がちに言って、長澤がシガリロに火を点けた。途端に、煙草とは違う香り――南にすれば「異臭」だ――が漂い出す。なるべくその香りを嗅がないようにと、南は自分の煙草を慌てて吸った。狭い部屋が、二人の吐き出す煙で一気に白くなる。

「君は、甲府支局で誤報を書いたね」

「……はい」いきなり指摘され、南は低い声で認めた。

「私は大株主だから、そういう情報は摑んでいる。普通の上場企業の株主なら、そこまで細かい話は気にしないかもしれないが、私は違う。新報は今でもファミリー企業だと思っているから、どんなに小さな話でも知っておきたい」

「ええ」

「新報の歴史は長い……もう百三十年になるからね。その間、いろいろなことがあった。時代は変わり、戦争を挟んで、景気のいい時も悪い時もあって——でも新報はずっと新聞を発行し続けてきた。本当に、関東大震災と戦争の一時期を除いて、ずっとだ。これは大変なことでしょう」

「そうですね」

「その新聞を発行停止にするとは、どういうことだろうか。それはまさに、新聞の死ではないか？」

「そうかもしれません」言質を取られないよう、南は曖昧な口調を意識した。「しかしまだ、決まったわけではありません」

「買収の条件がそれだ……ということは、選択肢は二つに一つしかない」

「条件を受け入れて、紙の新聞を廃刊にするか、交渉自体をやめにするか」

「そういうことですね」長澤がうなずき、シガリロを指で挟んだままカルヴァドスのグラスを持ち上げた。グラスをゆっくりと回した拍子に、灰がズボンの腿に落ちたが、気にする様子もない。洒落者《しゃれもの》なら、ズボンの汚れは絶対に許せないはずなのに、それも気にならないほど酔っているのか。

「新里社長は、引きどころを考えた方がいい」

「どういう意味ですか」長澤の目は据わっている。かなりまずい雰囲気で、これから先、話はどんどん危ない方向へ向かいそうだった。

「社内は一枚岩ではない……特に、廃刊の話が出てからはそうです。あなたの耳には届いていない？」

「ええ……」南は言葉を濁した。実際には、社長室には様々な声が集まってくる。組合が問題にし始めていること、先日は週に一度の部長会で、事情を説明するよう新里に迫った部長がいたらしいことなどを南も聞いていた。部長会はそういう突き上げの場ではなく、いつも淡々と事務連絡が行われる会のはずだが……それほど焦っている人間もいるということだ。

「取締役会も一枚岩ではないよ」

「まさか」取締役会は身売りする方向で意思統一している、と新里から聞かされていた。

「私は、社内闘争で追い出された人間だ」

「二十五年前の組織改編の話は、詳しくは知りませんが――」

「当時の社長、会長が、自分たちに権力を集中させようとした、一種のクーデターだ。私は……創業者一族でなければ、順調に出世していたと思う。新報の社長を経験していたかもしれない。だが、親が大株主だったせいで、私まで出世ルートから外された。何の落ち度もなかったにもかかわらず」

ここにも、新報に複雑な思いを抱く人間がいる、と南は実感した。自ら辞表を提出した青井の本音は読めないが、長澤は明らかに新報を——その経営陣を憎んでいる。当時の状況を考えれば当然だとしても、実態は分からない。どんな権力闘争があったか、リアルに知っているのは会長の早坂ぐらいではないだろうか。

「結局、この十年はずっと美術館……いや、別にここが悪いわけではない。文化事業は、新聞にとっては大事な柱だから」

「ええ」

「ただし、主流ではない」

主流から外れた彼は、ここを自分の「城」として作り上げたのだろう。職員がいなくなった夜、一人で酒を呑んでシガリロを吸う……想《おも》いは真っ直ぐ、過去の暗い部分に落ちこんでいくはずだ。

「これまでに、私と日新美術館が持っている株を買い上げたいという話が新報側から何度かあったが、毎回断ってきた。経営陣が株を持てば、会社を自分たちの好き勝手にできる。しかし一定程度の株を私のような者が持っていれば、それだけで抑止力になるでしょう」

「ええ」

「私は人一倍――誰よりも新報を愛している。歴史と実績のある、マスコミ界のリーディングカンパニーの個人筆頭株主であることに誇りを持っている。廃刊など、絶対に許さない。さらに言えば、外資の得体のしれない会社に身売りするのも、あり得ない話だ。私は取締役会には参加できないが、株主総会では、絶対に反対の立場で動いていく。今年は、これまでのようなシャンシャン総会では終わらない……取締役会も簡単にはまとまらないだろう」

「誰かを抱きこんだんですか」南は不安な気持ちをそのまま質問にした。

「言葉が悪いな」長澤が薄い笑みを浮かべる。「新聞記者は、言葉遣いが直截《ちょくせつ》的過ぎていけない。名文家が生まれないわけだな」

「それは認めます」

「まあ……私にはかつて部下がいたんだよ」

「経済部長時代の話ですか？」

「そうだ。私は、仕事に関しては絶対の自信を持っていた。だから、私の下で仕事をしていた記者たちも信頼してくれて、社内では『長澤軍団』と呼ばれていたんですよ。その当時の記者で、まだ会社に残っている人間もいる……例えば、広告担当常務の中井《なかい》がそうだ。私が経済部長だった頃、まだ三十代の働き盛りでね。できる男で、目をかけていた。予想通り、役員まできたな」

「そうですか」

急に居心地が悪くなり、南は体を揺らした。煙草の下に、左の掌を添えて、すっかり長くなってしまった灰を灰皿に落とす。落ち着かない……長澤は、中井が今も自分のコントロール下にあると言っているも同然だが、そんなことがあるのだろうか。長澤が権力の中枢から外されたとすれば、部下もついていかなかったはずだ。あるいは長澤は、何か別の手を使って中井を籠絡していたのか——金か、女か。

「中井常務は身売りに反対なんですか」長澤のブラフだろうかと思いながら南は訊ねた。

「中井がそうだとは言わない。しかし、取締役会も一枚岩ではないんだ」グラス越しにじっと南を見つめ、長澤が低い声で言った。

「つまり——」

「そういう風に、新里社長に伝えなさい」長澤が南の言葉を断ち切った。

「直接言えばいいことではありませんか？」

「それでは、劇的効果がないのでね」長澤が薄く笑う。「新里社長も、君から聞いた方が事態を真剣に考えるだろう」

「私はメッセンジャーではありません」

「私につかないか？」長澤が唐突に言った。

「どういう意味ですか」突然の誘いに戸惑いながら、南は煙草を灰皿に押しつけた。

「君は新里社長のすぐ近くにいる。彼の信頼も厚いだろう。だから、いろいろな情報が入ってくるはずだ……これはと思う話があったら、私に流してもらいたい」

「お断りします」南は即座に言い切った。

「ほう」長澤が右目だけを細くする。「何故？」

「私は、誰のためであっても、スパイの真似《まね》をするつもりはありません」

「もっと上手く立ち回った方がいいんじゃないか」警告するように長澤が言った。「新報はこれからどうなるか、分からない。ただ、絶対に避けなければならないのは買収だ。外資系企業に買収されたら、新報は完全に解体されるぞ。日本で一番古い新聞がこのまま無くなっても構わないのか？」

　分からない——分からないからこそ、南は無言を貫いた。自分は、新報の社員になってから十年も経たない。一方長澤は、五十年近く——いや、創業者一族の人間だから、生まれる前から新報に関わっていたとも言える。自分とはまったく立場が違うのだ。

「今は……会社から与えられた仕事だけをやろうと思います。それに、長澤さんから直接命令を受ける立場にはないと思います」

「仮に身売りが成立したとしても、君が新報に残れるかどうかは分からないんだぞ？残りたいか？」

「それは……」南は口を閉ざした。

「君は、誤報についてはどう考えている？　もう一度記者に戻ってやり直したいとは思わないか？」

そう……いつも、編集局に帰りたいとは思っている。今の自分――社長室にいるのが、正しい姿だとは思えない。しかし脱出の方法はなく、大きな渦の中でもがいているだけだ。

「申し訳ありませんが、ご希望には添いかねます」

「男には――人間には、勝負をかけなければならないタイミングがある。それを逃すと、二回目のチャンスはないんだぞ」

南は一礼して立ち上がった。座ったままの長澤が、上目遣いに南を睨む。

「君は今、自分で考えている以上に重要なポジションにいる。役職の問題じゃない。権力の中枢に近いということは、それだけで大きな力を持っているのと同じだ。それを上手く、適切に利用しない手はない。よく考えなさい。私のオファーは、事態がはっきり決まるまで有効だ」

長澤と別れ、丸の内仲通りをゆっくりと歩き出す。この通りが一番綺麗なのは夕方……道路の両側に並ぶビルの一階には、揃ってハイブランドのショップが入っていて、柔らかい光を街路に投げかける。たださすがに、この時間になるとショップは閉店していて、うら寂しい雰囲気だった。基本的にはサラリーマンの街だけに、夜も遅くなると人も引いてしまう。

都内の道路にしては歩道が広く、人とすれ違う時にも避ける必要はない。コートのポケットに両手を突っこみ、うつむき加減に、南は早足で歩き続けた。三月とはいえまだ風は冷たく、時折強く吹きつけてくる度に目が潤む。顎を上げて前方を見ると、高層ビルが夜空に浮き上がっていた。ぽつぽつと灯りが見え、この時間でも丸の内はまだ眠っていないと思い知る。

歩き続けるうちに、次第にスピードが上がってきた。農林中金のビルを右手に見ながら左に折れ、JR有楽町駅の方へ向かって歩みを進める。ビックカメラの横を通り過ぎると、急に猥雑《わいざつ》な雰囲気になってきた。丸の内が、平成の高級ショッピング街を目指しているとすれば、有楽町近辺は昭和の空気を今に伝える街だ。

ふと、もしも会社を辞めたらどうしようか、と考える。ぶらぶらしているわけにはいかないから、仕事はしなければならない。だが、十年近く新聞記者をやってきた後では、他の仕事をするのは難しいだろう。実家へ帰ろうか、とも一瞬考えた。八王子の実家で英気を養いながら、次の仕事を探す。とはいえ、どんな仕事がある？

先のことは考えないようにしよう。決断するにしても、材料が少な過ぎる。大事なのは、常に情報を集め続けることだ。何も知らなければ、決断しようがない。

ふいに、長澤の言葉が脳裏に蘇る。「上手く立ち回った方がいいんじゃないか」「もう一度記者に戻ってやり直したいとは思わないか？」。分からない。彼は自分を「ハブ」だと考えているようだが、それは過大評価だ。所詮、新里の近くにいるだけではないか……いや、情報を頭に叩きこもうとしているのは間違いなく、それを欲しがる人がいるのも理解はできる。

日曜日は優奈とデート……しかし、まったく気持ちは上向かない。

7

やあ、と声をかけると、南がびくりと体を震わせて立ち止まった。

「青井さん……」

「どうも」青井はひょこりと頭を下げた。雰囲気が硬くならないように……しかし南は顔を引き攣らせている。

「ちょっといいかな」

「ええ……」

南が、助けを求めるように周囲を見回した。月曜日、午後七時。明日は定例の交渉の日である。入念に準備をして、会社を出るのが遅くなるのではという青井の予想は外れた。残業一時間、というところだろうか……総務関係の職場は、午後六時までが勤務時間であるはずだ。

「食事でもしないか？　私は独り者だから、毎日一人で夕食を食べるのには飽き飽きしているんだ」

「いや、それは……」南が躊躇《ためら》う。

「だったらお茶でもどうだろう」

「もしかして、私を待ち伏せしていたんですか」

「まさか」この否定は疑われるだろうと思いながら、青井は快活な表情を作った。「たまたま歩いていたら、あなたを見かけただけだから。新橋と銀座……近いものでしょう？」

南が口をつぐむ。やはり疑っている……どんなに鈍い人間でも、この状況が偶然とは思わないだろう。ましてや南は鋭いはずだ。

「忙しいなら無理にとは言わないが、せっかくだからどうかな」

「……おつき合いします」

南は誘いに乗った。乗る、と青井は踏んでいた。

青井は、中央通り沿いにあるビルの四階の喫茶店に南を誘った。壁は漆喰《しっくい》、テーブルなどは年季の入った木製で、非常にクラシカルな造りだ。客は二人だけで、話はしやすい。ほっとして、青井はコーヒーを頼んだ。南も一瞬迷った後、同じものを頼む。

「煙草、どうぞ」

「ええ」南はシャツの胸ポケットから煙草を取り出したものの、引き抜こうとはしない。

「別に構わないけど」

「やめておきます」煙草を吸うとリラックスし過ぎるとでも思ったのか、結局ポケットに戻してしまう。

コーヒーが来たタイミングで、青井は切り出した。

「明日、また交渉だね」

「ええ」

「条件提示してから一週間だ。新里さんはどういう判断をしてくるだろう？」

「それは、私からは何とも言えません」硬い口調で、南が回答を拒否した。

「いや、そんなに緊張するようなことじゃない……あなたから新里さんにも伝えておいていただきたいんだけど、うちとしては方針はまったく変わっていないから。御社の返答待ちです」

「青井さん、紙の新聞をやめて、上手くいくと思いますか？」突然、南が挑みかかるように言った。

「百パーセント成功する保証はないな」青井は正直に認めた。

「ギャンブルはきついですよね」

「君は、ギャンブルは？」

「まったくやりません」南が首を横に振った。

「昔はね、新聞記事自体がギャンブルみたいなものだった。自信がなくても、一か八かで書くこともあった。もちろんそういう記事はどんどん淘汰《とうた》されてきたけど、その分、紙面はつまらなくなったね」

南の顔色はよくない。自分の誤報のことを指摘されたと思ったのだろう。ここに彼のウィークポイントがある。未だにあのミスの衝撃から立ち直っていないのは明らかだった。その後、本社の社会部に上がり、警察《サツ》回りから遊軍へ……一度は上手くレールの上に乗ったはずなのに、突然、社長室に異動したのが謎だった。よほど新里——いや、前社長の小寺に買われていたのだろうか。稀《まれ》に、あまりにも優秀なために、将来の役員候補として早々と取材現場から引き上げられる記者もいる。そういう人物は「帝王学」を学び、いずれは社長候補と目されるようになるのだ。

ただ、南がそういう人材だとは思えなかった。なにぶんにもまだ若過ぎる。社会部時代に、また何か問題を起こしたのだろうか……。

南は結局、煙草に火を点けた。目を閉じて一服してから、青井の顔をまじまじと見つめる。

「私も淘汰されました」いきなり打ち明ける。

「そんなことはないだろう。淘汰されたら、社長室で働けるはずがない。あそこは会社の中枢——頭脳だからな」

「監視されているんですよ。何かヘマをしないか、上も心配なんでしょう」

「それは違うな。コントロールされたリスクと考えたらいいんじゃないか？」

「どういうことですか？」

「君は、毒かもしれない。しかし毒というのは、上手く使えば目覚ましい治療効果を上げることもある。ただし使い方を間違えれば死に至る……そういうことじゃないか？」

南がまた黙りこむ。ひどく嫌そうな表情で、今にも怒りを爆発させてもおかしくない気配だった。だが、結局は溜息をつくだけで、コーヒーに口をつける。一口啜って、「とにかく、交渉に関することは言えません」と繰り返した。

「新里さんも、苦しんでるんじゃないかな」

「それは——当然でしょうね」南は認めた。

「こんなことは百年に一度だ」前にもこんな台詞を吐いたかもしれないと思いながら、青井は言った。「新報の社員は……今、大阪と九州の本社も合わせて五千人ぐらいだったね」

「ええ」

「五千人の社員とその家族の命運がかかっている。それにこれは、日本の新聞業界の将来を占う実験ケースにもなり得るんだよ。そんな大きな話を背負いこむようなことは、誰もしたくない。プラスの話になるとは限らないんだから」

「身売りが成立しても、新報を潰した社長として、将来に名前が残るんでしょうね」南が皮肉を吐く。

「だから、苦しむのは当然だと思う。でも、電子化への流れは避けられないんだ」

「青井さんも、すぐには電子化は実現しないように言っていたじゃないですか」

「あんな風に言ったのには、希望的観測もある」青井は素早くうなずいた。「私は、電子化の初期の段階から手を染めている。新報でのその仕事は半年しか続かなかったけど、いずれ紙の新聞はなくなると確信したよ」

「そんなに早い時期にですか？」南が目を見開く。

「圧倒的にコストがかからないんだ。印刷も配送も必要なくなるし、読者も朝刊夕刊という枠に縛られずに、いつでも情報にアクセスできる。テレビが登場した時以上の影響があると思った……ただ、完全電子化がいつになるかは読めなかったな。十年後なのか二十年後なのか、あるいは五十年先まで紙は延命するか。少なくとも、二十年は持ったわけだが、今でも今後の動きは予想できない」

「でも流れは止められない、ということですか」

「そう。きちんと金が取れるビジネスモデルができれば、すぐにでも電子化は完成するだろうね。広告収入だけでは駄目だ。それだとクライアントの意向が強くなり過ぎて、テレビと同じように制約を受ける。独立性を担保するためには、販売収入を確保する必要がある……私は依然として、新聞は民主主義のテキストだと思っているんだよ」

南はうなずいたものの、納得している様子ではなかった。AMCジャパンでネットニュースを流している自分が、新聞に対する理想論を語っているのが不思議なのだろう。

この男はまだ、メディアについて分かっていないようだ。

システムは変わる。しかし記者の気持ちまで変わってはいけない――青井は、南が納得しているかどうかは気にせず続けた。

「読者こそが民主主義のスポンサーなんだ。そういうことを意識している読者はほとんどいないと思うけど……言論の自由を守るためには、新聞の独立性を確立しなくてはいけない、そのために読者一人一人がスポンサーになって金を払う、という発想はどうだろう」

「それは、新聞側の勝手な言い分ですよ」

「そうかもしれない」青井は苦笑した。「ただ、こういうことは、もっと真面目に話し合われてもいいんじゃないかな」

「最近は、新聞について語られることと言えば、劣化だけです」南が溜息をついた。

「君が誤報を書いたように？」青井は敢えて厳しく突っこんだ。

「あれは……あれは単なる誤報です。単なるという言葉が不適切なら、昔からよくあるタイプの誤報です」

「本当に？」

「検証記事で出た以上の内容は話せません」

　南が煙草を忙しなく吸った。盛んに煙を吐き出しているのは、煙幕を張っているつもりかもしれない。しかし青井には、南の顔がはっきりと見えた——戸惑っている。悩んでいる。

　青井はコーヒーを一口飲み、少しだけ気持ちが落ち着くのを感じた。煙草も吸わず、深酒もしなくなった今、一番の精神安定剤だ。

「自分のことを客観的に話すのは難しいよね」青井は口調を和らげた。「新聞は、別に劣化していないと思う。レベルは——情報の内容や文章は、昔とそれほど変わっていないんじゃないかな。今は、新聞を批判する場ができた、というだけだ」

「ネットですね」

「ああ。誰でも自由に発言できるから……でも私は、ネットの世界のそういう部分には興味がない。私は、情報には二種類あると思う。横方向へフラットに流れる情報と、上から落ちてくる情報。私は、上から情報を落とす仕事にしか興味がない」

「ネットで仕事をしている人らしくない話ですね」南が皮肉っぽく言った。

「一番先にネタを届けたい——その気持ちは記者になった三十年前とまったく変わっていない。ある意味、私もネットの流れに乗れなかった人間かもしれないな」

「だったら、新報の廃刊は、青井さんにとっても本意ではないんじゃないですか?」南が突っこんでくる。

「それとこれとは別問題だ。今回の買収は、あくまで本社主導で進めているから。私は単なる窓口に過ぎないんだよ」

「しかし……」南の指先で煙草の灰が長くなり、テーブルに落ちた。それに気づく様子もなく、煙草を口元に持っていったが、はっきり分かるほど手が震えている。

「試してみればいいじゃないか」

「何をですか?」

そこで初めて、テーブルを灰で汚してしまったことに気づいたようで、南が小指の側面で灰を集め、灰皿に落とす。そしてお絞りで手を拭った。煙草を灰皿に押しつけ、一瞬きつく目を閉じる。こちらのペースについてこられない様子だった。

「うちへ来てみないか?」

「はい?」

「社員になってくれと言ってるわけじゃない。研修でも何でもいいから、少し働いてみたらどうだ？　仕事の内容は、新聞記者と変わらないよ。取材して記事を書く——印刷されるかされないかの違いに過ぎない。インプットは同じ、アウトプットが違うだけじゃないか」

「まさか。そんなことは……」

「別に問題はないと思うけど」青井は身を乗り出した。「先日、うちに見学に来てくれたのも、興味があるからだろう？　それともあれは、単なる偵察だったのかな」

「いや、そういうわけでは……」南の言葉が宙に溶ける。

青井には、彼の本心、狙いが読めていた。正式の交渉とは別に青井と接触して本音を探れ——新里からそういう指令を受けたのだろう。記者なら、こういう仕事には慣れている。相手に食いこみ、情報を取る。ただし今回は、記事を書くよりもっと大事《おおごと》だ——会社の命運がかかっている。

「何でも試してみればいいじゃないか。最初に経験した仕事にしがみつくのも大切だけど、いろいろ経験すれば、何が本当に自分に合っているか分かるはずだ。あるいは、他の仕事を経験して初めて、最初の仕事の意味が分かってくる」

「それなら今、十分経験していますから」南が反論した。「社長室の仕事は、記者の仕事とはまったく違いますから」

「だったら今の仕事は、記者の仕事に役立つだろうか」

南が黙りこむ。手探りで煙草を一本引き抜いてくわえたが、火は点けようとしない。迷っている……これは、さらに押す意味があるだろう。もしも南をＡＭＣに引き抜ければ、新報の内実をもっと詳しく知れるかもしれない。それに、記者としても戦力になりそうだし。

「オファーはしばらく有効だよ……いや、もう一歩踏みこんでおこうか。うちに社員として来てくれないか？　考えておいてくれ」

伝票を摑んで青井は立ち上がった。南が慌てて尻ポケットから財布を抜こうとしたが、青井は首を横に振って制した。これで貸しを作るつもりはなかったが、南が勝手にそう思いこむ分には問題ない。

店から中央通りに出ると、亜都子がすっと近づいて来た。忍者みたいだな、と思いながら、二人並んで新橋方面へ歩き出す。

「どうでした？」

「ちょっと揺さぶっておいたけど、どうなるかは分からないな」

「ボスの説得力がないんじゃないですか？」

「そうかもしれない。もしかしたら、君のハニートラップが必要かもしれないな」

「いつでもどうぞ」亜都子が肩をすくめる。「でも本当は、もう少し暖かくなってからの方がいいですけどね。肌の露出を多くしないと」

「ああ」青井は冗談のつもりで言ったのだが、彼女は本気かもしれない。もちろん、新報のような大きな会社を買収するに際しては、あれやこれやの手を使わねばならないだろう。しかし、こういう卑怯な手はどうなのか……いや、南は、手をかけるべき人材かもしれない。確信はないものの、この一件では、南がハブになるような気がしてならないのだ。

8

何なんだ、これは。南はメールを読んだ瞬間、頭に血が昇るのを感じた。社長室長の石島が転送してきたのだが、これをどうしろというのだ……南は席を蹴るように立ち上がり、石島の席に突進した。

「室長、これはどういうことなんですか」

「さっきも言っただろう」石島が鬱陶しそうな口調で言った。「東京本社の全部長に一斉に送られたメールだ」

「長澤さんは、何を考えているんですか？」揺さぶり——間違いないが、聞かずにはいられない。

「そんなこと、知らんよ。それよりそのメール、早く社長のところへ持って行け」

「……分かりました」

南はメールを二部プリントアウトし、新里の部屋へ向かった。ノックの返事を待つのももどかしく、ドアを開ける。デスクについていた新里が、不機嫌な表情を浮かべてうなずいた。

「失礼します」

南はデスクに近寄り、新里にプリントアウトを一部渡した。

「これは？」

「今朝方、東京本社社内の全部長宛に届いたものです」

「長澤さんか……」

吐き捨てるように言って、新里がプリントアウトに視線を落とした。南も立ったまま読み返す。

日本新報東京本社部長各位

日新美術館館長の長澤英昭です。突然のメールをお許し下さい。東京本社の全部長にお送りしています。

去年から新報の身売りの話が出ていますが、現在、米国企業・ＡＭＣとの間で交渉が進んでいるのは事実です。私は個人筆頭株主として、交渉の状況についてもある程度は把握しています。

この中で、直接の交渉先であるＡＭＣジャパン側から、買収の条件として、紙の新聞廃刊の提案がなされました。紙からネットへの全面移行ということです。

これは、百三十年以上の歴史を持つ日本新報にとって、新聞の死を意味するものです。新聞社は、新聞を発行してこそ存在価値があるものであり、ＡＭＣ側の要求は、新報を「殺す」ものです。

当然のことながら、紙の新聞が発行停止になれば、印刷・発送部門は不要になり、大規模なリストラが断行されるでしょう。さらに販売部門、広告部門なども大きな影響を受け、さらには編集部門も大きく方針を変更せざるを得ません。新聞社で働く者としてのプライドを持って仕事をしてきた皆さんが、これまでとまったく別の仕事を強いられる可能性もあるのです。これは労働条件の変化、労働強化に他なりません。

ＡＭＣの提示する条件は決して容認されるべきものではなく、新報経営陣は直ちに交渉を打ち切り、別の方法での立て直しを模索すべきです。

私、長澤英昭は、個人筆頭株主として経営陣の方針に徹底的に反対していく所存です。部長の皆様方におかれましても、平常の仕事でお忙しい中、申し訳ありませんが、新報の行く末を真摯に検討していただければ幸いです。これは経営陣や株主だけの問題ではなく、社員全員に関わることなのです。全社挙げて検討し、意思決定しなければならない事案ですので、職場で話し合いをされるよう、強く要望します。

「やってくれるな、長澤さん」新里が溜息をついた。

「はい」南もプリントアウトから顔を上げ、うなずいた。「こういうやり方は……異例ですよね」

「部長連中はどうしてる？」

「個別の反応は分かりませんが、黙殺するんじゃないでしょうか。個人筆頭株主が何を言っても、自分たちには関係ないと考えるのが普通だと思います」はっきりとした危機感はない……確かに組合は問題にし始めているし、社内でも様々な噂が流れているものの、まだ目に見える大きなうねりにはなっていないのが現状だ。

「新報は、ぬるま湯体質だからな」新里が皮肉っぽく言った。

「そうですか？」

「考えてみてくれ。ここ何十年かで新報の体制が大きく変わったのは、二十五年前の組織改編の時だ。あの時は経営陣の問題で、社員は直接関係なかった」

「はい」

「だけど今回は事情が違う……とはいえ、頭では分かっていても、実際にどうにかしようと考える人間は少ないだろう。どうしていいか分からないんだ」

そうやって社員は判断停止状態に陥ったまま、身売りは完了するのか……気づいた時には新しい会社に居場所がなく、自ら去るしかなくなっているかもしれない。そう、この問題は、もっときちんと話し合われて然るべきなのだ。自分が口を開くことではないかもしれないが。

「今日は交渉の日だったな」

「ええ」新里の言葉に、南は少し緊張しながら相槌《あいづち》を打った。昨夜の青井の話……「AMCに来ないか」というとんでもない誘いが脳裏に蘇る。彼は、自分をどう使おうとしているのだろう。

「どうした？」新里が不審げに訊ねる。

「いえ、何でもありません」

「終わって部長会か……火曜日は日程がきついな」

「はい」珍しい新里の愚痴に、南は内心驚いた。何か文句があっても、心の中に溜めこんでしまうタイプだと思っていたのに。

「午前中に取締役会、午後イチでＡＭＣと交渉、夕方から部長会……詰めこみ過ぎたな」

「スケジュールの調整、しますか？」優奈の手を煩わせることになるが、彼女は文句も言わずにやってくれるはずだ。

「いや、どれも動かしにくいだろう」

「では……」

「頑張るしかないということだ」新里が自分を納得させるようにつぶやく。「今日の部長会には、君も同席してくれ」

「今までそういうことはなかったですけど……」南は戸惑いを覚えた。新報で部長会というと、編集局の集まりを指す。他の局でも、部長が集まる会議は週一回開かれるのだが、その中で社長が出席するのは編集局の部長会だけだ。

「こういうメールが届いたことが、部長会で話題になるかもしれない。しっかり記録しておいてくれ」

「……分かりました」気が進まない。居心地の悪い会議になるのは間違いないだろう。それにしても……長澤の長年に及ぶ鬱屈は理解できなくないとはいえ、こういうやり方はありなのだろうか。大株主が、社員に直接呼びかけるとは。

「覚悟を決めた方がいいな」新里がぽつりと言った。

「どういう覚悟ですか？」

「長澤さんと全面対決する覚悟だ。最後は、株主総会での戦いになるかもしれない」

株主総会。記者になった時には、こんなことに関わるようになるとは思ってもいなかった。取材ならともかく、自分がその中に入りこむとは……青井は多彩な経験の大事さを語っていたが、そんなことはとても信じられなかった。

ＡＭＣとの交渉は淡々と終わった。互いに新しい条件を出していないのだから、当然のことではある。新里は「検討中」を主張し、青井は「早急に結論を」と急かしただけで、実のある話は一切なし。

青井は、ちらちらと南を気にしているようだった。南はなるべく、彼と目を合わせないように意識した。「オファーはしばらく有効だよ」。彼の言葉が、頭の中でぐるぐる回る。

会合は三十分で終わった。新里は終始不機嫌。会社へ戻る途中も機嫌は直らず、ほとんど口を開かなかった。こういう状態だと、南の方から話題を持ちかけるわけにもいかない。

昼間の銀座は、買い物客で賑わっている。相変わらず中国人が多く、中央通り沿いに「買い出しバス」が停車している光景も、すっかり見慣れた。もっともこのところ、中国以外からの観光客も増えている。三月、まだ肌寒さが残るのに、半袖で平然としているのはアメリカ人だろうか。彼らは何故か、どこにいても半袖で通している気がする。

会社に戻り、ほっと一息つく。交渉の場ではコーヒーを飲めなかったなと思い、自分でコーヒーを淹れてきて、自席で啜った。

「ずいぶん早かったですね」隣席の優奈が小声で言う。

「今日は議題もなかったからね……週に一度、定期的に会うのも、あまり意味がないかもしれない」

「でも、正念場ですよね」

「正念場は、もう少し先になると思う」思わず溜息をついてしまった。

二日前の優奈とのデートを思い出す。映画を観《み》て——映画館で映画を観るのは何年ぶりだっただろう——食事をして、実家住まいの彼女をちゃんと家まで送って行った。大きな進展があったわけではないが、南としては満足な一日だった。彼女が結構な映画好きで、週末は必ず映画館をはしごすることが分かって、少しだけ素顔に近づけた感じがしたし。実家前で別れる時、優奈が名残惜しそうな顔をしてくれたのもよかった……どうせまた明日には会えるのに、その日が本当に来るだろうかと心配しているようだった。

ちょっと休憩すると、すぐに夕方の部長会になる。

社内で一番大きな会議室で行われる編集局の部長会に出るのは初めてだった。出席者は社長をトップに、編集局長、六人の局次長、各部の部長、それに編集委員で、総勢五十人ほどにもなる。新里が最後に部屋に入り——そういう決まりかどうかは分からなかった——南が会議室のドアを閉める。新里が着席すると同時に、編集局長の村越が開会を告げた。

「では、今日の取締役会の内容から」

報告は淡々と進んだ。そもそも取締役会でも、毎回重要な議題が出るわけではないと南は知っている。だいたい、部数と広告収入の報告が中心なのだ。

「続いて、社長から」

促され、新里が立ち上がる。それで会議室の雰囲気が一気に緊迫した。おそらく新里は、普段は座ったまま喋るのだろう。立ち上がっただけで、「ただごとではない」と感じた人間が多かったのでは、と南は読んだ。

「先日来、ＡＭＣとの交渉に関して、いろいろとご心配をおかけしています」軽く一礼。「現在、交渉は順調に進んでいて、条件を話し合う段階に入っています。何か新しい動きがあったら、また部長会でもお知らせしますが、現段階では特に報告することはありません」短く話をまとめて、新里が腰を下ろす。

「社長、ちょっとよろしいですか」

いきなり声が上がり、会議室の中がざわついた。それで南は、部長会が建前の会議なのだと悟った。自由な発言など、普段はほとんどないのだろう。

声がした方を見ると、文化部長の椎名《しいな》が立ち上がっていた。社内では傍流……そして、部長の中では最年長である。一癖も二癖もある人物だ、という評判を南は聞いていた。

「今朝方、日新美術館の長澤館長からメールが流れてきました。東京本社の全部長を対象にしたもので、ＡＭＣ側から提示された条件について書かれていました。ＡＭＣが、新聞の発行停止を求めているというのは本当ですか」

直立不動を保ち、椎名が新里の回答を待った。新里は腕組みをしたまま、何も言わない。必死で考えている——様々な想定をしていることは、南にも分かった。やがて新里が、座ったまま言った。

「そういう条件が出ているのは事実です」

ざわめきが広がった。しかしそれを抑えようとする人間はいない。新里も、自然に収まるのを待っているようだった。そのうち怒鳴り合いが始まるのでは、と南は密かに身構えた。基本的に新聞記者は血の気が多い人種である。昔は、編集局の中での殴り合いも珍しくなかったと聞く。既に六十歳が近い椎名など、そういう時代の生き残りではないか。小柄でほっそりしているので、人を殴りつけるようなタイプには見えなかったが。新里が両手を広げ、テーブルに置く。少しだけ身を乗り出して、「そういう条件提示は確かにありました」と繰り返す。

今度は溜息が会議室を埋め尽くす。一触即発の雰囲気ではなく、どこか諦めたような空気。会議室の一番後ろに座っていた南は、新里の表情を確認しようと、少し腰を浮かした。目を見開いている……まるで、自分が対峙している部長たちの顔を、全て記憶しようとでもいうように。

「AMCが提示してきた条件は、紙の新聞の発行停止、全面的に電子化へ移行、というものでした」新里が説明を続ける。

「それについて、社長のお考えは」椎名がさらに突っこんだ。

「私を含め、取締役会で検討しています」新里は官僚答弁に徹するつもりのようだった。声には感情がない。

「社長個人のお考えはどうなんですか」椎名はなおも引かなかった。「この会社を動かしているのは社長です。社長のお考えは、取締役会にも大きな影響を及ぼすと思いますが」

「私自身、まだ決めかねている」新里が打ち明けた。「これは、新報の未来を左右する、極めて大きな問題です。軽々に判断できるものではない。これから時間をかけて、じっくり検討していきたいと思います」

「長澤さんから我々に届いたメールでは……長澤さんは個人筆頭株主として、この件――AMCへの身売りについて反対すると表明しています。我々にも検討するようにと……もちろん我々には、会社の方針を左右することはできません。社員株は持っていますが、個人の意思では全体の動きは決められないでしょう。あくまで経営陣の方針に従うしかないわけですから、社長には賢明な決断をお願いしたい。また、部長会にも積極的な情報開示をお願いします。我々には、部員に説明する義務がありますので」

「その件に関して、全てを報告する予定はありません」新里の声に、わずかに苛立ちが滲む。「然るべき場、然るべきタイミングでお話しすることはあるでしょうが、正直に言えば、毎週報告するほど、動きが出ているわけではない」

「そうかもしれませんが、我々には会社の現状を知る権利があると思います」

ぎくしゃくした雰囲気のまま部長会は終わり、部署に戻った途端、南は椎名と話してくるよう、新里に指示された。さっきの暴走の真意を探れということか。また面倒な仕事を……ぶつぶつ文句を言いながら、南は席を温める暇もなくフロアを出た。

久しぶりに編集局に降りる。夕方、そろそろ朝刊作りの作業に熱が入ってくるタイミングで、ざわついていた。南は、四方八方から襲いかかってくる熱気を避けるように、うつむいたまま足早に歩いた。自分は編集局を追い出された人間、という意識は未だに強い。特に同期と顔を合わせるのが怖かった。

編集局は、大きく二分されると言っていいだろう。政治部、経済部、外報部、社会部、運動部という生ニュースを扱うセクションと、文化部を始めとする、企画記事などを主に扱うセクション。文化部も生ニュースは提稿するものの、毎日のように原稿が出るわけではない。それ故、文化部には、いつでものんびりした空気が流れている。

椎名は、自席で新聞を広げていた。南が近寄って来たのに気づくと、素早くうなずいて立ち上がる。

「ちょっと出ようか」

「話をしに来ただけなんですが」椎名の態度に疑問を抱きながら、南は言った。

「ここだと話もしにくいから」

首を横に振りながら、椎名は文化部のスペースから出て行った。そのまま階段で二階分下りる。喫茶室に行くのだな、とすぐに分かった。内密の話をする時にここを利用する社員は多いが、基本的にいつも誰かがいるので、実は内密の話には適していない。しかしこの時間は、珍しく南たち以外に客はいなかった。一番奥――窓際の席に陣取り、椎名が素早く煙草に火を点ける。南は煙草を我慢し、椎名の言葉を待った。

「社長に言われて来たんだろう？」椎名が気さくな調子で切り出した。

「ええ」

「大変だな、君も。使い走りはプライドが傷つくだろう」

「いえ」短く否定しながら、南はざくざくと胸を刺されるような痛みを感じていた。まさに使い走り……他人に指摘されると、その事実を意識せざるを得ない。

「さっきの件は、あくまで個人的な発言だ」

椎名が淡々と言った。注文を取りに来たウェイターに、笑顔で「コーラ」と言ってから煙草をふかす。南は少し迷った末、コーヒーを注文した。

「社長は、部長同士で談合したとでも思ってるんじゃないか？」

「今のところ、何も聞いていません」

「まあ、いいけど……」椎名が煙草で灰皿の縁を叩く。慌てている様子は一切なく、余裕を感じさせる態度だった。

「社長もまだ、いろいろと決めかねているんです。それは本当です」

「君も大変だねえ」椎名が呆れたように言った。「わざわざそういう言い訳をするために、俺に会いに来たのか？　まさか社長が自分で来るわけにもいかないだろうが……同情するよ」

別に同情されるようなことはない。心の中で強がってみたものの、実際には自分が情けなくてならなかった。こんな仕事をするために、新聞社に入ったわけではないのに。

「とにかくさっきのは、個人的な素朴な疑問だと思ってもらっていい」

「この件について、部長同士で話し合ったりしてないんですか？」

「今朝メールが届いたばかりだよ」苦笑しながら椎名は首を横に振った。「メールなんかろくに見てない奴もいるから、話し合ってる暇もなかった……俺は昼飯の時に、生活部の浜田《はまだ》部長とは話したけど」

「浜田さんは、何と？」

「俺を情報源に使うなよ」また苦笑しながら椎名が文句を言った。「ま、とにかく……部長たちの意見は統一されないだろうね。だいたい『部長会』っていうのは、単なる会議で、何かの権限を持っているわけじゃない。俺たちが何を言っても、会社の方針が覆るわけがないからな」

無言でうなずき、南は煙草を引き抜いた。素早く一服して、灰皿に忙しなく叩きつける。そこで飲み物が運ばれてきて、話は一時中断した。コーヒーは、朝淹れたものをそのまま保温していたかのように煮詰まっていて、苦味が強烈だった。社内の喫茶室でコーヒーの味に期待しても仕方がないだろうが、もう少し何とかならないものか。

「俺なんか、どうでもいいんだよ。もうすぐ定年なんだから、無事に逃げ切って、後は想い出だけで生きていけばいい」

「寂しい話ですね」

「三十五年も記者をやってると、もういい加減、やることはなくなってくる。だけど、三十五年も紙の新聞と関わってきたんだから、ここでなくなるのは寂しい——それが本音だね。紙がなくなれば、新報の存続自体が危なくなるのも確かだと思う。君は、どこまで知ってる？　ＡＭＣ側の狙いは別のところにあるんじゃないか？」

「と言いますと？」

「うちを潰すこと。それはＡＭＣじゃなくて、青井個人の狙いかもしれないけどな。知ってるだろう？　青井は、新里社長に会社から追い出されたんだ」

「青井さんが新報を辞めたのは事実ですが、理由はそういうことではないと思います」南は反論した。「少なくとも青井さんは、社長に対する個人的な恨みを口にしてはいませんよ」

「そんなに簡単な話かな……」椎名が顎を撫でた。綺麗に揃えた顎鬚《あごひげ》には白いものが目立つ。その鬚は、知恵の象徴のようにも見えた。いかにも昔ながらの、文化部タイプの記者。特ダネを取るわけではないが思慮深い、新報村の長老……。

「違うんですか？」

「青井が辞める時は、相当揉めたんだぞ」

「暴れでもしたんですか」南はわざと皮肉っぽく言ってみた。

「いや。青井はそこまで馬鹿じゃない——というか、記者としては極めて優秀だったよ。

結局、淡々と辞めていったけど、その時におかしな動きをしたんじゃないかっていう噂があった」

「どういうことですか」南は目を細めた。適当に言っているのでは、という疑いは生じたが、あながち嘘とも思えない。

「社内情報を抜き取っていった」

「まさか。そもそもそんなことができるはずもないでしょう。青井さんはネット系の仕事をやっていただけで、社内のシステムには手を突っこめなかったはずですよ」

「社内の業務用サーバーに手が突っこまれた形跡は、確かにあったんだそうだ。それが、青井の使っていたパソコン経由だったことまで分かった。ただし、実際に何かが盗まれていたかどうかは分からない」

「それこそ、青井さんがやったかどうかは分からないじゃないですか」

「あいつが辞めてからその事実が発覚して、会社としては事情聴取をしようとした……ところが奴は拒否した」

「任意ですからね」これじゃ本当に事件だと思いながら、南は言った。

「実際には、データが悪用されたような形跡はなかった」自分に言い聞かせるように椎名が言った。「それでも、社内ではしばらく問題になっていたんだよ。奴は辞めた後、週刊誌で仕事をし始めた……週刊誌にとって、新聞のまずい話は美味しいネタだから、そこに持ちこんだんじゃないかって言われてね」

何を書かれるかとビクビクしていた……逆に言えば、当時の新報には、書かれるとまずいようなネタがあったわけだ。

「とにかく、青井という人間は信用できない。そういう人間が代表をやっている会社に新報を売るのは、無謀としか言いようがないな」

「売却先は日本法人ではなくて、アメリカの本社ですよ。日本法人はただの交渉窓口です」

南が指摘しても、椎名は力なく首を振るだけだった。

「買収されたら、経営陣が総取っ替えになるだろう。そしてＡＭＣから人が乗りこんでくる……青井が社長になるかもしれない。そうなったら、社内では相当の反発があるだろうな。大混乱だ。俺は、そういう状況を避けたいんだよ」

「先走って考え過ぎじゃないですか」

「誰だって、落ち着いて仕事をしたいんだよ。君は違うのか？」

「会社が潰れたら、落ち着くも落ち着かないもありません」

「多くの社員は、ＡＭＣへの身売りは望まないだろうな。だから今日のことは、個人的な質問だったとは言っても、大多数の社員の共通の疑問だと思ってもらっていいと思う」

社員が全員反対したらどうなるのか……組合が本格的に動き出し、騒ぎ始めるかもしれない。新報の組合は「御用組合」と揶揄《やゆ》されて久しいものの、会社の存続がかかったような事態になれば、本気で社員を守る戦いを始めるだろう。

「長澤さんについては、どうなんですか」文化部なら、日新美術館との関わりもあるはずだ。長澤についてもよく分かっているのではないだろうか。

「どうとは？」

「今回のような挑発に乗るんですか？」

「長澤さんも、難しい人なんだ」言って、椎名が煙草を灰皿に押しつける。丁寧に押し潰して消してから、ゆっくりと顔を上げた。「あの人は間違いなく、新報を恨んでいる。その一方で愛してもいる。まったくもって扱いにくい、アンビバレントな人なんだ。今回の件も……確かに彼は個人筆頭株主だけど、部長全員にメールを送りつけても、何にもならない。株主が物を言えるのは、株主総会の時だけだ」

「ええ」

「しかし、長澤さんの言うことにも一理ある……君も、身の処し方をよく考えておいた方がいいぞ」

第三部　混沌の中で

1

出社時刻の十時より少し早く自席につくと、優奈が蒼《あお》い顔で近づいて来た。新聞を持っている。抜かれたか……と南は一瞬胃が痛くなった。いやいや、それは今の自分には関係ない。新聞協会賞並みのネタで抜かれたとしても、社長室に勤務する社員がいちち気にする必要はない。

「これ」

優奈が、自分のデスクの上で勢いよく新聞を広げる。東日の社会面だった。

「見て下さい」優奈が緊張した口調で言った。

「それが何か……」

南は、記者時代は主だった新聞を全部取っていた。抜かれていないかどうか、確認が必要だったからだ。しかし社長室に来てからは新報だけにしている。それ故、この記事を見るのは初めてだった。

社会面のトップを飾っているのは、殺しの記事だった。最近ではこういう記事が大きな扱いになるのは珍しい。

品川親子心中　強盗だった

東京都品川区荏原《えばら》の無職佐伯智英《さえきともひで》さん（78）宅で13日、佐伯さんと息子の会社員了《りょう》英《えい》さん（49）が遺体で見つかった事件で、警視庁の特捜本部は30日、強盗犯が親子心中に見せかけた犯行だったと断定した。当初、了英さんが介護に疲れて父親の智英さんを殺し、自分も自殺を図ったものと見られていたが、現場の状況などから、強盗犯が心中事件を偽装したと分かった。（辻龍大《たつひろ》）

辻の署名？　ちょっと待ってくれ。何で辻がライバル紙の東日に書いているんだ？

それも社会面のトップ。南は唖然《あぜん》として、判断停止状態に陥った。

「辻さんって、あの辻さんですよね」優奈の声は暗い。

「ああ」

「東日に行くって、知ってました？」

「いや、まったく聞いてない」南は力なく首を横に振った。あいつ……俺を騙していたのか？　辞めた後の身の振り方は決めていないようなことを言っていたのに、まさか、最大のライバル紙である東日に移籍していたとは。

新聞の上に身を乗り出しながら、南は視界が暗くなっていくのを感じた。いったい何なんだ……気を取り直し、もう一度しっかり記事を読みこむ。内容は見出しの一文で全て言い尽くされていた。特ダネの衝撃度としては、五段階レベルで真ん中の三、というところだろうか。

この事件は覚えている。七十八歳の寝たきりの父親を、四十九歳で独身の長男が、働きながら介護していた。父親は二十年ほど前からずっと要介護状態で、当時結婚したばかりだった長男は、介護を巡り、妻と衝突して離婚。その後はたった一人で介護を続けてきたという。そういう生活に疲れ切り、周りに助けてくれる人もおらず、ついに犯行に走った——いかにも今風の悲惨な犯罪だが、逆に言えばよくある事件でもある。

しかし心中というのは、警察の見立て違いだったわけだ。強盗が心中に見せかけたとしたら、とんでもなく狡猾《こうかつ》な事件である。それを見逃していた警察、取材不足のマスコミ、どちらにも責任はある。

「おいおい、やばいぞ」大声を上げながら、石島室長が入って来た。「東日、読んだか?」

「今読みました」

正直に打ち明けてから、南は石島の席に近づいた。石島はバッグをデスクに放り出し、背広の上着を脱いで椅子の背にかけると、ワイシャツの袖を乱暴に捲《まく》り上げた。毛深い腕がむき出しになる。

「社会部がひっくり返っているそうだ」

「でしょうね」

「お前、こいつと同期だろう」石島が睨むように南を見た。「奴が東日に行くことは知ってたのか」

「まったく知りませんでした。辞めた後にどうするかは聞いたんですが、ぼかされたんです」

「そりゃあ、言えないだろうな」石島が吐き捨てる。「まさか、沈みかけの船から逃げ出して、安全な船に乗り移るなんて」

「室長、それはちょっと……」南は静かに石島に警告した。新報を「沈みかけの船」とは言い過ぎだ。

「ああ、いや、そういうつもりじゃない」石島が言い訳する。「とにかくこれは、非常にまずい事態だ」

余裕がある。

「慌てるな」

声がしたので急いで振り返ると、新里だった。自分の部屋を出て、ゆっくりこちらに近づいて来る。南は石島と同時に頭を下げた。新里は表情こそ厳しいものの、動きには余裕がある。

「社会部の連中が何を心配しているかは分かるが、それは邪推だろう。辻は、仁義を知らない人間ではないはずだ」

南は一人納得した。そうか、新報にいる時に摑んだネタを、そのまま東日に持って行って書いたわけではない……それはそうだろう、冷静に考えてみればすぐに分かる。この事件が発生したのは、辻が会社を辞める直前である。辻はあの頃、事件取材を担当してもいなかったし、ばたばたしていて取材どころではなかったはずだ。つまりこのネタは、東日に移ってから摑んだものに違いない。

「彼が東日で何を担当しているのかは分かっているか？」

「いえ、そこまでは」石島が慌てて言った。「東日にいることも、この朝刊を見て分かったぐらいです」

「そうか……酒井君、コーヒーをもらえるか？」新里が穏やかな声で頼んだ。

「はい」優奈がすぐに立ち上がる。

新里は自室に引っこむかと思ったら、社長室の傍《そば》にある打ち合わせ用のテーブルについた。南と石島を呼びつけ、二人が座るといきなり言った。

「この特ダネは、五段階レベルでは二程度だろう」

自分よりも低評価だ、と南は内心笑った。外報部出身者としては、殺しのネタはそもそも位置づけが低いのかもしれない。

「おそらく、ネタ元を引っ張っていったんだろう。ネタそのものじゃない。南君、辻は社会部でどこを担当していたんだ？」

「警視庁――その後に警察庁です。辞めた時には遊軍でした」

「警視庁から警察庁は、社会部の王道コースだな」納得したように新里がうなずく。そこへ優奈が、コーヒーを持ってやって来た。スティックシュガーも一つ添えてある。砂糖を少しだけ加えるのが、新里のコーヒーの飲み方なのだ。新里が、砂糖を入れた後で袋の口を折る。「優秀な記者だったのは間違いない」

「ええ」

「何しろ新聞協会賞記者だからな……そういう人間は、多くのネタ元を摑んでいる。今回の件はご祝儀じゃないかな？　移籍のご挨拶に行って、ついでにネタをもらってきた――そういう筋書きだろう」

「ついでに言えば、辻は警視庁や警察庁のクラブにはいないと思います。それなら、うちの記者ともすぐに顔を合わせるでしょうから」南は調子を合わせた。

「遊軍だろうな」新里がうなずく。「遊軍が、事件の本筋の話を書いてはいけないという決まりはない。警視庁クラブの連中には憎まれるかもしれないが」

「偉いのは、ネタを取ってきた奴でしょう」白けた気分で南は言った。この業界、嫉妬はありふれた感情だ。

「そういうことだ。近々、東日の高山《たかやま》社長と会うから、突いてみるよ」

新里がコーヒーにまた少し砂糖を加え、スプーンで忙しなく掻き回した。一口飲んでうなずき、カップを持って立ち上がる。自分の部屋に向かいかけて振り向き、南に声をかけた。

「南君、ちょっと」

急いで立ち上がり、後を追う。部屋に入った瞬間、新里が怖い表情を浮かべてつぶやいた。

「これが嫌なきっかけにならないといいが……大きなうねりが生じるかもしれない」

「連鎖的に辞める人間が出てくるということですか?」実際に、あちこちでそういう噂を聞く。

「可能性は否定できない」新里がうなずく。「特に危ないのが君たちの世代だ。君は独身だが、結婚して子持ちの連中もたくさんいるだろう。これからますます金がかかるようになる。そういう連中にとっては、きちんと給料をもらえることが最優先事項だ。新報が危ないと思えば、さっさと安全な会社に移るのは、不自然でも卑怯でもない。そういう判断をしても責められない」

「はい」

「君はどうだ？」

「私は別に……」南は口ごもった。乗る気はまったくなかったが、青井のオファーはまだ生きているのだろうか。

「まあとにかく、これからも離脱する人間は出てくるかもしれない。社内の動きに目を光らせておいてくれ」

「去る者追わず、じゃないんですか？」

「ぼろぼろと人が辞めていったら、外から見ても危ない感じになる。そうなったら、新報の評判はガタ落ちだ。何をやるにしても、上手くいかなくなるだろうな」

「分かりました」

「沈みかけの船か……石島も上手いことを言うもんだ」

先ほどの皮肉を聞いていたのか。自分が言ったわけでもないのに、南は耳が赤くなるのを感じた。もしかしたら、新報という船はまだ沈んではいないものの、既に座礁しているのかもしれない。

社会部の様子は知りたかったが、南は結局足を運ばなかった。怒り狂った連中の中に、わざわざ飛びこんでいく勇気はない。

もちろん南が動かなくても、社内的には様々な動きがあった。社長室長による、社会部長や人事部長への事情聴取。結果、やはり辻は移籍先を一切明かさず辞めていったことが分かった。南よりもずっと親しい人間にも何も言わず……やはり秘密は自分の胸に抱えたままだったようだ。ある意味、徹底していたと言える。

夕方、南は疲れ切って——あくまで精神的にだが——喫煙ルームに入った。さて、一服と思ったところでスマートフォンが鳴る。何だか邪魔された気になって無視しようかとも思ったが、習慣で反射的に出てしまった。見覚えのない携帯の番号だった。

「南か？」

「辻——」まさか。何で電話なんかかけてきたんだ？　幸い、喫煙ルームには他に人がいなかったので、そのまま話し続ける。「お前、これはどういうことなんだ」

「それは説明すると長くなる」辻が低い声で言った。

「朝から大騒ぎだったんだぜ？　意趣返しか？」

「それは違う」真面目な口調で辻が言った。「別に、新報に対してどうこう言うつもりはない。個人的な恨みもないし」

「だったらどうして、あんな記事を書いたんだ？」

「何言ってるんだよ」急に辻が不機嫌な口調になった。「ネタがあれば書くのは当然じゃないか」

南は口ごもってしまった。辻の言い分は、正論以外の何物でもない。しかし黙ったままでいるわけにもいかず、すぐに質問を継いだ。

「何で東日に行くことを黙ってたんだ」

「その辺のことをお前に話そうと思うんだけど、明日の昼飯でもどうだ？」

ずいぶん急な話だ。しかし、これは謎を探るチャンス……会社のためというより、純粋に辻の本音を知りたかった。


南は、辻を少し苛立たせてやろうと、約束の時間にわざと十分遅れていった。待ち合わせ場所は、銀座四丁目の交差点に近いビアホール。昼はボリュームたっぷりのランチを出すので、常に近隣のサラリーマンで賑わっている。

笑顔、なし。気さくな挨拶もなし。誘った辻の方も、大歓迎というわけではないようだった。何となく苛つきながら、南はボックス席に滑りこんだ。ちらりとメニューに視線を落とし、すぐに手を挙げて店員を呼ぶ。

「おいおい、まだ決めてないよ」辻が文句を言った。

「迷うほどメニューは多くないじゃないか」

辻は唇を引き結んだものの、それ以上クレームはつけなかった。つまらないことでやり合うのは時間の無駄、とでも思ったのだろう。辻はメンチカツを、南は生姜《しょうが》焼《や》きの定食を頼んだ。こいつも脂っこい物を好む割に太らないな、と不思議に思う。

東日に移ったからと言って、辻には特に変わった様子もなかった。グレンチェックのスーツにも、派手な金色のネクタイにも見覚えがある。唯一変わっていたのは髪型——だいぶ短くなっているが、これは単に、床屋へ行ったからだろう。

「何も、騙さなくてもよかったのに」南はまず愚痴から入った。

「騙したわけじゃない。言わなかっただけだ」

辻が即座に言い訳した。それは間違いないのだが、南にすればやはり騙された感じが強い。しばらく睨み合っていたが、やがて辻が溜息を漏らし、その場の緊張感を解いた。

「しょうがないだろう。言えば絶対に妨害された」

「当たり前じゃないか」南は語気を強めた。「ライバル社への移籍なんて、裏切り行為だ」

「そうかな。俺たち会社員は、自分の身は自分で守らなくちゃいけないだろう」辻が疑義を呈する。「最終的に、会社は守ってくれない。いきなり無職になって、寒空の下に放り出されるなんて、冗談にもならないからな。俺には、養わなくちゃいけない家族もいるんだし」

それを言われると責めにくい……南は唇を引き結んだ。そこへ料理がやって来て、言い合いは中断になった。

生姜焼きは濃い味つけで、普段はご飯が進むのに、今日はどうにも食欲が湧かなかった。むしろ、つけ合わせのキャベツの千切りの爽やかさがありがたい。一方辻は、旺盛な食欲を発揮していた。長径が二十センチほどもある巨大なメンチカツには、ドロッとしたソースがかかり、見ただけで腹が一杯になりそうなのに、見る間に片づけていく。会社を移って何の心配もなくなったということか。最近南は、何を食べても美味く感じないのに。

辻はさっさと食べ終えてしまった。まったく元気なことで……と皮肉に思いながら、南は食べ残したライスをフォークの背で皿の片側に寄せた。

「もう終わりか」辻が心配そうに言った。

「お前が食べるのを見てると、食欲がなくなるんだよ」

「そうか……飲み物ぐらい取ってきてやる」辻が立ち上がった。

「いいよ、自分で行くから」言ってみたものの、腰が重く感じられて立ち上がれない。

「誰かさんがいつまでも怒ってるから、ご機嫌取りだ……何にする？」

「じゃあ、アイスコーヒーを」

辻がすぐに飲み物を持って戻って来た。南にはアイスコーヒー、自分用にはホットコーヒー。南はすぐに煙草に火を点けた。南に言わせれば、ランチタイムでも普通に煙草が吸えるのが、この店の最大の美点だ。

「お前も東日に来ないか？」

「はあ？」突然の申し出に、南は間抜けな声を上げてしまった。何を寝ぼけたことを……すぐに、これが短期間で三回目の申し出だと気づく。長澤、青井、そして辻──どうして自分は、突然人気者になってしまったのだろう。

「俺もまだ慣れてないけど、会社としては悪くないぞ」

「あそこがいい会社なのは、よく知ってるよ」南は皮肉を飛ばした。「新聞協会賞受賞数は、一位だからな」

「それもあるけど、社内の雰囲気がいいんだ。うち──新報は、どことなくカリカリしてるだろう？ 官僚的というか」

「ああ……それは確かに」

「でも東日は、もっと明るいというか豪快というか……とにかく、肩が凝らないんだ。俺みたいな外様《とざま》の人間でも、肩身が狭くならない。昔から、中途採用が多い会社だったし」

そうやって中途採用された記者は、絶対に王道の仕事はできない、と言われている。一時、東日の警視庁クラブの記者は、キャップを除いて全員が外様だったことがある、と南は聞いていた。プロパーの記者にきつい汚れ仕事をやらせることはない——そんな噂もまことしやかに囁《ささや》かれているようだ。

「出世できないぜ」

「別に出世したくもないから」辻が肩をすくめた。「俺は、現場で取材して記事が書ければいいんだ。新報では、そういうチャンスさえなくなるかもしれない」

「まさか」南はつぶやくように否定した。

「先がどうなるか、分からないだろう。ある日出社したら、いきなり会社がなくなってた、なんてことにもなりかねない」

「そんなこと、あり得ないよ」

「じゃあ、新報はいつまで大丈夫なんだ？」

辻の問いかけに、南は答えられなかった。将来はまったく読めない……さっさと転職してしまった同期に改めて問われると、急に不安になってきた。

辻は落ち着いた様子で、ゆっくりとコーヒーを飲んでいる。南を見て、「煙草」と短く忠告を飛ばした。指先を見ると、灰が落ちそうになっている。煙草を持った右手はそのままに、左手で灰皿を摑んで煙草の下に持っていった。灰を落とすと急に吸う気がなくなり、灰皿に押しつける。

「あんまりしつこくすると嫌だろうからこの辺にしておくけど、お前は本当に、東日に来た方がいいと思うよ」

「どうして」

「やり直すには、環境を変えるのが一番いいんじゃないか。お前、できるんだからさ。環境が変われば、今まで以上に活躍できるよ」

柔らかい言葉に包んではいるものの、辻は明らかにあの誤報のことを指して言っている。実際、甲府支局でのあの失敗によって、南は社内で微妙な存在になってしまった。露骨に皮肉を言う先輩がいる一方で、同期の連中は優し過ぎる……呑み会の席などで、ずけずけと互いの悪口を言い合っても、南に対しては決してひどい言葉をぶつけてこない。しかしいっそ馬鹿にされた方が、気は楽だっただろう。二十代の失敗談として、早々に笑い話になっていたかもしれない。

いや、笑い話にしてはいけないが。

「真面目に考えてみてくれよ。俺も、口利きぐらいはできるかもしれないし」

「お前、いつから東日に行こうと考えてた?」

「半年ぐらい前かな」辻が打ち明ける。「去年の秋、身売りの噂をお前に話しただろう? 俺なりにいろいろ調べて、実際にヤバいと思った」

「お前は……立派なのかもしれないな。家族のために、大きなギャンブルに出たんだから」

「これはギャンブルじゃない」急に辻が真顔になった――いや、怒っている。「危険を避けただけだ。家族持ちは、リスクを背負えないんだよ」

「俺は独身だ」

「それはそれとして……仕事がなくなったら、結婚もできなくなるぞ。お前だって、つき合ってる子ぐらい、いるだろう」

脳裏に優奈の顔が浮かんだものの、結婚などはまだとても考えられない。しかし、会社がなくなる――あるいは自分が会社から放り出されて、人生をかけて伴侶になってくれた彼女が泣く姿を想像すると、胸が痛んだ。

「お前と一緒に仕事をするのも楽しいと思うんだ」辻が静かに誘いかけてきた。「だから、考えてくれ。俺は、一人でも多く仲間を助けたいんだ」

辻が財布から千円札を抜き、そっとテーブルに置いた。静かに立ち上がり、もう一度「考えてくれ」と言い残して去って行く。

一人取り残された南は、新しい煙草に火を点けた。吸いたい気持ちもないのに……もしかしたら辻は、俺よりもよほど新報を――新報に勤める人間を愛しているのかもしれない。だからこそ、どうなるか分からない会社から、安全な場所に引っ張り出してやろうとしているのか。

会社を愛するとはどういうことだろう。会社は「人」なのか「箱」なのか。

分からないことばかりだった。南のコーヒーは手つかずのまま置かれていた。

2

ここは密会場所としては悪くない、と三池は思った。ある意味贅沢でもある。人気《ひとけ》のない美術館……三池は芸術関係には疎いものの、名画に囲まれて話をする気分は悪くなかった。ただ、少しだけ不気味ではある。照明がほとんど落とされていて、絵が奇妙な感じで浮かび上がっているせいだ。しかも建物の構造のためか、足音がやけに大きく響く。日新美術館はキュビズムの作品を多く展示しており、自分が奇妙に歪んだ世界に閉じこめられてしまった感じがする。

「コレクションは、館長の好みですか」隣に立つ長澤に思わず訊ねる。

「いえいえ」苦笑しながら長澤が首を横に振った。「何を買うかは、きちんと委員会――外部の専門家も含めた委員会で検討しています。私は了承するだけですね。元々、美術には詳しくないので」

「立派なご一家の出ですから、教養も……」

「とんでもない。新聞記者なんて、高級な仕事じゃありませんよ」長澤が皮肉っぽく言った。「戦前は、新聞記者とだけは結婚させるな、と言われていたようですからね」

「ヤクザな商売、ということですか」

「それは今でも変わりません。家庭が崩壊している記者は少なくないですよ」

「なるほど」それでもこの男は、新報を愛している。紙の新聞を残すことに固執している。捩《ねじ》れた愛情か、と三池は想像した。

長澤が、一枚の絵画の前で立ち止まった。ひどく不気味な感じ……キュビズムの代表がピカソだということぐらいは三池も知っているが、この絵もやはり、顔が歪んでいる。歪んでいるというか、顔を正面から捉えた構図と横から捉えた構図がぐちゃぐちゃに入り混じっているのだ。色合いも、人の顔のそれとは思えない。視線がどこを向いているか分からず、三池はどこへ行っても絵から見られている気味悪さを感じた。

「この絵は、まったく無名の作家……スペインの画家の作品なんですが、バブル期に十億で購入したそうです」

「十億……」三池は言葉を失った。オークションなどで美術作品にとんでもない高値がつくことはあるが、それは評価が定まった作家のネームバリューがあるからだ。無名の作家に十億というのはいかがなものか。あの時代、日本人は——日本企業は、価値以上の買い物をして世界中から顰蹙《ひんしゆく》を買っていた。

「馬鹿な時代でした」長澤が鼻を鳴らす。「新報の苦境は、バブルの頃から始まっていたのかもしれませんね」

「あの頃は多くの日本企業が、本業以外に金を使って、後からそのダメージに苦しみました」三池も同意した。この男……同じ時代を駆け抜けてきた同年代の人間なので、話が合う。

「もちろん、新聞の場合は文化事業も大事でしょう。ただ、金を使うだけが能じゃない。知恵を絞ってこそ、新聞社だと思います」

「そうかもしれません」三池は認めた。「いずれにせよ、新報さんも無駄な金を使ったわけですね」

「そのダメージが今になって響いてきている……金の使い方は難しいものです」

新報の凋落《ちょうらく》には複数の複雑な原因がある、と三池は理解していた。長澤の言うように、バブル期に余計な金を使ってしまったのも理由の一つだろう。バブル経済崩壊後に、複数の不動産物件を手放してしまったのは、一種の「穴埋め」だったに違いない。ところがそれが、後からボディブローのように効いてきた。新報のライバル社である東日の場合、不動産収入は全収入の五パーセントから八パーセント程度というが、額としては少なくない。新報の場合、それすらないのだ。そして東日本大震災以降に急落した部数の損失分を埋めるだけの収益の柱が育っていない。日新美術館が企画した美術展も何度か失敗して、その負債も少なくないと聞いている。

つまり、目の前にいる長澤にも、新報不振の原因があるわけだ。

「実は私の方でも、情報収集を始めようと思っています」長澤が打ち明けた。

「と言いますと？」

「新報の内部にスパイを作る」

「誰か、いい人物に心当たりでも？」

「社長室に若い社員がいましてね。元々記者ですが、いろいろあって社長室に流れてきたようです。小寺前社長の意向だったそうですが、何かと不満を抱えているようなので、うまく抱きこめばスパイに使えます」

「なるほど。情報収集は大事なことですね」

「そうなんです。三池先生にも引き合わせたいと思いますが……」

「私は出て行かない方がいいでしょう。表で動き回ると、いろいろ問題がある」

「政治家は裏で仕事をする、ですか」長澤が皮肉っぽく言った。

「政治家は目立ってはいけないんですよ。表よりも裏で決まることの方が多い……国会などは、それを追認する場に過ぎませんから」

「政治家ご本人が、そういうことを言うのはいかがかと思いますね」

長澤の言葉に、三池は苦笑した。事実は事実。しかし世の中には、事実だからと言って口に出していいわけではないこともある。

「スパイ役の人間は、信用できるんですか？　社長室にいるということは、新里社長とも通じているのでは？」

「通じているからこそ、情報が取れるんです」

「忠誠心が強いと、スパイとして使っているつもりが、逆スパイになることもありますよ」

「三池先生、まるでそういう経験をされたことがあるようですね」

今夜の長澤はどこまでも皮肉っぽい。相当苛々している、と三池は判断した。下手に刺激しないようにしよう――渡から聞いたところでは、この男にもかなりの暗い過去があるのだ。新報の組織改編の後、閑職に追いやられても会社にしがみつき続けたという。現在も個人で株を持ち続け、会社の中枢部から遠ざけられても必死に影響力をキープしようとしているのは、権力欲ゆえか。

あるいは祖先が作った新報という会社に、異常な愛情を持っている？

異常な愛情か……話していると、時に狂気を感じることもある。愛情が行き過ぎれば憎しみに転じ、普通の人が想像もできない所業に出ることも珍しくない。よくよく気をつけよう、と三池は自分に言い聞かせた。

「ＡＭＣ側にしっかり圧力をかける手を考えますよ」

「ありがとうございます」馬鹿丁寧に長澤が礼を言った。「ＡＭＣの日本法人は、所詮は新興企業です。圧力には耐え切れないでしょう」

「何か、上手いネタがあるといいんですがね……あそこの社長は新報ＯＢでしたよね？」

「ええ」

「その男に、何かトラブルでもないでしょうか。攻める材料があった方がいい」

「私の方でも調べてみましょう」

「個人攻撃は、あまり正当な手ではないかもしれませんが、常に効果的です」

「なるほど」長澤が顎を撫でる。「私がスパイとして使おうとしている人間なら、何か知っていると思います。若い社員ですが、交渉の席で常に社長と一緒のようですから、情報は握っているでしょう」

「それはいい。情報のハブですね」三池はうなずいた。若い社員だから権力はないだろうが、大事な情報に近づける立場にはある。そういう人間は、上手く利用してやるに限るのだ。

「そうなんです。新報、ＡＭＣ、双方の情報が取れる立場にあるわけですから」

「やはり、私も会っておいた方がいいですかね」そう言いながら、これは渡にやらせよう、と思った。自分が出て行くのはやはりやり過ぎ……渡なら、きちんとパイプを作れる。

「必要ならご紹介します。元々社会部にいた、南という男です」

「南康祐……」三池は反射的につぶやいた。

「ご存じなんですか？」長澤が目を細めた。「社会部の記者までご存じとは、さすが顔が広いですね」

「いやいや、たまたま知り合いと同じ名前だったので」

適当な言い訳で誤魔化しながら、三池は心の中で冷や汗をかいていた。あの男か……三池とは浅からぬ因縁がある記者。最初は三池が、南を利用しただけだった。その結果が、彼が甲府支局で書いた誤報につながる。その後あの男は、自分の足跡に肉薄してきた。去年、自分と新報の関係を指摘する奇妙な内容のブログが登場した――大した話題にはならなかったが――が、あれは南の手によるものだと三池は見ている。自分の新聞に書くわけにはいかなかったから、ああいうやり方を選んだのだろう。それがばれて、社長室に異動させられた？　いや、理由はそれではないだろう。どこの会社でも、社長室や秘書室はエリートコースだ。会社を裏切るような動きをする人間を、そんな部署に置くわけがない。何か別の理由があるのだろう。

「本当にお会いになるなら、セッティングしますが」

「いや……やはり、私は表に出ない方がいいですね。上手い方法を思いつくまで、会う必要はないでしょう」

「慎重ですね」

「政治家は、慎重であり過ぎることはないんです」

そう言いながら、自分は何度も危ない橋を渡ってきたが……慎重にやりつつ、時には自殺行為とも思えるほど大胆にいかねばならない――それこそが政治家の本道なのだ。

三池は、目の前の絵に歩み寄った。見れば見るほど不気味……確かに人の顔は、正面から見た時と横から見た時では明らかに違う。だがそれを、二次元の絵画に同時に落としこむのはどうなのだろう。いったいどういう空間認識能力を持っていると、こういう絵を描こうという発想になるのか。

屈《かが》みこみ、タイトルを確認する。『アンドレア』。人の名前だろうか……もしかしたら、この絵のモデルの女性か？

アンドレアもこんな風に描かれて、とんだ迷惑だったのではないか、と三池は思った。

3

「遅い時間にごめんなさい」

画面の向こうで、アリッサ・デリーロが言った。アメリカ人、それに一大メディア帝国を作り上げた現代の成功者である彼女は、豪快さと相反する腰の低さを持っている。

だからこそ、買収交渉を次々と成功させているのだ、と青井は判断していた。身売りを画策している人間は、追いこまれている。自分の失敗のツケを他人に押しつけようとしているようなものだから、おどおどして疑心暗鬼になっているのが普通だ。尊大な態度で接したら、まとまる話もまとまらなくなるだろう。その辺の塩梅《あんばい》を、アリッサはよく心得ているようだ。

急遽《きゆうきよ》ウェブ会議をしたいと言ってきたのはアリッサの方だった。彼女は今、シカゴに滞在中――現地時間は午前十時ぐらいか。東京は午前零時過ぎ。編集スタッフはまだ仕事をしているものの、さすがにこの時刻になると一段落している。必死になっているのは、外電を翻訳している連中ぐらいだ。もちろん、亜都子もとうに引き上げている。

「今日は、交渉の進捗状況を確認したいと思います」アリッサがキビキビした口調で言った。「条件提示してから、もう一か月が経ちますね」

「ええ」もう四月になってしまったのだと驚く。その間、進展はまったくない……押すか待つか、難しい局面に来ているのだと青井はとうに意識していた。

「向こうの出方はどうですか」

「非常に混乱しているようです。まだ具体的な回答はもらっていません」

「決断が遅いですね」アリッサが厳しい口調で非難した。

「日本の企業というのは、概してそういうものです」その辺はアリッサも分かっているはずだと思いながら、青井は言った。「トップが強いアメリカ式の企業なら、トップの意思次第で事態は早く進むと思いますが、新報は極めて日本的な会社です」

「社内の意見も統一されていない、ということですか」

「最近聞いた情報ですが、個人筆頭株主が身売り反対の姿勢を明確にして、社内に混乱が広がっているようです」

その個人筆頭株主——創業者一族の長澤という男も、相当の変わり者のようだ。既に七十歳、現在も日新美術館の館長に居座っている。かつて——三十年ほど前は、将来の新報の経営陣に入ってくるのではと言われていたようだが、大規模な組織改編がきっかけになって権力を失ったらしい。それ以来、閑職を転々としながら、鬱々として歳月を過ごしてきたようだ。それが、会社の身売りという危機的状況に際して、突然反対の声を上げてきた。まるで人生の残り火を、ここで一気に燃やし尽くしてしまおうとするかのように。

しかし、真意は読めない。

「どの程度の影響力がある人なんですか」

「持ち株比率を考えれば、株主総会で彼一人が反対しても、致命傷にはなりません。ただ、他にも反対の声を上げる人間が出てくると、ますます混乱が広がる可能性がありま す。そうなると、取締役会も態度を決めかねるでしょう」

「あちこちに目を配って……リーダーシップがない、ということですね。ニイザト社長は、そういうタイプなんですか」

「私はよくは知りませんが」青井は言葉を濁した。

「そうですか……この話、決裂する可能性もあると考えておくべきですね」アリッサがあっさり言った。この判断の速さは、アリッサの強みでも弱点でもある。スピードを出し過ぎると、持っているべきものさえ振り落としてしまうことがあるのだ。

「もう少し、時間をいただけますか」青井は慌てて言った。「株主総会は六月です。最終決戦はその時ですから、まだ余裕はありますよ」

「そんな余裕はないでしょう」アリッサが鼻を鳴らす。

「条件を緩める、という手はあるかもしれません」青井は提案した。しばらく前から考えていたことで、いかにも日本風の曖昧な方策ではあるにせよ、一つの解決策にはなるかもしれない。

「我々が出した条件はシンプルなものですよ。緩めるも何もないのでは？」アリッサが厳しく指摘する。

「時期を先延ばしにする——いずれ紙の新聞はやめるにしても、五年先とか十年先とか、猶予期間を設けるんです。それなら、新報側の抵抗感も減るでしょう。即廃刊となると、印刷や発送に関わる人間だけでなく、こちらが残したい記者たちも会社を去るかもしれません。それは、我々にとっては大きな損失です」

「それは甘いでしょう。急激な変化に際しては、ある程度の痛みは避けられません」

「人的資源――記者をキープしておくことは、新報を買収する最大のメリットではないですか？　記者たちが辞めないことは、買収の絶対条件です」

「私はこれまで、多くの新聞社を買収してきました。だいたいが、小さな地方紙です。そういう新聞社では、記者も少ない。能力も把握しやすいですし、一人一人に会って意思を確認することも可能でした。しかし新報のように大きな会社では、全ての社員と面談することは不可能です。辞める人は辞める、残る人は残る、そういうことでいいんじゃないかしら」アリッサは厳しかった。

確かに、「ふるいにかける」ということはあるかもしれない。身売りは、会社にとっては最大の変化だから、ある意味いい機会である。優秀な人材だけを残し、駄目な人間にはさっさと辞めてもらう。だがアリッサの指摘する通りで、何千人もいる新報の記者全員に会って意思を確認するのは不可能だろう。大雑把にやるしかないのだ。

「こちらの基本方針は変わりません」アリッサが言い切った。「正直に言えば、私は少しがっかりしています。もっと順調に交渉が進んでいると思っていました」

「それについては申し訳なく思っています」青井は、日本風に頭を下げた。パソコンのモニターに向かって一礼するのは、何とも馬鹿げた感じがしたが……やはり自分は、日本風の流儀から抜け出せていないのだと実感する。

「ミスタ・アオイ、私はあなたを——あなたの能力を信用しています」

「信用していただいていることには感謝します」

「一つだけ、気になることがあるんですが」

「何ですか？」

「あなたは、古巣である新報に対して、どういう感情を抱いていますか？　新報はあなたを追い出した——」

「正確に言えば、私が自分で辞表を書きました」青井は素早く訂正した。

「いずれにせよ、以前勤めていた会社であることに変わりはないでしょう」アリッサが言い直した。「日本人は、私たちアメリカ人よりも、会社に所属している感覚がとても強いと聞いています」

「ええ、一般的には」

「二十年も前に辞めた会社に対しても、まだ個人的な感情が残っているんじゃないですか？　だとしたら、客観的な交渉をするのは難しくなるのでは？」

「そういうことはないように、十分気をつけています」実際には、自分の感情が自分でも分からないのだが。

「ミズ・タカトリからいろいろ話を聞いていますよ」

本人が認めた通り、亜都子はアリッサのスパイとして動いているわけか……まあ、本社から送りこまれて来た人間だから、そういうことも仕事のうちなのだろう。これからは、できるだけ彼女には本音を話さないようにしないと。

「できるだけ冷静に交渉を進めることを、お約束します。新報には、これからもプレッシャーをかけていきます」

「本音を言えば、私はどうしても新報が欲しい」画面の向こうで、アリッサが両手をきつく組み合わせた。本気になった時の仕草である。「日本のメディアは、あまりにも鎖国的です。経営と編集が一体化している——これは不健康で、芳しくない状況です」

日本の新聞社のトップは、ほぼ記者上がりである。経営について学ぶ機会もないはずだし、だいたいが傲慢で自分勝手だから、ビジネス誌のリーダー特集に取り上げられるような人材はいない。もちろん新聞は一般企業と違って、利潤をそれほど考える必要はない。必要最小限——新聞を出し続け、優秀な社員を育てるための儲けがあればいいのだ。本業以外のことに手を出すと、だいたい失敗する——海外の美術品を買い漁った、バブル期の新報のように。

もちろん経営のプロが入れば、利益はさらに増えるだろう。そうなれば外部の影響を排除しやすくなり、新聞の自由は保たれる。ただそのためには、痛みを伴う改革も必要になってくるはずだ。ぬるま湯の中にいる新報の社員たちが、その痛みに耐えられるか。

「経営はプロに任せ、編集はいい新聞を出すことに専念する。それが新聞の正しいあり方だと思います」アリッサの声には確たる芯があった。

「確かにそうです」アリッサの持論に相槌を打ったが、必ずしも同意しているわけではない。日本とアメリカ、双方のメディア事情を見てきた青井にすれば、「経営・編集分離」にもメリットとデメリットがあると思わざるを得ない。

「日本のメディアも、もっと厳しい経営競争を経験すべきです。私は、日本のメディア業界に一石を投じたいのです」

いずれはテレビにも手を出すつもりだろうか。もっとも日本の場合、新聞とテレビが「クロスメディア」で密接につながっているから、それほど単純にはいかない。資本と人事が入り組んだ関係は、外から乗りこんできた人間が、急にどうこうできるものではないのだ。法的な規制もある。

だがこの時代、日本のメディアが大きな転換期を迎えているのは間違いない。それなのに日本のメディアのトップは、何ら大胆な手を打っていない。ネットへの対応一つとってもそうだ。ネットなど、上手く利用すればいいのに、旧メディアの経営者たちはネットを警戒し、自分たちの仕事を奪う「敵」とみなしている節がある。自分が新報でネット系の仕事を任された時もそうだった。世間で流行《はや》っているから取り敢えずやってみる。ただし記事をタダで提供すると紙の部数が減るから、掲載本数を減らすか、記事を途中でカットしろ——中途半端で評判が落ちると思って反論したものの、上の判断は変わらなかった。その辺が、自分が新報を見限った理由の一つであるのは間違いない。もしも、もっと積極的にネットビジネスに取り組めたら、今でも新報にいた可能性もある。

「とにかくしっかりと、厳しく交渉を続けて下さい」

「分かりました」

「六月の株主総会が間違いなくポイントになるでしょうが、それまでに明確な答えを引き出したいものです。条件は、一切緩めてはいけません。そんなことをすると、仮に買収が成功しても、廃刊がずるずると先延ばしになって、なかったことにされる可能性もあります。私は紙の新報には興味がありません」

「了解しました」彼女の持論をここでいくら聞いていても、交渉は進展しない。青井は話を打ち切りにかかった。「状況は詳細に報告します」

「そうして下さい……遅くまでありがとう」

最後はやはり丁寧に言ってくれるわけだ。この辺が彼女のテクニックだろう、と思う。相手に決して嫌な思いをさせないで別れる。もしかしたら、ビジネスだけではなく恋愛においても達人かもしれない。

接続を切ると、青井は眼鏡を外し、椅子に背中を預けた。天井を見上げ、両手をだらしなく垂らす。デスクの下に潜らせた足は前に放り出し、両の踵《かかと》で辛うじて体重を支えている。首をゆっくり、ぐるぐると回し、貼りついた肩凝りを何とかしようとしたが、まったく効果はない。単なる肩凝りではなく、他の悪性の病気ではないかと思えるほどだった。

ゆっくり足を引いて立ち上がる。思い切り背伸びをすると、少しは肩の筋肉が伸びた気がしたが、一瞬のことだろう。肩凝りを治すストレッチは何種類もあるというし、あれこれ調べてみるか……しかしそれも、何だか年寄り臭い。

眼鏡をかけ直して社長室を出て、編集フロアに足を踏み入れる。何だかんだ言って、俺はこの雰囲気が好きなのだ。ニュースを追い求める猟犬たちが、吠《ほ》え、噛みつく。一つのニュースが手に入っても絶対に満足することはなく、すぐに次の獲物を求めて走り出す——新聞記者は、辞めた後、長生きできないとよく言われるのも本当だろう。こういうのは、一種のドラッグなのだ。やればやるほど抜けられなくなり、心にも体にもダメージが残る。

「——それは分かったから、少し刈りこんで短くして。説明がくどいんだよ。そんなの、基礎の基礎だろう」

「どうも、お世話になってます。夜分遅くに……いや、ちょっと確認なんですが」

「駄目だ。全然裏が取れてない。向こうの言い分をただ字にしただけじゃ、記事にならない」

喧騒……しかしあくまで、静かな喧騒だ。新聞の場合、締切時間が決まっているから、その直前に騒がしさはマックスになる。記事の内容を確認するデスクの声、「これ以上削るな」と編成担当に喧嘩を売る記者、ゲラ刷りを持って走り回るアルバイトたち。それが終わると、次の締切までのつかの間の静けさが訪れる。

自分が新聞記者をしていたのは十年にも満たないし、それも二十年も前だ。今はだいぶ雰囲気も変わってしまっているだろう。最近の若い連中は──定番の文句は言いたくなかったが──大人しいから、原稿の扱いを巡ってデスクと喧嘩することなどないだろう。静かに、淡々と紙面作りが進んでいくはずだ。

しかし、自分が知っているものとは違っても、新聞は新聞に違いない。

そして今、俺はそれを解体しようとしている。その後に姿を現すのは、この編集フロアの拡大版だ。

ふいに、懐かしさがこみ上げてくる。新報での騒々しい日々。いつまでもあそこに身を浸しておきたかった──自分は常に、過去を乗り越えて生きてきたのに、この年になって突然過去を懐かしむようになるとは。

それが年を取るということかもしれないが、青井はますます自分が分からなくなっていた。

「何なんだ、スパイか」

嫌なことを言う……しかし南は、絶対に渋い表情を浮かべないようにと意識した。薄い笑み、愛想笑い、アルカイックスマイル——言い方はともかく、悪意はないことを示さないと。

4

日本新報労働組合の事務局。積極的に組合活動をしている社員でない限り、あまり馴染みのない部屋である。本社ビルの三階の目立たない場所にあるのは、会社における組合の立場を象徴しているようだった。専従の組合役員は四人——委員長と副委員長二人、それに事務方のトップである書記長だ。南にきつい一言を浴びせてきたのは、社会部時代の先輩で、現在労組の委員長を務める東原《ひがしはら》だった。今年四十歳、彫りが深く野性的な風貌で、顔の下半分を覆う髭《ひげ》が、男臭いイメージを加速させる。新報では、髭を生やしていても何も言われないのだが、東原の場合はやり過ぎではないかと南はいつも思っていた。まるで山男——それも何日も山を下りずに縦走を続ける、本格的な登山家のようである。

「まあ、座れよ」

勧められるまま、南は応接セットに落ち着いた。体面など気にしないということか、組合の事務所全体が古びて薄汚れている。応接セットのソファもへたって、座り心地は決してよくなかった。壁にはべたべたと紙が貼られている。内容はばらばらで、まるでメモ代わりに壁を使っているような……南は、ここへ入るのも初めてだった。雰囲気としては中小企業の営業部、という感じである。

南の向かいに腰を下ろすと、東原がゆっくりと足を組んだ。ズボンの腿がパンパンに張っている……体全体は引き締まっているので、鍛えているのだと分かった。組合専従になると、トレーニングする余裕ができるのだろうか。

「石島室長にでも言われて来たんだろう？　宮仕えは大変だな」

そういう東原さんも宮仕えじゃないですか、という言葉を南は呑みこんだ。普通に仕事をしているのと組合専従では、仕事のやり方も意識も違うだろう。

「いや、自分の意思で来ました」

「何だい、言われなくても動くぐらい、社長室に馴染んでるのか？」

「それはちょっと……無理ですけど」南は弱気に笑った。あの独特の雰囲気に慣れる日が来るとは思えない。慣れたくもなかった。

「で、何が聞きたい？」東原が両手を組んで膝に載せた。

「身売りに対する組合の方針です」

「方針なんか決まってないさ」

「だけど、これだけ社内でも話題になっているんですから……」

「まだ話し合いの俎上《そじょう》にも上がってないよ」東原がとぼけて肩をすくめる。

「マジですか」

「もちろん」東原が一度立ち上がり、自分のデスクから飲みかけの缶コーヒーを取って来て、ソファに座り直した。一口飲んでから、南の顔をまじまじと見詰める。

ちょっと妙だな、と南は思った。会社の身売りは、組合にとっても大きな問題である。それなのに、このどこか余裕のある態度は何なのだろう。

「だいたい、上はどう考えているんだ」東原が逆に質問してきた。

「何も決まってませんよ」

「上が何も決めてないんじゃ、組合としても対応しようがないじゃないか。だいたい、正式な説明もないんだから」

「一応、意思統一はできていますが……」

「新報の看板を売るわけだろう?」急に東原の表情が険しくなる。「それでいいのかね」

「私には何とも言えませんが」

「君も組合員だろうが。社員持ち株会の一員でもある」

「それはそうですけど……」

突然、東原が攻撃的になってきたので、南は戸惑った。やはり、相当悩んでいるのを、意志の力で抑えつけていただけなのか。話を続けているうちに、怒りを抑え切れなくなるかもしれない。

「逆に、社長室にメッセージを伝えてくれよ。組合側は、正式な説明を待っている。売却交渉が途中でも、組合員にはその経緯を知る権利があるんじゃないか？」

「分かりました。伝えます」これじゃ単なるメッセンジャーだと思いながら、南は従わざるを得なかった。

「時間がないぞ」東原が、左手首の腕時計を右手の人差し指で叩いた。「経営陣は、呑《のん》気《き》に構え過ぎてるんじゃないか？　六月の株主総会までに決まらないと、この話は潰れるだろうな。外資系の企業が、こっちの都合で呑気に待っていてくれるとは思えない」

「ええ」毎回の交渉で、青井は新報側をしつこく急かしはしない。しかしその目は常に真剣で、無言でプレッシャーをかけてきていた。こういう人間が、交渉相手としては一番やりにくい。新里も、日に日に表情が険しくなってくるようだった。

「組合としては、五月の大会でこの件を取り上げることになる。だから、それまでには取締役会の方でもしっかり方針を決めて説明してくれないと、話にならない」

「組合は反対なんですか」

「それはこれから決める」東原の顔には、いつの間にか怒りの表情が浮かんでいた。

「本当に、トップがぐずぐずし過ぎなんだよ……小寺社長がいきなり亡くなって、二段飛ばしで社長になった新里さんは可哀想だけど、そういう事情は社員には関係ないからね。身売り話には、社員とその家族の生活がかかっているんだから、しっかり、そして早く方針を決めてもらわないと」

「新里社長も大変なんですよ」南はつい庇《かば》ってしまった。

「それは分かるけど、これはまさにトップの仕事じゃないか。しっかりしてもらわないと、新里さんは新報を潰した社長ということになりかねないぜ。お前も、その社長にくっついていた人間ということで、社史の最後の一ページの登場人物になるかもしれない。そんなの、嫌だろう?」


毎週火曜日のAMCとの定例交渉を終えた後、新里は疲れ切った様子だった。今日は「紙の新聞廃止」という条件について、青井からより詳細な説明と要求があった。内容は数字の羅列……紙の新聞を発行し続けた場合、廃刊した場合、それぞれの制作費の変化。完全電子化してネットに移行した場合の当面の収益減と将来の見通し。南は、メモを取る作業を放棄して、AMC側が用意した資料を読みこむことに専念した。

不確定部分が多過ぎる。ネット専業での収益については、読みが甘いのではないかと、数字に弱い南も不安になった。特に広告収入は、将来の想定が楽観的過ぎる。

日本の総広告費は、ここ数年増加傾向にある。雑誌やラジオ、テレビは微減、ネットだけが着実に伸び、新聞はやはり少しずつ減り続けている。テレビが微減というのは、南にとっては意外だった。テレビは、番組内容について手ひどい批判が絶えず、地上波の視聴率なども下がる一方で、広告費は大幅に下がっていると思ったのに……それなのに、ネットの広告費はテレビに追いつきつつある。新聞はとうに抜かれているものの、テレビの広告費がネットのそれに凌駕《りようが》されるには、もう少しかかるだろう。いや、伸び率を見れば、ネットの広告費も頭打ちかもしれない。何しろこれから人口は減り続けるのだから、あらゆるものが縮小していくのは間違いない。

新里もこの数字を南と同じように見たようで、広告収入の予想に疑義を呈した。有料ネット会員数についての話題になった時には、眉間に深く皺が寄った。会員数が百万人を超えなくては黒字転換は不可能、という計算だった。しかもそれは、会社の大規模なリストラを実行した上での話である。日本の新聞では、会員数は最大でも六十万人程度だ。ネットの購読料金は紙よりも安くするのが大前提だが、紙の購読者のうちどれぐらいがネット会員に移行してくれるか。

もちろんＡＭＣには、アメリカで成功したノウハウがある。ただしこれまでのところ、打率十割というわけにはいかず、電子化したものの、結局その後、事業をストップしてしまった会社もある。しかもアメリカと日本では条件が違うわけで、一筋縄ではいかないのは簡単に想像できた。

この日の交渉はたっぷり二時間に及んだ。ホテルの外へ出ると、四月の空気は生暖かく、何となく気が緩んでしまう。しかし、新里の眉間に刻まれた皺は、消えていなかった。

「疲れたな」珍しく、新里が弱音を漏らす。

「ええ」

「少しサボっていくか」

「この後、部長会ですよ」現在、午後四時。部長会は五時からだから、休んでいる余裕はない。

「今日は部長会出席は取りやめよう」

「いいんですか？」南はつい言ってしまった。新里は、絶対にこんなことを言い出しそうにないタイプなのに。

「取締役会の報告は、編集局長がするよ。今日は話題も少ないし、私が言うことも特にない……どこか、いい喫茶店を知らないか？」

「ああ、それなら」南はうなずいた。ここからだと、先日青井とお茶を飲んだ喫茶店が近い。この時間だと客も少ないだろうから、内密の話をしても誰かに聞かれる心配はないだろう。「ご案内します」

「頼む」

新里の足取りは重かった。南にすればリズムに乗れないスピードなのだが、今日はひときわ外国人観光客が多く、歩道が埋まっているので、そもそも速く歩けないのだ。新里の歩き方で、ちょうど波に乗れている。

「ああ、ここか」南がビルの前に立つと、新里がぽつりと漏らした。

「ご存じでしたか？」

「ずっと前に入ったことがある……最近は、外でお茶を飲むような暇もないからご無沙汰だが」

「それは仕方ないと思います」

「記者はいいよな。いつでも、自分で好きな場所に行って取材ができる。美味い物も美味い酒も、自分で金さえ出せばいくらでも楽しめるんだから」

エレベーターのドアを手で押さえながら、南は情けない気分になった。新里の口からこんな弱気な言葉が出てくるとは……それに、いつの間にか無意識のうちに、社長のためにこんなことをするようになってしまった自分が好きになれない。もちろん目上の人間を敬うのは大事なことだとしても、これでは完全に秘書だ。

こんなことが自分の仕事であるはずはないのに。

店は予想通り空いていた。目立たない奥の席へ落ち着き、二人ともミルクコーヒーを注文する。

「煙草、吸いたければ吸っていいぞ」新里が指先で灰皿を押しやる。

「遠慮しておきます」煙草は吸いたかったが、さすがに吸わない社長の前で煙は吐けない。

「好きにしなさい」

新里がブリーフケースを開き、先ほど青井から渡された資料を取り出して目を通し始めた。一度は緊張が緩んだ感じなのに、また眉間に皺ができている。南は、ニコチンへの渇望を感じながら、新里の反応を待った。この状態では、自分からは声をかけられない。

ミルクコーヒーが運ばれてきた後も、新里は手をつけず、資料に視線を落としていた。南が口元にカップを持っていった瞬間、新里が顔を上げる。

「今日の話——AMC側の想定は甘過ぎると思わないか?」

「確かに、想像に頼るところが多いですね」コーヒーカップを宙に浮かしたまま、南は認めた。

「広告費の計算は、昔よりはるかに難しくなっているそうだ。ネットが出てきてからのことだが……広告局長がいつも嘆いてるよ」

「はい」

「とにかく、ＡＭＣ側の予想は甘過ぎる。広告収入の伸び予想には現実味がないし、会員数の想定も楽観的過ぎる。この通りにいくなら、私も完全電子化に賛成しないわけではないが、無理だな。それと、開発費用を低く見積もり過ぎていないか？　スマートフォン対応は、こんなものでは済まないだろう。アップデートが頻繁だから、毎年のようにシステムの更新が必要になってくるはずだ」

「ええ」システム的なことはまったく分からないが、そこは新里の言う通りだろう。

「組合の方だが」新里が突然話題を変えた。

「はい」

「君には探りを入れてもらってありがたかったんだが、まだ何とも言えないんだ。説明できる状態にはない」

「方針を決めかねている、ということですか？」

「方針自体は、何も変わっていない。取締役会でも、売却の方針で意思は統一されていた。その結果、新会社では自分たちが追い出されてもいい――それぐらい、全員が新報の名前を残すことにこだわっていたんだ。ただし、ＡＭＣ側から廃刊の条件が出てきて、微妙に意見が割れ始めている」

「それは……何となく分かります」新聞を発行しなくなって、果たして日本新報という名前が未来永劫《えいごう》残っていくかどうか。

「まあ、最終的に取締役会はもう一度意思統一はできると思う。ただ、社員に関しては何とも、な」

「組合側は、五月の組合大会で、この件を議題に上《のぼ》せたいようです。ですからそれまでには、ある程度方針を明確にしないと、反発が強くなると思います。いくら御用組合といっても、重大な問題ですから」

「それはもちろん、何とかするつもりだ」新里が力強くうなずいた。「六月の株主総会が山だからな。それに間に合わせるためには、五月の組合大会までに結論を出さないとまずい」

「ええ」

「社員は不満だろうな」

「不満というか、不安だと思います」南は微妙に訂正した。

「そうか……今後、辻のような社員が次々に出てきたら、新聞社としての新報の価値は落ちる一方だろうな。こういう時は、優秀な社員こそ先に逃げ出すものだから。優秀だからこそ、引っ張ろうとする会社もある」

「実は……辻に会いました」隠しておくのが苦しくなり、南は打ち明けた。

「奴が辞めてからか？」新里が目を見開く。

「はい」うなずいて南は認めた。「向こうから誘って来たんです」

「で？　君に何の話だったんだ」

「謝ってきました。辞める話はあいつから直接聞いていたんですが、理由も移籍先も隠していたので……その件で謝罪を受けました」

「まあ、移籍先を言えなかったのは理解できる」渋い表情で新里が認めた。「行き先が東日と知ったら、周りも止めただろう。仁義にもとるやり方だからな……どうしても貫き通したかったら、黙っているしかない。しかし、社会部も人事も甘かったな。そういうことをきっちり聞き出すことこそ、仕事なのに」

南はうなずくだけに止《とど》め、ミルクコーヒーを飲んだ。これ以上は言うまい——辻から東日に誘われた話など、ご法度だ。

「問題は、私自身、気持ちが揺らいでいることだ」

「そうなんですか？」南はカップから顔を上げた。

「身売りは仕方がないと思う。小寺社長は変節する人で、扱いにくかったが、この決断自体は正しかった。ただ、あんな条件が出てくるとはね……私も結局、紙の新聞に固執しているだけかもしれないが、それは新聞記者としては当然じゃないかな。誰だって、自分が依《よ》って立つものを否定されたら反発する」

南は何も言わずにうなずいた。相槌でも打てば、自分も一気に「廃刊に反対」の考えに傾いてしまいそうだ。これは理屈ではなく、感情的な問題なのか……実際、いくら考えても正しい答えが出せない。

「青井の方はどうだ？」

「実は、この店で会いました」あの時は向こうから声をかけられたので、新里が期待しているようにこちらから攻めていったわけではないのだが。

「どうだった？　奴は何を考えてる？　本音は読めるか？」新里が勢いこんで訊ねた。

「簡単には本音を言わない人だと思います。いろいろと複雑な背景があるんですよね」

「ああ」

「お聞きしていいですか？」

「何だ」新里が用心深い口調で答える。

「青井さんは、社長との間に感情的なしこりがあるんでしょうか」

「ない」新里が即座に断言した。「少なくとも私の方は。あれはあくまで、仕事としてやったことだ。それが気にくわないというなら辞めるしかないわけで……会社ではよくある話だ。もちろん、君のように新しい環境で頑張る人もいる」

好きで頑張っているわけじゃない。南は喉の奥で言葉を押し潰した。今はどんな文句も言ってはいけない。結果的に間違った行動で、自分はまったく希望しないこのポジションにいるのだから。余計な一言は、また自分の立場を不安定にする。

「君はどうしたい？」

「それは、私に聞かれても……」

「希望はあるだろう。まずは、近い将来にどうしたいかだ」

「それは、今は言うべきではないと思います」南は、自分でも驚くほどはっきりした声で宣言してしまった。静観、あるいは待機。動けばまたトラブルに巻きこまれるかもしれない、と恐れてもいる。

「そうか」新里は深く追及してはこなかった。彼自身、会社の将来、そして自分の立場を考えるだけで精一杯なのだろう。

会社は揺れている。この揺れがひどくなれば、そのうち瓦解してしまうかもしれない。

喫茶店を出て会社へ戻る途中、スマートフォンが鳴った。社長室長の石島だった。

「今どこにいる？」ひどく慌てた口調だった。

「社へ帰る途中です。あと五分ほどで戻ります」石島を落ち着かせようと、南は敢えてゆっくりとした口調を心がけた。

「社長は？」

「一緒です」ちらりと新里の顔を見る。普段は見せない表情――呆《ほう》けたような顔つきになっている。

「分かった。北口から入れ」

いわば「裏口」である。夜間はこちらから出入りするのだが、昼間は使う人はあまりいない。

「正面から入ると、人目につく」

「それはそうですが……」石島が何を言っているのか分からない。社長が正面から会社に入って、何が悪いのだ？

「組合の連中が、正面で張ってるんだよ。社長との面会を求めているんだ。外出中を理由に拒否しているんだが、摑まったら面倒なことになってしまう」

「身売りの件ですか？」こんな手段に出るとは想像もしていなかった、と南も緊張した。

「他に何がある？」石島が苛立たしげに言った。「とにかく、目立たないように北口から入って、社長室まで直行してくれ。そこで善後策を検討する」

「分かりました」

電話を切って、南は新里に手短に事情を説明した。組合がこんな風に騒いだことなど、かつてあっただろうか。昔は——それこそ南が生まれるはるか以前にはストをやったこともあったそうだが、もう何十年もそういう厳しい局面はなかったはずだ。身売りの件は、五月の組合大会で議題にすると言っていたのに……東原は俺に本音を言わなかったのだ、と啞然とする。簡単に騙される自分も悪いのだが。

「正面から入ろう」新里があっさり言った。

「組合に摑まりますよ」

「だから何だ？」新里が吐き捨てるように言った。「向こうが説明を求めているなら、きちんと話すのが私の義務だろう。今まで、組合をないがしろにし過ぎたのかもしれない。きちんと話す頃合いだ」

「しかし、簡単には終わらないかもしれません」

「当たり前だ。これは、簡単に片づけられる問題じゃない」

南はすぐに社長室に電話を入れ、新里が正面から入る、と報告した。石島があたふたした様子だったので、南自身は冷静でいようと自分に言い聞かせた。

「とにかくガードを固めて下さい。それと、どこか話し合いができる場所を用意して……これも社長の指示です」

結局石島も、「分かった」と南の提案を呑んだ。新里の意向を察してくれたかどうかは分からなかったが、この際しょうがない。詳しく状況を話し合っている暇はないのだ。

「社長、少しゆっくり歩きましょう。時間稼ぎした方がいいです」

「冗談じゃない」言って、新里が歩幅を一気に広げる。一度立ち止まって振り返ると、厳しい表情で南を見た。「いずれ、こういうことがあると考えておくべきだった。だったら今日、話をしてしまおう」

「組合側が納得するとは限りませんよ」

「納得してもらうまで話すだけだ」

そそくさと――ほとんど競歩のようなスピードだった――歩き始めた新里を、南は慌てて追った。もしかしたらこの人は、自棄《やけ》になっているのではないか？　社長の座を投げ出すまでの覚悟があるのかもしれないが、本当にそんなことをされたら、社内は一気に大混乱に陥るだろう。こういう危機的状況にあって、新里本来の資質――「バランス型」のリーダーは絶対必要だ。

新里が正面の出入り口から入ると、すぐに数人の社員が集まって来た。石島たち社長室の人間が割って入ろうとしたが、新里が一言でその場の動きを止めてしまう。

「これから話はします。ここではまずいので、場所を変える。すぐに社長室長から連絡させるので、待機していてもらえないか」

新里の言葉は効果的だった。ざわついた空気が一瞬で鎮まる。

「きちんと説明してもらえるんですか、社長」副委員長の町山《まちやま》が言った。この場の代表、ということらしい。

「現段階で話せることは話す」新里が言葉を続けた。

「全部話してもらわないと困ります。我々としては、組合員に説明する義務がある」相当カリカリしているようで、町山の頸動脈《けいどうみゃく》が浮き上がった。

「タイミング的に話せないこともあると分かって欲しい……とにかく、後で」

新里が歩き出し、石島たちが素早く左右を固めた。まるで要人を警護するＳＰ——こんなのが俺の仕事なのかと情けなく思いながら、南は新里のすぐ後ろについた。新里を追い始めた瞬間、町山の低い声が耳に飛びこんでくる。

「犬かよ、お前は」

南は拳を握り締め、振り返ってぶん殴ってやりたいという憤りを何とか抑えた。同僚から、どうしてこんなことを言われないといけないのか。

エレベーターに乗りこむと、新里を中心に社長室の人間だけになった。それでようやく緊張が緩んだが、南はまだ両手の拳を固めていたことに気づく。ゆっくりと開くと、手が強張っているのが分かった。掌には爪が食いこんだ痕が残り、かすかな痛みを感じる。ゆっくりと息を吐き、さらにリラックスしようと努めた。

「七階の中会議室を押さえました」

石島が低い声で言った。新里が無言でうなずく。

「一度部屋に戻られますか？」

「ああ。荷物だけ置きたい」新里が、聞き取れないほどの小声で答える。「室長と南は同席してくれ」

「労務担当は呼ばなくていいですか？　これは団交も同然ですよ」石島が不安そうに確認する。

「大事《おおごと》にしたくない」

　エレベーターが停《と》まり、新里が先頭に立って出て行く。南はもやもやした気分を抱えたまま、自席に戻った。優奈が心配そうな視線を向けてきたが、説明するのも面倒で、黙ってうなずくにとどめた。これだけで全てを察してもらえるとは思っていないが……自分たちの関係は、まだまったく前に進んでいないのだ。

　三人で会議室に向かう。新里の後を追う石島が、慌てた様子で声をかける。

「少し打ち合わせしてからの方がいいんじゃないですか」

「全て私の責任で話す。何かまずいと思ったら、その時点で止めてくれ」

　新里は、スピードを重視してこの話を進めるつもりのようだ。その気持ちが動きにも表れるのか、エレベーターに駆けこんだ。

　会議室には既に、組合側が集結していた。東原と町山を含め、執行部の四人が勢揃いしている。町山は、また南に厳しい視線を向けてきた。逆に南は、東原を軽く睨みつけた。この前の話は何だったんですか……。

　二つ合わさった長テーブルを挟んで向き合う。少し距離はあるものの、身を乗り出せば相手の胸倉を掴める近さだ。まさか、そんなことにはならないだろうが……新里はテーブルの中央、石島はそのすぐ右隣に、南は左の端に座った。あくまで記録係、余計な口出しは一切無用だと自分に言い聞かせて、ノートを広げる。

「今日はいきなりで申し訳ないんですが」東原が切り出す。「身売り問題について、組合員の間で動揺が広がっています。噂ばかりが先行して、会社側からは正式な説明が一切ない。もしも六月の株主総会までに決断するおつもりなら、この辺りでそろそろきちんとした説明をしていただきたい」

組合と経営陣は五分と五分の立場——東原は丁寧な口調で話しているが、絶対に引かないという強い意志を漂わせている。

「現在、ＡＭＣへの身売りを前提に、日本法人のＡＭＣジャパンと交渉を行っているのは事実です」新里が淡々と説明を始めた。「これは、小寺社長が存命中の昨年暮れから始まっている。小寺社長が亡くなった後、私が引き継いでそのまま交渉に当たっています」

「経営陣としては、身売りを真剣に考えているんですか」

静かな、しかし抑えこむような口調で東原が質問する。まるで検事のように……そう言えば東原はかつて、東京地検を担当していたはずだ。

「これは、新報百三十年の歴史の中で、最大の転換点です」新里が両手を組み合わせ、身を乗り出した。「経営陣はもちろん、極めて真剣に考えています。これまでの会社の苦境については、組合の方にはしっかり説明してきました。それはご理解いただいていると思いますが」

「重々承知しています」新里の真似をするように、東原も両手を合わせる。「組合としても、これまで会社の緊縮策には十分協力してきました。三年前の給料カットも受け入れた」

「そういうやり方にも限界がきた、ということです。新報は今や構造的な問題を抱え、立ち行かなくなっているというのが本当のところだ」

「経営陣の責任は――」

「もちろん、我々経営陣には重い責任があります」新里が、東原の追及を遮った。「身売りが実現すれば、現経営陣は全て退任することも考えている」

執行部の間に、ざわめきが広がった。町山たちが額を突き合わせるようにして、何事か相談している。町山の額には深い皺が刻まれ、時折ちらちらと新里を見ている。南はペンを握り締め、全員の様子を見た。びりびりと、感電するような緊張感が流れている。今この場で、新報の命運が決まるかもしれない。

「投げ出すつもりですか」

「身売りということになれば、現経営陣の責任は問われて当然でしょう」

「そして、ド素人が会社経営に乗り出すわけですか」東原が挑発するように言った。

「AMCジャパンが一種のメディアであることは間違いないにしても、彼らは新聞を作っていない。ネットと新聞はまったく違う。そういう会社のトップが、新報のように大きな会社を経営できると、真面目にお考えですか」

「もちろん状況によっては、現経営陣が今まで通りに会社を運営していく可能性もあります。ＡＭＣがどのように新報の運営に関わっていくかについては、まだ条件提示はありません」

「ＡＭＣジャパンのトップは、新報の元社員ですね。社長も面識がありますね？」東原が念押しした。

「元外報部員です」

「社長がメディア部門への異動を言い渡して、その直後に辞めた――因縁の相手でしょう」

「個人的な因縁は一切ない」新里が言い切った。「あくまで仕事の範疇《はんちゅう》です。交渉は個人的な事情を全て排して進めています」

「二十年前に会社を辞めた人間と辞めさせた人間――因縁浅からぬ相手ですが、交渉には本当に影響はないんですか」

「そういう因縁はない」わずかに苛立ちを滲ませ、新里が繰り返し否定した。

「ＡＭＣ側は紙の新聞の発行停止と電子化への全面移行を買収の条件として提示してきましたね？」

「そういう条件が出ているのは確かだ」

新里が認めた。認めざるを得なかったように南には思えた。ここで嘘をついたり誤魔化したりすると、後々面倒なことになると判断したのだろう。

「まさか、その条件を呑むつもりではないでしょうね」

「検討している」

「呑まなければ、この話は破談になる。違いますか？」

「その可能性もある。十分検討する」

「紙の新聞の廃刊は、一かゼロかの選択です」東原の声はまだ冷静だった。「受け入れるか拒否するか、二つに一つしかない。そして、廃刊を受け入れれば、組合員の大量リストラになるでしょう。少なくとも印刷部門、発送部門、販売部門は大規模な人員カットになる。あるいは、部門ごと消滅する可能性も低くはない」

「それは否定できない」重々しい口調で新里が認める。「もちろん、十分な手当ては検討します」

「子会社への出向や就職斡旋《あっせん》などで対応できるとお考えか？　現在、三本社合わせて印刷、発送、販売部門の組合員は約七百人いる。子会社で全て引き受けるのは不可能ではないか？」東原の口調が乱暴になってきた。

「そこは検討が必要なところだ」新里は明確な説明を避けた。

「組合では、全組合員に向けて緊急アンケートを行うことにした」

また東原が話題を変えた。あくまで自分のペースで質問を発し、相手に十分考えさせる余裕を与えない——こういうのは、口喧嘩では有効な手かもしれないが、話し合いの場には相応しくないのでは、と南は思った。自分も眉間に皺が寄ってしまっているのに気づき、人差し指で額を軽くマッサージする。

「結果については、経営陣にも報告します。身売りに反対の声が多数を占めるのは間違いない。社長には、そういう声を大事にしていただきたいですね」

「もちろん、真摯に受け止めさせていただきます」

「現状、身売りはどれぐらいの確率で実現されると思いますか？」

「何とも言えません。こういうことは、スピードを重視しなければならないと同時に、慎重さも求められる」

「結構です……最後に、これまで組合に対して、交渉経過の説明がまったくなかったのはどうしてですか？」

「細かい内容まで一々説明していたら、きりがないでしょう」新里が薄い笑みを浮かべたものの、余裕は感じられなかった。

「組合としては、会社の命運を左右する問題に関して、リアルタイムで詳細に知る権利があると思いますが。これは組合員とその家族の将来に関する、極めて重要な問題です」

「ご指摘の通り……取り敢えず、これまでの交渉の経過をまとめて、組合の方にお知らせします」

「いつですか」

「明日には」

新里が南に視線を向けた。こういう仕事は俺に回ってくるんだよな……南は顔が引き攣るのを感じながら、素早く頭を下げた。AMCとの交渉は、南が同席しただけでも既に七回にわたっている。その都度テープ起こしをしてメモに落とし、社長室では共有してきたが、組合用には別途まとめなければならないだろう。まだ組合に明かせない情報もかなりあるのだ。

「それでは、今日のところのこちらの要求はここまでです」東原が立ち上がった。「イレギュラーな話し合いを受け入れていただいて、感謝します」

東原が急に丁寧な口調に戻り、顔つきまで穏やかになっていた。こんなにころころ喋り方や表情を変えられるなら、役者にでもなれそうだよ、と南は皮肉に思った。

それにしても、書類仕事か……今夜は遅くなるな、と覚悟する。

5

九時か……南はパソコンのモニターから顔を上げ、溜息をついた。組合に渡すためのリポートにここまで苦労させられるとは。やはり、記事を書くのとは訳が違う。情報の取捨選択には、記事を書く以上に気を遣わなければならなかった。ワイシャツの胸ポケットから煙草を取り出したものの、空《から》。何だか運にまで見放された感じがして、パッケージを思い切り握り潰す。煙草を仕入れないと、と思ったが、今日は吸い過ぎだと思い直す。しばらく控えよう。

立ち上がり、部屋の片隅にあるコーヒーサーバーに向かった。空っぽ……何だか今夜は、全て空振りという感じだった。煙草は我慢するにしても、コーヒーはどうしても欲しい。夕飯も食べ損ねているし、甘い缶コーヒーでも飲んで、胃を騙そうか。糖分が入れば多少は腹も膨れるし、もう少し頭を働かせることもできるはずだ。

部屋を出ようとした途端、戻って来た優奈と出くわした。ぶつかりそうになって、優奈が慌てて「ごめんなさい」と謝る。

「ああ……今日は社長のお供？」

「ええ。東日の社長さんと会食でした」

辻の誘いを思い出してびくりとする。新聞社のトップ同士が会うのは珍しくもないが、今夜は何の話だったのだろう。新里は辻のことを聞くと言っていたが、本当にその件が話題に出たのか？

「何か、やばい話題でも?」

「そんなの、ないですよ」優奈が苦笑した。「あの二人、昔から顔見知りなんですよ。ロンドンの特派員時代に、よく一緒に遊んでいたそうです。昔話ばかりしてました」

「古き良き時代だね」何だか白けた気分になった。オッサンが二人、立場を忘れて昔話に花を咲かせていたのだろうか。こっちはずっと、パソコンと睨めっこだったというのに。

「辻の話は出なかった?」

「簡単に……でも、東日の社長さんも事情はよく知らなかったようです」

「いくらエースでも、記者一人が移籍しただけだからね」南は髭の浮き始めた顎を撫でた。

「それより南さん、こんな遅くまでどうしたんですか?」

「ちょっと急ぎの仕事があって」

「そうなんですか?」

「ああ……それより君は、何で戻って来たんだ? 直帰すればよかったじゃないか」

「忘れ物です」優奈がちらりと舌を出した。そう言えば、前にも見たことがある……癖なのだろうか。

「ああ」うなずき返し、一緒に帰ろうと誘おうかと思った。いや、駄目か……こっちはもう少し時間がかかりそうだ。「ちょっと買い物に行ってくる」

南はフロアを出て、二階にある売店に向かった。この売店も、社食と同じで午前零時までは開いている。コンビニエンスストアと同じようなもので、軽食も揃っている。棚のサンドウィッチや握り飯を見ると、さらに腹が減ってきたが、我慢することにした。こういうものを食べて小腹を満たすより、後でしっかり食べよう。少し時間が遅くなっても構わない。優奈が一緒だとなおいいのだが、こんな時間に誘うのもどうかと思った。すっかり弱気になってしまった。仕事でヘマをし続けた結果、人間関係にも臆病に……情けない話だ。

結局煙草も買い、さらに温かい缶コーヒーも求めた。このフロアにも喫煙ルームはあるので、そこに入って新しい煙草に火を点ける。缶コーヒーも一口。甘ったるい液体が胃の中に流れこんで、予想通り少しだけ空腹が紛れた気がした。ほっと一息ついたところで、スマートフォンが鳴る。

辻。

無視すべきだと思った。今は他社――ライバル社の人間なのだし、先日会った時に、もう話すこともないだろうと思った。別の世界の住人なのだ。

しかし無視できない。電話は必ずとるべし――新人の頃に叩きこまれた習慣は、簡単には消えない。

「遅くに悪い」

「いや」こっちはまだ仕事中だ。

「ちょっと相談なんだけど……」

「ろくな話じゃないだろう」南はつい、皮肉をぶつけてしまった。

「そんなことはない。お前にとってはいい話だ。うちの局次長に会ってくれないか」

「はあ?」南は思わず甲高い声を上げてしまった。「何言ってるんだ」

「スカウトだよ」辻がはっきりと言った。「お前、今のままでいいと思ってるのか? 先の見通しが立たない状況で、どこまで頑張るつもりだよ」

「そんなこと……」答えられない質問をするな。脳裏に浮かんだ文句を呑みこんだ。

「局次長は、前の社会部長でね。お前に興味を持ってるんだ」

「俺は、興味を持たれるような人間じゃないよ」

「俺がプッシュしたんだ。環境が変われば、お前ももっといい仕事ができるって」

二人はしばらく押し問答を続けた。辻は決して引こうとせず、南は結局折れてしまった。会うぐらいなら、何ということもない。向こうは美味しい条件を並べ立ててくるだろうが、断ればいいだけの話だ。いや……最初から断るつもりなら、会わなければいい。それなら何故会う気になった? 辻のしつこさに負けたから?

またも自分の気持ちが分からない。結局俺は流されているだけではないか、と南は思った。

　翌日、南は定時に会社を出て、新橋に向かった。会社から少し離れた場所の方がいいだろうと辻が提案したのだが、実際にはあまり役に立たない気遣いである。新報も東日も銀座にあるものの、社員が夜の縄張りにしているのは、気楽な店が多い新橋だ。「石を投げれば当たる」状態だろう。

　指定された店は、雑居ビルの五階にあった。ネットで事前に調べてみると、いわゆる創作居酒屋という感じらしい……こういうところの料理はだいたい不味いんだよな、と店に足を踏み入れた瞬間に気持ちが萎えてしまった。

　四人がけのテーブルが入った個室……二人はもう来て、並んで座っていた。南がドアを開けた瞬間、同時に立ち上がる。

「悪いな、忙しいところ」辻が申し訳なさそうに言った。

「いや」

「どうも、どうも」

　もう一人の男——これが東日の編集局次長、松宮《まつみや》か……名刺を交換しながら、南はハンプティダンプティを思い出していた。擬人化された卵、まさにそういう体型なのだ。足は棒のように細いのではないか、と想像する。局次長と言えば既に五十代になっているはずだが、愛嬌《あいきょう》のある顔だちのせいか、若く見えた。

「わざわざ申し訳ないね」南の名刺を凝視しながら、松宮が言った。

「いえ」南は腰を下ろし、松宮の名刺をテーブルにそっと置いた。

「取り敢えず料理を頼もうか。酒は？」

「すみません、今、やめているんです」

「体でも壊した？」

「いや、気分の問題で……ウーロン茶をいただきます」

「我々は生《なま》にしようか」松宮が辻に聞いた。

「ええ」辻が店員を呼ぶボタンを押した。

「料理は適当に頼むよ」松宮がメニューを眺めながら言った。「食べられないものとかは？」

「それはないです」

「この店は、変わったメニューが多いんだ」

「よく来られるんですか？」

「たまにね」

　サラリーマン同士の普遍的な会話。この調子なら、あまりシビアな内容にならずに、今夜の会合を終えられるかもしれない。辻と雑談ペースで話しているならともかく、局次長が出てきて移籍の話を真面目に始められたら、適当に誤魔化すわけにもいかなくなる。

――心のどこかに、移籍するのも手だという考えがあるのかもしれない。人生にはいくつもの選択肢があるのだから。

飲み物と料理が運ばれてくるまで、雑談が続いた。松宮はそういうことが得意なタイプのようで、話題は尽きない。南が甲府支局の出身だということはもう知っていて、「俺も甲府なんだ」と打ち明ける。迂闊にこの話には乗るな、と南は自分を戒めた。全国紙の記者にとって、新人時代の地方勤務は、良くも悪くも最も記憶に残るものである。初対面の記者同士が、たまたま出身支局が同じだったりすると、共通体験をネタにして一時間は座が持つ。

「あまり変わってないみたいだね。あの街は」松宮が言った。

「そうですね」

「ちょうど狭間《はざま》なのかもしれないな。関東地方なのか、中部地方に入れるべきなのか、所属もはっきりしないし」

「ええ」

この席の主役は、あくまで松宮のようだった。辻はほとんど口を挟まず、ビールをちびちび呑んでいる。今一つ盛り上がらない……南は適当に相槌を打つに止めた。

料理が並び始めた。やはり少し変わっている……焼《や》き餃子《ギョーザ》には粗く切ったトマトのソースがかかっているし、サラダに載った鶏肉はタンドリーチキンだ。鳥の唐揚げにはべったりとチーズソースがかかっている。全体に味つけも濃く、若者向けという感じ……松宮は体に気を遣っていないのだろうかと心配になった。体型からして、食べ物は選ばなければいけないような気がするのだが。

「辻君から話は聞いていると思うが」唐突に松宮が切り出した。

「はい」南は箸を揃えて置いた。いよいよ本題か……。

「率直に言って、うちに来ないか？　東日は昔から、中途採用は盛んなんだ」

「そのようですね」

「新報さんもいろいろ難しい問題を抱えているんだから、もっと安定した環境で仕事をするのもいいんじゃないか？　うちは常に、優秀な人材を求めている」

「そう言われましても……急な話ですから」

南は誤魔化しにかかった。しかし、即座には断れない。どうしてだ？　やはり移籍も選択肢にあると思っているから？　緊張を鎮めるためにウーロン茶をぐっと飲む。

「まあ、ゆっくり考えてくれ。中途採用は、タイミングはいつでもいいので……心配なら、具体的な金の話でもしようか？」

「いえ」露骨な松宮の物言いに、南は思わず苦笑してしまった。

「だいたい新報さんと同等だと考えてもらっていい。金の面では、絶対に不利にはならないよ。なあ、辻？」

「まだ給料、もらってませんよ」

「ああ、そうか」辻の答えに、松宮は声を上げて笑った。

「三月の途中からだったから」辻が言い訳するように南に告げた。

「そうだな」

「例えば社会部で……今更警察《サツ》回りというわけにはいかないだろうけど、警視庁ではやれるかな」松宮が提案する。

「それは……どうですかね。新報でも警視庁は経験していないので」この誘いには、正直心が揺れる。最近は事件記事の扱いも小さくなっているとはいえ、いつの時代でも警視庁クラブは社会部の中心だ。

「最初にハードな仕事を経験しておくと、あとが楽になる。今後、何か専門的に取材したいことはあるのか？」

「それはまだ決めていません」

「新報でも、いずれは編集局に戻るんだろう？」急に声を低くして松宮が訊ねる。

「それは何とも言えませんけどね」

「そうか……しかし何だ、新報さんも大変だよね。身売りの噂、本当なのか？」

南は唇を引き締めた。何なんだ、この会話の流れは……辻は当然、身売りの話を知っている。それを松宮に話し、松宮が辻の伝《つて》で俺に裏取りをしようとしている？　冗談じゃない。まさかライバル社に対して、最高機密情報を話すわけにはいかない。

「それについては、言うことは何もありませんね」

「ノーコメント？」

「それも含めてです」

「さすが、できる新聞記者はかわし方をよく知っている」松宮がニヤリと笑った。「言質を取られると困るからな。あるともないとも言えない、というのが模範解答じゃないか」

「それも含めて何も言えません」

「昔から噂はあったんだよな。それこそ二十年以上前から……銀行が入るんじゃないかっていう話もあったそうだ。俺はずっと社会部だから詳しくは知らないけど、経済部の連中の間では有名な話だったらしいよ」

「そうなんですか？」初耳だ。二十年前というと、大規模な組織改編が完了した後だが……あれも経営危機の一端と見られていたのだろうか。

「社内にいても、分からないことも多いだろう——いや、二十年前というと、君は小学生か」

「ええ」

「じゃあ、分かるはずがない。でも失礼ながら、新報がずっと危ないっていうのは業界では周知の事実だけどね。実際、かなり切り詰めてきたはずだ……バブルの頃まではハイヤーも使い放題だったのに、今はそういう自由もなくなっただろう」

「それはどこの会社でも同じじゃないですか」南は思わず反論した。社会部にいた時も、ハイヤーではなくタクシーを利用し、しかもそれは「どうしても」という時に限定、ときつく命じられていたのだ。もっとも、その指示にきちんと従っている記者はあまりいなかったが……ハイヤーをやめるなら幹部からだよ、という批判の声が陰で出ていた。

「どこも経費削減で大変でしょう」

「まあね。それと、弁当かな」

「弁当？」

「でかい現場に張りつきになると、弁当がくるだろう？　それがだんだんみすぼらしくなってきた……嫌だね、新聞記者は。そういう細かいところを観察して、噂話にするんだから」

「ええ……」

「うちの社長なんかも、心配してるんだ。もちろんライバル社なんだけど、今はマスコミ業界全体がピンチだからな。一社が崩れると、他にも大きな影響が出てくるかもしれない」

「さすがに、東日さんは大丈夫じゃないですか？」

「この世に絶対ということはないよ」

その後も松宮は業界的な雑談を続けながら、新報の身売り交渉について、南にちくちく質問し続けた。この人はやはり、かなりできる——記者の優秀さは結局、相手にどれだけ喋らせられるかによるのだ。松宮は、雑談を挟んで相手をリラックスさせつつ、時に鋭いジャブを繰り出してくるタイプのようだ。忘れた頃に攻撃がくる——しかしそのパターンが分かってしまえば、何ということはない。社長室にいる間に、南はのらりくらりと応答する術を身につけてしまっていた。

酒も呑まずに二時間……疲れた。疲れた顔をしないようにするだけでも疲れる。とにかく、「何も言わない」原則を貫き通すことだけを意識した。

借りを作りたくないので、南は割り勘を主張したが、松宮も譲らなかった。結局根負けする恰好で、南は松宮に払いを任せてしまった。何だか負けたような気分——しかしこのまま引き下がるわけにはいかない。

店を出て環二通りまで来ると、南は辻に目配せした。それから松宮に向かって言う。

「ちょっと辻とお茶を飲んで帰ります」

「お、そうか」少しだけ顔を赤らめた松宮が軽い調子で言った。

「同期で積もる話もありますので」

「だろうな……じゃあ、また呑もうか。君とは楽しく話ができる」

「ええ」

実際には、ほとんど松宮が話していただけ……気持ちよく演説を聞いてやったのだから、奢ってもらうのも当然だろうと南は皮肉に考えた。

ただ、この男と酒席を共にすることは、二度とない。

松宮と別れ、南は辻と並んで裏通りに入った。

「この辺に喫茶店なんかあったっけ」辻が首を捻る。実際、環二通りから一本裏道に入ると、呑み屋の密集度が一気に高くなる。

南は振り返り、二歩踏みこんで辻の喉元を摑んだ。そのまま押しこむと、ビルの壁に辻の背中が衝突する。鈍い音が響いて、辻の体が崩れ落ちそうになる。南は腕に力をこめ、辻を引っ張り上げた。

「何……」

「お前、俺を引っかけたな」南は思い切り顔を近づけ、言葉を吐いた。

「引っかけ……」

「うちの身売りについて、俺をネタ元に使おうとしただろう」

そこで南は手を離した。辻が歩道に崩れ落ちる。南は荒い息を何とか整えながら、手を差し伸べた。辻が睨みながらもその手を摑んだので、力を入れて引っ張り上げる。

「まずいだろう、こんなところで」辻が言って咳払いした。

「誰も見てないよ」そう言いながら、南は素早く周囲を見回した。酔っ払いの街・新橋では、小競り合いは日常茶飯事である。今も、道路の向かい側の焼き鳥屋の前で数人の男たちが揉み合いをしていた——どうやら仲間内の二人が喧嘩になり、連れの人間が割って入ったようだ。それを見物する人の輪ができている。誰も南たちの方など見ていない。

「お前がこんな乱暴な人間だとは思わなかったよ」

「乱暴になるのも当然だ」南は吐き捨てた。「お前のやり方はルール違反だ」

辻が黙りこんだ。まずいことをしたのは、自分でも分かっているのだ。別の用件を装って呼び出し、顔を合わせたところで本題の取材に入る——警察の別件逮捕より性質《たち》が悪い。別件逮捕なら、少なくとも軽微な容疑はあるのだから。

「お前、新報の情報を東日に売ったのか」

「売ってはいない。金をもらったわけじゃないからな」

しかし、昔の職場の情報をペラペラと喋ったわけか……信義にもとる。

「大して変わらない。とにかくお前が、こんなに卑怯な奴だとは思わなかった」

「情報を握っている人間に話を聞くのは、当然だろう」

「だったら最初から、そういう風に取材を申しこんでくれればよかったんだ——もちろん、断るけど」

「会社の秘密は明かせないってことか」

「秘密があるかないかも言えないな……社外の人間には」

南は震える手で煙草を引き抜き、何とか火を点けたが、煙を吸いこむとむせてしまった。苛立って煙草をすぐに放り捨て、踏みにじる。

「お前も、ルールに従う人間じゃないみたいだな。この辺、路上喫煙禁止だぞ」辻が皮肉を吐いた。

「お前と同じレベルじゃない」南は言い返した。

「まあ……騙し討ちは悪かった」辻が目を合わせないまま謝った。「俺は、雑談レベルで松宮さんにちょっと話しただけなんだ。松宮さんが勝手に、それに食いついてきた」

「雑談で話していい内容じゃないだろう。とにかく俺は、この件については話さない——お前とは二度と会わない」

「そうか」

「だから、東日へ移る話もなしだ」

「それとこれとは別問題——」

「お前みたいなクソ野郎がいる会社には、絶対に行かない」

暗い気分を抱えこんだまま、南は銀座方面へ歩き出した。酔っ払いたちの大集会が行われているSL広場の前を通り過ぎ、道路を渡って右折してガードをくぐる。ちょうど電車が頭上を通過するところで、轟音《ごうおん》が体を揺るがすようだった。それに合わせて大声で怒鳴りたい——誰にも聞かれないはずだが、辛うじて残っていた理性がそれを押しとどめた。そのまま中央通りに出て、高速道路の手前で立ち止まる。頭上の橋の名前が「銀座新橋」だと初めて知った。

無意識のうちにスマートフォンを取り出す。今夜のもやもやを一人で消化できる自信がなかった。既に八時半……優奈は会社にいるはずもない。もう自宅へ戻っているか、誰かと食事でもしているか。会える可能性は低い。普段の南なら躊躇い、結局スマートフォンを戻してしまっただろう。だが今夜は……知らぬ間に、優奈の携帯電話の番号を呼び出していた。

6

「無視しちゃえばいいんじゃないですか」亜都子があっさり言った。

「そうもいかないだろう」青井は眼鏡を外して、両手で顔を擦った。嫌な予感がする。

「ボスは神経質過ぎますよ。別に後ろめたいことはないんだから、時間を割く必要なんてないです」亜都子が肩をすくめる。

「こういうのは、無視しておくとだんだんエスカレートするんだ。取り敢えず会うだけ会っておこう」

「そうですかあ？」亜都子が疑わしげに言って両手をひらひらと上下させた。どうやらマニキュアを塗ったばかりらしい。「それ、私も同席しないとまずいですよね」

「ああ。もしも殴り合いになったら、君に助けてもらわないと」

「私は暴力反対なんですけど」亜都子が唇を尖らせる。「でも、しょうがないですね。ボス一人だと、どうなるか分かりませんから」

「そんなに頼りないかね？」青井はまた顔を擦った。

「ニュースハンターとしては一流でしょうけど、その他はねえ……とにかく、ご一緒しますよ」

「これから連絡を取る。一時間後ぐらいに来るはずだ」

「ホント、蹴っちゃえばよかったのに……」亜都子がぶつぶつ言いながら社長室を出て行った。

一人になって、青井は椅子に体重をかけた。また面倒な話……というより、向こうの真意が読めない。

民自党《みんじとう》の大物代議士・三池高志《たかし》の秘書と名乗る渡という人間から電話がかかってきたのは、三十分ほど前だった。これまで、政治家からAMCジャパンに接触があったことは一度もない。だが青井は経験から、政治家と企業には密接な関係があることを知っている。政治家は企業に金銭的援助を求め、企業は何らかの利益を求めてそれに応じる。企業の場合、政治家個人ではなく政党への献金になるのだが、いずれにせよそうやって関係が生じる。三池は前回の内閣改造で法相を外れ、今は民自党の政調会長……政府の一員ではなく民自党の幹部として、献金の誘いをしてくることは十分考えられた。

馬鹿馬鹿しい。そういう話だったら絶対に断る。

そう考えながらも、逆に何か面白いネタがあるかもしれないと考えてしまう。そこですぐに、渡という人間に関して調べた。青井にも政治関係のパイプはある——以前、週刊誌の仕事をしていた時に、新聞各紙の政治部記者とつながりを作ったのだ。ネタ元として新聞記者を利用するのは、週刊誌が昔からやっている裏技である。そうやって知り合った政治部記者の中で、気の合う人間とはその後もパイプをつなぎ続けてきた。

結果、渡という男は、確かに三池の秘書を長く務めていることが分かった。かなりのやり手——汚い仕事も平気で請け負うタイプでもあるようだ。これは要注意だと心配になったが、「会う」と明言してしまった以上はもう断れない。

とにかく話を聞いてからだ。向こうの出方に合わせていこうと決める。ようやく気持ちが定まったところで、突然、ドアから亜都子が顔を見せる。

「ハニートラップ、しかけますか？」

「だから、そういうのはいいから」青井は苦笑しながら首を横に振った。亜都子はブラウスのボタンを二個外してやる気満々なのだが……「やる気」の意味を完全に履き違えている。優秀なのだから、余計なことをする必要はないのに。

一時間後、渡が会社にやって来た。第一印象は、何とも冴えない男……小柄で迫力もなく、やけに腰が低い。慇懃無礼なタイプかと思ったらそうではなく、実際に馬鹿丁寧な人間のようだ。

「お忙しいところ、どうもすみません」

ソファに浅く腰かけながら、渡がぴょこぴょこと頭を下げる。こういう人間の方が扱いにくい、と青井は警戒した。

「とんでもないです」

青井も対抗して、馬鹿丁寧にいくことにした。傍には、ブラウスのボタンを首のところまで留めた亜都子が控えている。ハニートラップは完全に封印したようだ。

「こういう会社に来たのは初めてですが、見たことがある雰囲気ですね」渡が無難な話題を切り出した。

「そうですか？」

「新聞社の編集局のようですね。そういうところは見たことがあります」

「実際、やっていることは同じです。うちはニュースメディアですから」

「新聞を出しているわけではないのですね」

「ええ……それで、今日はどういったご用件で？」ゆるゆると進む会話に耐え切れず、
青井は本題を急かした。向こうの罠《わな》にかかったかもしれないと思ったが、自分だって暇なわけではない。

「日本新報を買収されるとか」

いきなりそれか……青井は口を閉ざした。どういう返事が無難なのか。そもそも向こうの狙いは何なのか。政治家が絡んでくるような話とは思えない。

「そういう交渉をしているのは事実ですが、それ以上詳しいことは言えません。これはあくまで、民間企業同士のビジネスの問題ですから」青井は釘を刺した。政治家が首を突っこむ話ではない、と遠回しに表現したつもりだった。

「もちろん、それは了解しています。ただ、事は日本を代表するメディアの問題ですからね。本当に買収となったら、社会的な影響も大きいでしょう」渡の話し方は粘っこかった。相手がギブアップするまで、延々と話し続けるタイプかもしれない。実際、先ほど電話した古いネタ元は、「しつこいから気をつけろよ」と忠告してくれた。

「まだ何も決まっていませんよ」

「うちの三池が、今回の件を非常に気にしておりましてね」

「三池さんが？」

「ご存じのように、三池はメディア議連の中心的な存在として活動しています」

その件か、と青井はピンときた。メディア議連は、何かと評判の悪い組織である。ネットでの言論規制を全面的に打ち出していることなど、青井に言わせればとんでもない話だ。確かにネットでは、名誉毀損的な情報、迂闊に信用すると痛い目に遭う偽情報などがしばしば流れるし、それについては青井自身も問題だと思っている。だがそれは、ネットの中で解決されるべきことなのだ。政治が介入してきたら、いずれは言論の自由が奪われる。メディア議連の活動は、政治家の本心を図らずも明らかにするものだと思う。庶民は余計なことを言わず、お上《かみ》の言うことを黙って聞け——最終的に待っているのは言論のコントロール、弾圧だ。

「今回の件、どこまで進んでいるんですか」渡がさらりと訊ねる。

「それは申し上げられません。先ほども申し上げましたが、あくまで民間の商取引ですから」

「重要な問題なんですがね」

「それは承知しています」

「マスコミ——新聞社が外資系企業に身売りすることには、いろいろな問題があると思いますが」渡がソファに身を沈める。上目遣いに、青井を睨むように見つめた。

「問題は全てクリアできると考えています。前例がないだけで、できないと考えてしまうのはいかがかと」

「日本を代表する新聞社が外国企業の傘下に入る——国民の間にも動揺が広がると思いますけどね。外国企業の傘下にある新聞に、公正な報道ができるとは思えない」渡がねちねちと攻めてくる。

「そちらの仰る公正というのは、どういう意味ですか？　政権の批判を一切しないことですか？」青井は思わず反論した。日本の権力者は打たれ弱い。それ故、ネット規制などという考えが出てくるのだ。

「公正な批判なら大歓迎ですよ」渡はびくともせず、相変わらず薄い笑みを浮かべている。「質の高い報道は、民主主義を支える基本ですしね。現代においては、なかなか難しいことですが」

つまり、今の報道は質が低いと言いたいのか……青井は黙りこんだ。渡の指摘が楔《くさび》になって胸に刺さる。

「三池は、アメリカにもいろいろと伝がありましてね。向こうの議員、メディア……外国企業が日本のマスコミを買収することについて、これから問題提起していくつもりです」

「つまり、買収交渉をやめろ、ということですか」

「私は何も申し上げていませんが」

日本人らしい、曖昧なやり取り。しかし渡の意図は簡単に読めた――交渉を打ち切れ。その後、新報がどうなるかは、また別問題ということだろう。アメリカ人が日本の新聞を経営するのが気にくわないだけなのだ。いかにも現状維持を大事にする政治家らしいやり方だ。

「だったら、特にお話しすることはないと思います」青井は話を切り上げにかかった。こんな形でプレッシャーがかかってくるとは思ってもいなかったが、だらだら話を続ける意味はない。

「そうですか。お話しする余地はあるかと思ったんですが」

「私はアメリカの会社の日本法人で働いていますから、何事もアメリカ流……何か要求がある時は、白か黒かではっきり言います。グレーはあり得ない」

「ここは日本なんですけどねえ」粘っこい口調で渡が続ける。「アメリカ流のやり方では、日本でビジネスはできないのでは？」

「今まで、十分成功していますよ。ご心配なく」

「そうですか」渡が、腿をぴしりと叩いて立ち上がった。「お分かりいただけるかと思っていましたが、残念です」

「三池さんに伝えてもらえませんか？　違法でない限り、政治家には民間企業のやることを止められませんよ」

「いや、方法はあります」

「どんな？」

「それを今言ったら、ゲームにならないでしょう」

「これはゲームじゃありません」断言して、青井も立ち上がった。「日本有数の伝統あるメディアを守る戦いです。それを邪魔するということは、三池さんは新報が潰れても構わないと思っている——そう判断します」

渡が薄笑いを浮かべ、一礼する。亜都子が素早くテーブルを回りこんで、渡を社長室から外へ送り出した。そのまま姿を消す——このビルを出るまで、しっかり見送るつもりだろう。

五分ほどして亜都子が帰って来た。

「嫌な奴ですね」本当に嫌そうに吐き捨てる。「今の話、どういうことなんですか？」

「新報の中の誰かが、三池に泣きついたんじゃないかな」

「そんなこと、あるんですか？」亜都子が目を見開く。

「反対している人間もいるはずだ。でも、政治家に泣きついたって、何にもならないよ」

果たしてそうか……渡というのは、どうも腹に一物《いちもつ》持っていそうだ。汚い仕事もこなしてきたというし、こちらを止める材料を、どこかから見つけ出すのではないだろうか。

「方法はあります」というのは、単なるブラフとは思えない。

「このまま蹴れると思います？」

「どうかな」青井はゆっくりと顎を撫でた。「あの男は、そう簡単には諦めそうにない。何か、もっと強烈な手を打ってくると思うよ」


青井の予感は当たった。四日後——新報との定例交渉を翌日に控えた月曜日、社の顧問弁護士からいきなり電話がかかってきたのである。

「訴える、と言っている人間がいるんです」弁護士の河田《かわた》は青井の大学の後輩で、昔から面識のある気安い男だ。

「理由は？」

「名誉毀損」

「ちょっと待て」青井は思わず受話器を右手から左手に持ち替えた。利き手でない方の手で受話器を持つべし——というのは、記者時代に叩きこまれた鉄則である。メモを取るために、利き手は空けておかなくてはいけない。

「まったく覚えがない。うちの記事に関してか？」

「そうです」

「どの記事だ？」

一日にどれだけの記事を配信しているか……青井はその全てに目を通してはいるものの、とても覚え切れない。

「一か月ほど前なんですが、大学教授の発言を論評した記事があったでしょう。東都大《とうと》の萩本《はぎもと》教授」

「ああ……いや、ちょっと待ってくれ」

青井は自分のパソコンで、記事のアーカイブを検索した。「東都大　萩本」のキーワードで、すぐに二件引っかかる。リンクをクリックして記事の内容をざっと見ていく……ああ、思い出した。政府税調のメンバーである萩本教授が、政府の景気対策について批判的な発言をしたことが、まず「初報」で記事になっている。その後、内容をより詳しく紹介しつつ論評した、一種の解説記事を掲載している。書き手は、経済紙出身のベテラン記者。

政府の景気対策は、中国市場の縮小、それに影響された株価低迷などで効果が薄れてきたと言われているが、初報は、萩本教授が講演会で「失敗だった」と明言したことを簡単に伝えるだけだった。その後の「解説」は、この発言をきっかけに、萩本教授の「変節」ないし「自己批判」を皮肉っぽく紹介した内容になっている。そもそも現在の政府の経済政策の根幹を作ったのが萩本教授なのに、それをいきなり「政府の失敗」と言い切る神経は理解できない——皮肉な調子で記事をまとめたくなるのも当然だと青井も思った。

「その記事の、萩本教授の発言部分が事実無根だと」

「まさか」

もう一度記事を読み直す。講演会での発言は、基本的に「」でくくられている。新聞業界では——AMCも同じだ——こういう書き方をした時は、記者が直接その発言を聞いた場合と決まっている。又聞きや引用の時は、その旨を明記するのが礼儀だ。

「確認するけど、絶対に直接聞いてるよ。講演会に顔を出したはずだ。録音も残っているかもしれない」

「講演会の後で取材を受けたことは認めています。萩本教授は、記者の名刺も受け取っていたそうですよ」

「書いたのは相沢《あいざわ》だな」記事には署名がある。

「そうです。そっちには、抗議がなかったですか？」

「初耳だ」

そこで青井は、おかしいと気づいた。マスコミに——マスコミに限らないかもしれないが——抗議する人は、まず直接会社に電話を突っこんだりメールを送りつけたりするものだ。広報などが対応し、万が一裁判沙汰となればいよいよ弁護士が出てくる。いきなり提訴というのは、普通はあり得ない。

「提訴の話は、萩本教授本人から？」

「いや、担当弁護士からですが……帝都《ていと》弁護士事務所の笹崎《ささざき》という弁護士です」

「知らない人だな」

「ちょっと気になるんですが……この前、三池代議士の話をしたでしょう？」

「ああ」法律的な問題が生じることを想定し、念のために河田に相談しておいたのだ。

「それが何か？」

「この事務所、三池代議士と関係がありますよ」

「何だって？」

思わず声を張り上げ、立ち上がってしまう。受話器を握る手が一気に汗ばんだ。開いたドアから、亜都子がひょこりと顔を覗かせる。怪訝そうな表情を浮かべていたので、青井は手を振って追い払おうとした……が、思い直して手招きする。亜都子は慎重な足取りで社長室に入って来た。

「三池の息子さんが、この事務所の事務長なんですよ」

「じゃあ、実質的に三池の事務所じゃないか」

「そういうわけではないようですけど、とにかく関係が深いのは間違いないですね。どうします？」

「向こうは、訴訟について何と言ってるんだ？」

「そちらに正式に抗議文を送り、それに真摯に対応しないようなら提訴だ、と言っています。もしかしたら、あり得ない賠償金額を請求して、嫌がらせしてくるかもしれませんね。その前に、記者会見して事実を訴えるんじゃないかな」

「事実じゃない」青井はすぐに訂正した。「まだ担当者に事情も聴いてないんだから、決めつけないでくれ」

「失礼しました」電話の向こうで、河田が咳払いした。「とにかく、まずは事実関係を調べてもらえませんか？　それがはっきりしてから、対応策を決めましょう。それと、向こうから何か言ってきたら、すぐ私に連絡して下さい」

「分かった」

叩きつけるように受話器を置き、顔を上げる。亜都子がびっくりしたような表情で青井を見た。

「どうしたんですか、ボス？」

青井は事情を説明し、「デスク連中は揃ってるか？」と訊ねた。

「この時間ならいるでしょう」

「すぐに会議だ。三池をぶっ潰す」

「三池をぶっ潰す」会議はすぐには始まらなかった。まず問題の記事を書いた相沢から、取材の様子、それに記事の内容について事情を聴かねばならなかったからだ。いきなり「訴える」などという話が出てきて、相沢は血の気を失ったが、自分はミスしていないと断言した。その証拠は、音声ファイルである。講演の後に立ち話で取材した時に、用心深い相沢はわざわざ録音して、記事を書き終えてからも音声ファイルとして保管していたのだ。

「これは言いがかりだ」オリジナルの音声ファイルを聞いた青井は断言した。「どうとでも取れる——解釈できる発言をしている。これで誤解されたと言うなら、むしろ萩本教授の責任だろう」

「話している時のニュアンスは、記事の通りですよ」依然として蒼白い顔のまま、相沢が訴えた。「こっちは直接会って話をしてるんです」

「ああ」

「ただの言いがかりです」相沢が言い切った。顔には血の気が戻ってきている。「一種のスラップ訴訟ですね。巨額の賠償金を吹っかけて、こちらをビビらせようとしている」

「三池は、新報の買収から手を引かせようとしているんだ」

「まさか」また相沢の顔が蒼白くなる。「意味が分からない……」

「とにかく、やることは一つだ」

昼過ぎ、青井はようやく全デスクを集めた。本来なら、ニュースの処理に一番熱を入れている時間である。昼は、昼食休憩中のサラリーマンが、ネットで時間潰しをしている時間帯なのだ。

「忙しいところ、申し訳ない」頭を下げて一言謝ってから、青井は声を張り上げた。「皆さんも知っての通り、日本新報の買収について、本社の意向を受けて交渉を進めてきたが、横やりが入った。おそらく、新報内部の不満分子が泣きついたんだろうが、民自党代議士の三池サイドがちょっかいを出してきたんだ。今日、うちの記事について訴訟の準備をしている人間がいる、という連絡が顧問弁護士から入った」

一度言葉を切り、青井はデスク全員の顔を見回した。五人とも緊張しきり、言葉も出ない。青井は顔が紅潮するのを意識する。知らぬ間に拳も握り締めていた。

「この訴訟に関しては、完全な言いがかりだ。裁判になれば勝てる可能性は十分あると思う。しかし我々は、裁判に巻きこまれたくない。余計なスキャンダルを抱えれば、新報の買収どころか、ＡＭＣの看板にも傷がつく。それに訴訟は時間の無駄だ。だから回避するために、逆襲することにした」

「逆提訴ですか？」相沢が遠慮がちに訊ねる。

「違う」青井は相沢に厳しい視線を送った。「三池は元々、ネット規制派だ。要するに、自分たちが悪口を言われたくないから、ネットでの発言に網をかけようとしている。単なる小心者で、民主主義の敵だ。だからこの機会に、三池を叩き潰す。表舞台から退場してもらう」もう一度全員の顔を見渡す。「三池に関しては、昔から金の問題でいろいろ噂がある。それを洗い直すんだ。スキャンダル——いや、犯罪行為を暴いて、奴には消えてもらう。これはAMCだけではなく、民主主義を守るための戦いだ。新聞も雑誌も、今は政治家に遠慮してまともな報道ができていない。だったら俺たち、ネットを主戦場にしている人間がやれるところを見せてやろう」

昔なら——青井は思った。二十年前の新報なら、上の人間が檄《げき》を飛ばせば鬨《とき》の声が上がっただろう。だが、AMCのデスクたちの顔に浮かぶのは戸惑いだけだ。時代の変化なのか、ネットというメディアで働く人間の特性なのか。

「浜口、PTを作ってくれ」これはプロジェクトチームでしっかり取り組むべき問題だ。

「……分かりました」浜口がうなずいたものの、口調は重い。

「この件は最優先だ。我々がメディアとして認められるかどうかも、この件にかかってるんだぞ。単なるプラットフォーム……ニュースを集めて配信するだけじゃなくて、自分たちで取材してニュースを書く。それができてこそ、メディアとして認められるんだ。単なる器で終わるつもりはない！」

7

三池は議員会館の自室の中を行ったり来たりしていた。落ち着かない……打てる手は打った。最初に小さな圧力をかけ、次いで訴訟をほのめかして圧力を高める。ＡＭＣはそれで、新報の買収から手を引くのではないかと予想していた。所詮はネットメディア、こんな形で圧力をかけられれば、耐え切れるはずもない。

しかし、読みは外れつつある。

ＡＭＣ側の反応が鈍い。正式に抗議文を送らせたものの、返答は「内容を検討します」だけ。馬鹿にされているように感じ、三池はずっと胃に痛みを抱え続けていた。乱暴に引き出しを開け、愛用している胃薬を取り出す。本当は水が必要な粉薬なのだが、そのまま呑んでしまう――むせて、大きな咳をしてしまった。咳きこみが止まらない。慌てて、渡が部屋に飛びこんで来た。何が起きたか、ずっと見ていたかのように、ペットボトルを持っている。

顔が熱い……こんなに咳きこんだら、そのうち脳の血管が破裂するのではないかと三池は恐れた。水を一口飲み、意識してゆっくりと喉に流しこむ。薬の引っかかりが消えた。続いて大きく呷《あお》る。冷たい水が流れ落ちた拍子に、また喉に痛みを感じた。咳がひどくなってきたのも気にはなるが、立ち止まっている暇がない。新報の問題に関わっていなければ、医者へ行く時間も取れるのだが……。

「大丈夫ですか」静かな口調で渡が言った。

三池はペットボトルを握り締めたまま、ソファにへたりこんだ。まったく情けない……ちびちびと水を飲みながら、咳が治まるのを待った。ようやく落ち着くと、ペットボトルが凹《へこ》むほど力を入れていたことに気づく。

「先生、スケジュールを調整しますから、一度病院の方へ……」渡が遠慮がちに切り出した。

「そんな時間はない」不機嫌に言って、三池はまた水を一口飲んだ。「政治家は、病気の噂が立ってもいけないんだ。それだけで政治生命は終わる」

「しかし、体が第一です」いつも従順な渡だが、今日は引こうとしなかった。「体を壊しては、何にもならないでしょう。先生には、まだまだやっていただくことがたくさんあります」

「もちろんだ。まあ……いずれ時間を見つける」

「分かりました」

ペットボトルを受け取るつもりか、渡が手を差し出す。三池は首を横に振って、またボトルをきつく握った。今ではこれが命綱……まさか。

青い顔をした渡に声をかける。

「まだ煙草を吸ってるのか」

「ええ」渡が渋い表情を浮かべる。

「そろそろやめておけよ」三池はそっと喉を擦った。「百害あって一利なし、だぞ」

渡が無言でうなずき、部屋を出て行く。三池はソファの肘掛けを握って立ち上がった。体から力が抜けている。年を取ったものだ、と初めて意識する。これまでまったく病気には縁がなく、体力にも自信があったのだが……自分の政治家人生も、そろそろ終わりに近づいているのだろうか。思えば、混乱の中にあった政治活動だった。政党の再編、民自党の下野、そして政権復帰。戦後、これほど政界が揺れた時代はなかっただろう。自分はそこに、どんな爪痕を残せたのか。

これから残せるのか。

デスクにつき、電話を取り上げる。長澤の携帯を呼び出すと、すぐにつながった。

「三池です」

「風邪でも引かれましたか？」

長澤が心配そうに言ったので、三池は咳払いして喉のもやもやを吹き飛ばした。

「失礼……少し喋り過ぎましてね。政治家の悪い癖ですよ」デスクの引き出しを開け、喉飴《のどあめ》を取り出す。口に放りこみ、喋るのに邪魔にならないように右頬へ寄せた。喉の痛みが引いていくのを感じる。

「それで……どうかしましたか？」長澤が慎重な口調で訊ねる。

「実は、ＡＭＣ側の反応が、予想したより鈍いんです」

「訴訟も効果がないんですか」長澤の声が強張る。

「どうも、嫌な予感がします。向こうは何か、対抗策を考えたのかもしれない」

「と言いますと？」

「いや、それは分からないんだが……」

「こちらとしては、どうすればいいですか」長澤が暗い口調で訊ねる。

「取り敢えず、向こうの出方を待つしかないでしょうね」しっかりしろ、と自分を叱咤する。困った時にこそ必死に考え、立て直してきたではないか。自分は窮地に立った時こそ、本当に力が出せるタイプだと思っていたのに。「それより、そちらの方はどうですか」

「組合が動き始めましたよ」急に長澤の声が明るくなる。「部長連中に通告したのが効いたんでしょう。組合で全組合員アンケートを取って、会社側に突きつけるつもりのようです」

「なるほど」それにどれほど効果があるのか、と三池は疑った。新報の組合など、所詮は御用組合だろう。シビアに交渉した「ふり」をして、結局は会社側の方針を容認する。

多少なりとも有利な材料――組合員の雇用確保とか――でも引き出せれば、勝利宣言をするのではないか。「部長クラスは、組合員ではないですよね？　そちらの反応はいかがですか」

「一石を投じたとは思います。組合が全組合員アンケートを取ることを決めたのも、部長たちの間に動揺が走ったからでしょう」

「では、新報の社内は今、大揺れになっているわけですね」

「ええ。最終的には株主総会での決定になりますが、その前――取締役会での定款変更にも影響を及ぼしたい」

「できるんですか？」株主は、株主総会で発言できる。しかし取締役会はそれとは別の存在だ。取締役会は意思統一し、株主総会の根回しをする――それすらできなくなったら、もはや身売りは不可能だろう。

しかしその後は？　三池はにわかに心配になった。今や新聞は、日本の言論界――そもそもそんなものがあるかどうか分からないが――の中心から滑り落ちているとはいえ、倒産という事態にでもなれば、影響は小さくない。少なくとも戦後、日本で全国紙が倒産したケースはないのだ。三池にとって新聞は敵のようなものだが、なくなれば状況は変わってくるだろう。政治家側が、ますますマスコミをコントロールしやすくなる――それこそ三池の望む世界なのに、何故か不安だった。

新報には、救いの手を差し伸べるべきかもしれない。ここで恩を売っておけば、今後のコントロールはさらに容易になるだろう。衰えたりとはいえ、新報は未だに三百万部の部数を誇る大新聞だ。そういうメディアを自分の思う通りに動かせれば、何がしかのメリットはあるだろう。

三池は頭の中で、素早くシナリオを練り上げた。AMCとの交渉を頓挫させ、自主再建の道を探らせる。その際、長澤の発言力が大きくなっていれば、こちらの意思を介入させる機会も増えるわけで——ただし新報は、非上場企業であり、株式の譲渡はほとんど行われない。長澤が、今以上に株を集めるのも不可能だろう。となると、株主の勢力図は今と変わらない……どうにも上手くいかない。

「とにかく、状況が変わったらまたご連絡します」三池は話を締めにかかった。

「こちらからも……必ず、すぐに次のフェーズが来ますから」

電話を切り、三池はまた水を一口飲んだ。喉飴の甘さがすっと流れていく。どうにも不安……こんな気分になったのは政治家になって初めて——もしかしたら生まれて初めてかもしれない。

8

「当然の結果だろうな」新里が静かに感想を述べた。

南は目の前の紙の束に視線を落とした。「身売りに賛成」三パーセント。「反対」八十五パーセント。「どちらとも言えない」十二パーセント。組合員は、圧倒的に身売りに反対している。しかも回答率は九十八パーセント。出張中の人間などを除けば、ほぼ全員から回答を得ている計算だ。それだけ関心が高い……。

この数字は重い。

新里の部屋に集まった社長室の主要メンバーは、全員が無言で、組合から提出されたアンケート結果に目を通していた。数字だけではなく、自由意見も添付された結果、分厚くなっている。南は、そこから社員たちの不安や不満が瘴気《しょうき》のように立ち上ってくるのを見るようだった。

アンケート結果は、さらに詳細に分析されている。「反対」の中でも、特に「紙の新聞廃刊」に対して、抵抗の声が強い。自由意見に目を通していくと、身売りなどほとんど不可能ではないかと思えてくる。

・廃刊には絶対反対。新聞を出さない新聞社には存在価値がない。
・リストラなどの策を考えず安易に身売りに走ったのは、経営陣の怠慢。責任放棄だ。
・ＩＴ系企業への身売りはあり得ない。新報の歴史に泥を塗るものだ。

・マスメディアの役割に対する意識が低過ぎる。どれだけ厳しい経営状態でも新聞を出し続けることが、民主主義を守る手段だ。
・社員の生活保障に関する経営陣の意識が低過ぎる。雇用確保が最優先であるべきなのに、大規模なリストラ前提の身売り交渉は間違っている。
・紙の新聞廃止、完全電子化で、編集部門は二十四時間稼働になる。労働条件の悪化に対する手当ては考えているのか。

賛成派の中にも厳しい声が多かった。外資系の傘下に入るのが不安なようだ。

・交渉相手を間違えている。外資系への身売りは、日本のメディアとしていかがなものか。
・国内での身売り先を探すべきだ。外資系の傘下に入るということは、これまでの論調やニュースの扱いなどに大きな変化が生じる。長年の読者を一気に失う恐れもある。
・AMCのこれまでの実績を考えると、新報の立て直しが成功するかどうかは賭けになる。AMCの財政状況などの身体検査は万全なのか。

南は密かに溜息をついた。全部に目を通していたら、一日かかりそうだ。組合の活動はずっと低調で、一年のメーンイベントである春闘さえ、最近は大した盛り上がりもなく収束している。だが、さすがに自分たちの将来がかかっていれば、誰もが一言言わずにいられないようだ。これまで地下で渦巻いていた不安が一気に噴出した感もある。はっきりと溜息が聞こえた。隣に座る石島が、額に手を当て、うなだれている。アンケートを読んでいるようで、視線はあちこちを彷徨《さまよ》っていた。

「このアンケート結果は、重視しなければならない」新里がぽつりと言った。「数字もさることながら、わずか一週間でこれだけの回答が集まったということは、組合員が身売りに対して大きな関心と不安を抱いている証拠だ」

「どうしますか」助けを求めるように石島が訊ねる。

「現段階では、組合対策はやりようがない。取り敢えず、定期的に交渉の様子を報告して、組合側の出方を待つしかないだろうな」

「これだけ組合員の反対が多いと、今後はますますやりにくくなりますよ」石島が腕時計に視線を落とした。「株主総会まで、あと二か月です。組合大会まで一か月……それまでに社内の意見をまとめるのは不可能です」

「反対という一点でまとまってるじゃないか」

新里が皮肉を吐いたので、南は内心驚いてしまった。こういう台詞を口にする人ではないはずなのに。いきなり回ってきた大役に、本人もまだ対応できていないのではないか、と南は訝った。

「とにかく、この結果は軽視できない。組合への説明が遅れたのは、こちらの判断ミスだったな」

新里が石島に厳しい視線を送る。それに気づいた石島はまたうつむいてしまったが、新里の怒りは見当違いだ、と南は思った。こういうことは、社長室長だけの判断で決められるものではないだろう。

会議が終わり、部屋から出ようとしたところで、南は新里に引き止められた。嫌な予感を抱えながら、新里のデスクの前で「休め」の姿勢を取る。

「青井の方はどうだ？　連絡は取り合っているか」

「いえ。最近は切れています。あまり頻繁に会うと、向こうも警戒すると思いまして」

「そうか」新里がうなずく。「しかし今後は、事態が急に動く可能性が高いから、パイプはつないでおいてくれ。裏交渉も視野に入れる必要がある」

「裏交渉、ですか？」「裏」という言葉に嫌な響きを感じ、南は低い声で訊ねた。

「裏交渉という言葉が悪ければ、下交渉でもいい。向こうは、発行停止という条件を変えるつもりはないようだ」

「ええ」こちらも、明確な答えを出していないのだが……それで青井はだいぶ苛ついているのでは、と南は想像していた。

「紙の新聞は発行停止にする」

南ははっと顔を上げた。新里の口からこの決断をはっきり聞いたのは、初めてである。ついに、百三十年の新報の歴史を終わらせるつもりなのか……唾を呑もうとしたが、喉が強張ったようで上手くいかない。南は思わず両手の拳を握っていた。

「しかし、三年後だ」新里が人差し指、中指、薬指を立てた。「まず、ＡＭＣによる買収を成立させ、その後、新体制で会社の立て直しを図る。もしも立て直しが上手くいけば、そのまま発行し続けられるかもしれない」

「先送りですか……」この案は上手くいかないだろう、と南は予想した。ＡＭＣ側は、新報を全面的に変えたがっている。中途半端な条件提示は、即座に蹴られてしまうだろう。

「ああ。これが妥協点だと思う。次回の交渉で話をするつもりだが、その前に青井に会って、こちらの方針を伝えて欲しい」

「拒絶されたら……」

「その時はまた考える。とにかく、まずはこちらから条件を出していかないと、話し合いは進まないからな。実際、ここ一か月以上、ＡＭＣとの交渉はまったく進んでいない」

「ええ」

「そろそろ本腰を入れる時期だ。これが唯一の妥協案だと思う。取り敢えず三年間、今まで通りに新聞を出し続けられれば、組合を説得する余地も出てくるはずだ」

「はい」

「上手くいかないと思ってるな？」新里がずばりと斬りこんでくる。

「いえ、話してみないことには、何とも」南は言葉を濁した。

「それが分かっているなら、やってくれ。とにかくアクションを起こさないことには、何も始まらないんだ」

「分かりました」青井と会うのは気が重い……しかし確かに、何かを動かさなければ、今までの仕事は全て無駄になる。

「それともう一つ、AMCに関して妙な動きがあるようだ」

「と言いますと？」この人のネタ元は誰だろうと不思議に思いながら、南は訊ねた。

「まだよく分からないが、何かトラブルを抱えこんだという噂がある。訴訟沙汰になるとか……もしもそうなら、状況は大きく変わってくる」

「メディアが訴えられるのは、珍しくもないと思いますが」

「AMCに関しては、今までそういうことはなかったはずだ。その辺についても探りを入れてくれ」

「……分かりました」また厄介な仕事を。しかしこれは、一種の取材なのだと自分に言い聞かせた。記事を書かないだけで、情報を探るという点では、記者の仕事と変わらない。

「正念場だぞ、南」

「はい」

自分にとっても、新里にとっても。

そしてもちろん、日本新報にとっても。


青井とは、その日の夕方に会う約束を取りつけた。向こうが勘違い――AMCへの移籍を受諾する話だと――をしていないことを祈りながら、遅い昼飯を摂る。社食の片隅でカレーを食べ始めた瞬間、「やあ」と声をかけられる。顔を上げると、同期で資料室に勤める東海林《しょうじ》だった。

「ああ」少し表情を緩めてうなずく。南にとっては数少ない、気安く話せる相手なのだ。

「ここ、いいか?」

「見ての通り、空いてるよ」

東海林が南の前に腰を下ろす。何だか元気がない……彼は、富山支局から本社に上がって来る直前に肝炎を発症して、取材部門ではなく資料室に配属された。今日は明らかに調子が悪そうだ。昼食もにゅうめん……胃を壊している時の食べ物だ。

「ずいぶん貧相な食事だな」

「ちょっと胃の調子が悪くて」東海林が腹を擦る。「しかし、社食でにゅうめんがあるのはどうなのかね。それだけ胃をやられてる人間が多い証拠だぜ」

「確かに」アルコールとニコチンの依存症、それに胃潰瘍は、新聞記者につきものだ。

「アンケート結果、すごかったな」東海林が切り出す。

「ああ……ほぼ反対だったね」

「まあ、そうなるよなあ。もしかしたら賛成は、社長室の人間だけだったとか」

「社長室の人数は、会社全体の一パーセントもいないよ」

「そうか」東海林がにゅうめんを食べ始める。いかにも面倒臭そうで、取り敢えずのエネルギー補給のためでしかないようだった。

「調子、悪そうだな」

「よくはないな」丼から顔を上げ、東海林が渋い表情を浮かべて宣言する。「でも、仕事は休まないよ」

「ちょっと療養した方が……」

「休んでると、席がなくなりそうなんだ」東海林が寂しそうに笑った。

「そんなことないだろう」南は即座に否定した。「病気療養なら……きちんと手続きをすれば大丈夫だよ」

「俺、たぶん記者職には戻れないと思うんだ。取り敢えず、今の仕事にしがみついているしかないんだよな」

南は無言でうなずき、彼の言葉に同意した。仕事を続けられるかどうか、不安なのだろう。資料室の仕事はそれほどハードではないとはいえ、新聞社には絶対必要なセクションだ。新聞記者は常に、過去の記事などを参照する。データを整理する役割は極めて重要である。そうやって、少しでも会社の役に立っていると実感したいのだろう。

「永島《ながしま》が辞めるらしい」

「マジか」南はスプーンを宙に浮かしたまま訊ねた。同期の永島は、政治部で政友党《せいゆうとう》を担当している。「もう決まったのか？」

「俺は直接聞いたわけじゃないけど、そうらしい」

「これで二人目か……」南は、辻に騙されたことを思い出して暗澹たる気分になった。東海林は愚痴を零す相手としては相応しいのだが、さすがにこの件は打ち明けられない。さらに、自分も新里も懸念していた「退職の雪崩現象」が現実になりそうで怖かった。

「永島は、辞めてどうするんだ？　まさか辻みたいに、東日に行くんじゃないだろうな」

「田舎に帰るらしい。奴の親父《おやじ》さん、地元で会社をやってるんだよ」

「じゃあ、後継ぎになるのか？」それなら、必ずしも新報を見限って出て行く感じではない。

「その辺はまだ聞いてないけど」東海林の表情は晴れなかった。「実は、あいつだけじゃないんだ」

「え?」

「俺たちの同期以外にも、辞めそうな人が何人もいるそうだよ」

「そうか……」南はスプーンを皿に置いた。食欲はすっかり失せてしまっている。

「このまま身売りの話が進めば、辞める人が続々出てくるかもしれない」東海林が溜息をついた。「でも、軽々な行動は避けたいよなあ。新聞社に勤めていても潰しがきくわけじゃないし……残るも地獄、出るも地獄かもしれない」

南は唇を噛んだ。この会社は、足元から崩壊しつつあるのではないか? 新聞社にとっては、人材こそ財産だとよく言われる。人がいなくなれば、新聞社という「箱」になど何の価値もないのではないだろうか。実際、優秀な人から抜けていくはずだ……そういう人には誘いもあるだろうし、新報を出てもやっていける自信は強いだろう。

「お前はどうする?」東海林が訊ねた。

「どうって……」答えにくい質問だった。

「身売りしたら、社長室はどうなるんだろうな。組織を新しくしたら、今みたいな感じでは残らないんじゃないだろうか」

「総務に統合されるかもしれないな」実際には社長室は、局と部の中間にあるような存在である。だから室長も、立場的には局次長と同じ地位だ。

「あるいはチャンスかも」

「というと？」

「大幅な組織変更で、記者職に戻れるかもしれないじゃないか」東海林の顔がようやく明るくなる。「新聞を出す出さないに関係なく、ニュースを扱うなら記者は必要だろう」

「それはそうだ」かすかな希望。流れに身を委ねていれば、いつかは……とも思う。

「ただ、ネット専門の新聞社になって、今まで通りに取材できるのかな」

「どういうことだ？　取材のやり方に変わりはないだろう」

「記者クラブの問題だよ。新報の名前は残るにしても、ネットのニュースサイトだったら、記者クラブに常駐させてもらえないんじゃないか？　会見ぐらいは出られるかもしれないけど、会見で出てくる話なんて限られてるからね。クラブでずっと張っていないと分からないことも多いだろう」

「ああ。でも、今もＡＭＣは普通に取材してる。記者クラブに入ってないと取材ができないわけじゃない」

「だけど実際は、かなり制約されると思うよ……身売りねえ」東海林が顎を撫でる。

「正直、俺自身は、仕事があればどこでもいいんだ。ただ、ＡＭＣが壮大な実験をしようとしているなら、俺たちの居場所があるかどうか、分からないな」

「メディアの再編か」

「そう」東海林がうなずく。「今みたいな取材のシステムや新聞の作り方は、百年以上かかってできあがったものだろう？　でも、社会はすっかり変わってしまった。新聞のシステムだけが古びて、制度疲労を起こしていると思うんだ。だから……」

「思い切って全部変えてみる。うちがその実験台になる」

東海林が無言でまたうなずいた。

もしもそうなら……実験に失敗はつきものではある。


「オファーを受ける気になったのかな」

会うなり、青井が切り出してきた。先日と同じ喫茶店……ＡＭＣを訪ねて行く気にはなれなかった。今は、敵陣に入りこんで勝負をするような元気はない。忙しい青井がわざわざ出て来てくれたのは、本当に南の「イエス」が聞きたかったからかもしれない。

「すみません、今日はその話ではないんです」南はすぐに頭を下げた。何となく……この男が嫌いではなくなっていた。交渉の席での余裕のある態度。新報に対する恨みを漏らすこともない。様々な経験をしてきた「大人」なのではないだろうか。

「ということは、オファーはまだ有効だ」青井が笑った。「君は断ったわけじゃないから……で？」

今日はちょっと様子が違う。普段の青井は、焦る素振りさえ見せない男なのだ。しかし今は、妙に前のめりというか、急いでいる。もしかしたら、この後、用事があるのかもしれないと思い、南はすぐに本題を切り出した。

「社長からの提案です。今日は下話ということですが……紙の新聞の廃刊の件を先延ばしにしてもらうわけにはいかないでしょうか」

「先延ばし？」青井が目を見開く。

「廃刊する前提で買収の手続きを進める……例えば、三年後に廃刊という方向です」

「そのメリットは？」

「廃刊となれば、大幅に人員を削減しなければいけません。しかし短い時間では、再就職の手当ても大変です。しかし、三年間を準備期間として使えれば、十分な手当てができると思います」

「なるほど」

「それで、虫のいい話ですが……三年の間に経営状態を立て直せれば、廃刊しないで済むかもしれません」

「問題を先送りにしているだけじゃないか？」

「実は、全組合員にアンケートを取ったんです。圧倒的多数が身売りに反対でした」

「だろうな」青井は動じなかった。「でも、それをきちんと説得するのが、経営陣の役目じゃないかな。我々は、そこには関与できない。それに、身売りを持ちかけてきたのはそちらだということをお忘れなく」

青井は、どちらが強い立場にあるか、とでも問いたげだった。

「しかし、この条件を受けてもらえれば、組合側を説得する材料にもなります。例えば……組合員の過半数が身売りに賛成すれば、経営陣も押し切れると思います」

「こういう重大な問題は、過半数の賛成では足りないだろう」青井がうなずき、一瞬視線を落とした。すぐに顔を上げ、ゆっくりと首を横に振る。「そちらの条件はわかりました……承知してくれているとは思うが、この件は私の一存では決められない」

「本社の意向が大事、ですね」

「というより、それが全てだ」

「日本法人の意向は、まったく関係ないんですか？」少し挑発してやろうと、南は身を乗り出した。「買収が完了すれば、実際に会社を運営していくのは日本法人ですよね？青井さんが社長になるんじゃないですか？だったら、日本側の意向も重要なはずです。アメリカ本社には、こっちの事情はまったく分からないでしょう」

「新たな経営陣をどうするか——そういうことは決まっていない」青井の表情が珍しく強張る。

「本社の言いなりでいいんですか？」

「本社と日本法人は一体だ」

あくまで冷静を貫くつもりか……青井は間違いなく、海千山千の男である。自分の感情を押し殺して交渉を続ける術ぐらい、身につけているだろう。見習いたいものだ、と南は真面目に思った。自分は冷静さを失って、何度失敗したことか。

しかし、まったく動じないとなると、また攻撃したくなる。南は今日の話のもう一つの目的——ＡＭＣのトラブルについて口にすることにした。

「今、ＡＭＣは何か深刻なトラブルに見舞われているんじゃないですか？　訴訟沙汰になるかもしれないと聞きました」

「ああ」

青井があっさり認めたので、南は拍子抜けした。この男はやはり、「柳に風」タイプなのか。青井がコーヒーを一口飲み、南を凝視する。途端に居心地が悪くなり、南は体を揺らした。煙草が吸いたい、と真剣に思う。

「君にも関係ある話だ」

「私ですか？」まさか……このところずっと、大人しくしている——トラブルとは一切無縁だ。

自分とトラブルをすぐに結びつけて考えざるを得ないのが情けない。

「三池代議士は知ってるな？　君とは因縁のある人物だろう」

南は無言で顎を引いた。何故、ここであの男の名前が出てくる？　南を駒として利用し、さらに新報内部にまで手を突っこんできた男……南が記者職を外されて社長室にいるのも、あの男のせいだと言っていい。

「まあ、いい……君にも言えないことはあるだろう。無理に聞こうとは思わない」

「どこでそんな情報を？」黙っていることができず、南は思わず訊ねた。

「情報源は絶対に言わない――君なら、そんなことは分かっているはずだ」

山梨の誤報に絡んだ一件。南は本社サイドの調査に対してもネタ元を明かさず、それでトラブルが拡大したのだ。ただ、それに関して後悔はしていない。記者の基本を守っただけだ。

落ち着け、と自分に言い聞かせたが、どうしても反論したくなり、南は青井のアキレス腱《けん》になりそうな話を持ち出した。

「唐突ですけど……うちの会社を辞める時に、重要データを持ち出したそうですが」

青井がきょとんとした表情を浮かべた。まったく覚えがない様子。しかしすぐに、苦笑を浮かべてうなずいた。

「ばれてるわけか」

「違法行為じゃないんですか」南は突っこんだ。

「そうかもしれないけど、使えるようなデータはなかった。私の腕でアクセスできるようなレイヤーには、大したデータは保存されていなかったんだ。何かあると思ってハッキングしたのは確かだけどね……時効だろう」

青井が強引に話を打ち切りにかかる。南としても、これ以上突っこむ材料は持っていなかった。

「いろいろ喋ったけど、AMCが様々な分野を広く、深く取材していることだけは分かって欲しい。君が想像しているような、『広く浅く』じゃないんだ。腕利きの記者を揃えているからな……だから君にも加わって欲しいと思っている」

「その件は……」

「ああ、悪かった」青井が苦笑する。「今日はその話はしないんだったな……とにかく、三池がうちを訴えようとしている。正確には、三池が裏で糸を引いているんだが」

「そういう人間ですよ」南は吐き捨てた。「自分は表に出てこないで、裏で操るのが政治家の役目だとでも思ってるんでしょう」

「だいぶ痛い目に遭わされたようだな」青井が皮肉っぽく言った。

「ノーコメントです」言いながら、南は頬が引き攣るのを感じた。

「まあ、いい……とにかくこれは言いがかりのようなもので、裁判になれば勝てると、うちの顧問弁護士も判断している。問題は、彼がどうしてこんなことをしたかだ。三池はネットの言論規制の急先鋒《きゅうせんぽう》だが、うちが狙われるいわれはない。一つだけはっきりしているのは……新報とのことだな」

「うちの身売りに反対しているということですか」言って、南は唾を呑んだ。

「というより、AMCが新聞を買うことに反対している……渡という秘書が会いに来たよ。その圧力を無視したら、急に訴訟の話が出てきた。うちを圧迫してるんだ」

「卑怯なやり口です」南は怒りで耳が熱くなるのを感じた。

「誰にでも裁判を起こす権利はある」青井は両手を広げた。「アメリカだったら当たり前だ。実際に法廷に引っ張り出さなくても、ただ圧力をかけるために提訴することも珍しくない。アメリカでは、弁護士が儲かるわけだよ」

「交渉を妨害するための一種のスラップ訴訟ですね？　AMCがスキャンダルを抱えこめば、交渉はやりにくくなる……でも、どうして三池が？」

「どうしてだと思う？」

南は、青井の挑発を正面から受け止めることにした。考えろ。ここでちゃんと答えを出して、青井を感心させてやれ。

ふいに思いついた。まさか……証拠は何もないとはいえ、いかにもありそうな話だ。人の相談を受けるのは、政治家の仕事の一つである。三池は既に新報とは「切れて」いるはずだが、誰かが相談を持ちかければ話に乗るかもしれない。

「心当たりがあるようだな」青井が満足そうな笑みを浮かべる。

「こういうことはあまり言いたくないんですけど——言う権利もないと思いますけど、社内には不協和音が広がっています」

「例えば」

「組合は、身売り反対の方向で固まると思います。それは、社員持ち株会の動きにも大きな影響を与えます。もちろん、組合イコール持ち株会ではないのですが」

「なるほど。しかし、組合の幹部が三池に泣きつくとは考えられない」

「ええ。組合関係ではないですが、一人、そういうことをしそうな人間がいます」

そこまで言ってしまって、口をつぐんだ。これはあくまで新報内部の問題であり、青井に話していいとは思えない。しかし青井は、南の沈黙の意味を読み切ったようだった。

「言えない相手か」

「ええ」長澤。立場上、彼なら平気で三池に相談を持ちかけそうだ。卑怯なやり方だが、本人に確かめても認めるとは思えない。「青井さんに言うつもりはありません。確認が取れていないので」

「君は、三池を潰したくないか？」

「潰す？」

「三池に対しては恨みもあると思うが……君は、個人的な恨みでは動かないのか？」

「動きません」

「そうか……妙なブログを見つけたんだけどな」青井が顎を撫でた。決定的な一打を繰り出す前のタメ。ぐっと身を乗り出し、南にしか聞こえない小声で告げる。「ある企業の政界工作を指摘するブログ。あれ、君が書いたんじゃないのか」

「私は別に……」否定しかけ、南は口をつぐんだ。まさか、しっかりと証拠を摑んだのか？　青井のことだから、何らかの手だてを持っているかもしれない。

「当たり、か。勘だったんだけど」

青井がにやりと笑ったので、南は耳が熱くなるのを感じた。はったりに引っかかったのか……こんな初歩的な方法でやられるとは、情けない限りだ。

「君と三池の間に、緊張関係があったのは分かっている。君の誤報の背後には、三池の工作があった。滅茶苦茶な話だぞ？　そういう恨みを簡単に忘れるようじゃ駄目だし、そもそも三池のやろうとしていることは言論の弾圧だ。今回も、言論を弾圧してこの交渉を潰そうとしている。私は、それは絶対に許さない。逆襲する。三池を潰す」

「どうやって……」

「三池のスキャンダルが欲しい。そのネタを、君からもらえるんじゃないかと思ったんだが、どうだろう」

南は無言で首を横に振った。無理……できることだったら、自分でとっくにやっている。

「そうか、仕方ないな」青井が伝票を摑み上げた。南が手を出す暇もなかった。「まあ、君の助けがなくても、私は絶対に三池の尻尾を摑む。だいたい、三池のような人間が好き勝手できる世の中は、間違っている。こんなことがまかり通ったら、民主主義は崩壊するだろう。この社会を守るためにも、ふざけた政治家は必ず血祭りに上げる。一罰百戒で、他の政治家もビビらせてやるよ。本来、マスコミの役目はそういうことじゃないのか？　恰好つけるわけじゃないが、マスコミが民主主義の番人というのは、本当だ。少なくとも私はそう信じている」

第四部　最終決断

1

　こいつは使える、と青井は思わずニヤリとした。それを見たデスクの浜口が、顔をしかめる。危険な玩具《おもちゃ》を悪戯っ子に見つかってしまったとでも言うように。

「社長、ここは慎重にいきましょう」浜口が釘を刺した。「信用できるかどうか、分かりませんよ」

「こういうネタは、週刊誌にも行っていると考えた方がいい。新聞やテレビには……持ちこまないだろうな。最近は、タレコミに対する反応が鈍いから」

「それはそうですが」

「すぐに確認してくれ。投稿者の連絡先は分かるな？」

「メアドも携帯電話の番号もありますよ」

「だったら本物だ」

　まさか、このサイトが役に立つとは――タレコミ専用サイト「ＡＭＣリークス」。アリッサの指示を無視して継続しておいてよかった、と青井は安堵《あんど》した。風は自分の背中を後押ししている。

「詳細は？」

「今のところは誘い水という感じで、それほど詳しいことは書いてきていません」浜口はまだ慎重だった。「どうします？」

「すぐにコンタクトをとってくれ。できれば今日中にでも会って、情報を確認するんだ」

「社長、一つ心配なんですが」

「何だ」腰が重い浜口に対して、青井はいい加減苛ついてきた。

「こういうことをする人間には、何か裏の意図があります。自分に利益を誘導するためとか、逆恨みとか」

「動機はどうでもいい」青井はぴしゃりと言った。「事実が大事なんだ」

　夕方、浜口とプロジェクトチームの記者が取材を終えて帰って来た。表情は冴えない。ガセネタだったかと青井は心配になったが、浜口は「映像と音声は間違いなさそうです」と言った。

「だったらどうして、そんな渋い顔をしてるんだ」

「これは生まれつきです」むっとした口調で浜口が答える。「気になるのは、ネタ元が金を要求していることです」

「それは駄目だ」青井は即座に断言した。「金で買った情報には、その値段の価値しかない。それにうちは、情報に金は払わない。そういうのは週刊誌に任せておけ」

「社長が仰ったように、週刊誌に持って行かれるかもしれませんよ。向こうははっきり言いませんけど、どうも他にも声をかけているようです。社長、この件は筋が悪いと思いますが……どうも相手はいい加減な人間に思えます」

「映像はきちんと見たんだろう?」

「ええ」

「君の判断ではどうだった?」

「真正——偽物ではないように見えましたけどね」

「だったら、まずそれを確認しよう」

「今、セットします。大きい画面で、皆で見た方がいいんじゃないですか?」

「頼む」

小さな会議室が、「鑑賞会」の会場に選ばれた。プロジェクトチームの全員、それに何故か亜都子もいる。

「君は関係ないんじゃないか？」と注意すると——あまり情報が広まるのはまずい——亜都子はしれっとした口調で、「ボスが知っていることは私も知っておかないと」と言った。野次馬的な興味だけではないかと白けた気分になったが、亜都子はさっさと椅子に腰かけてしまい、動く気配を見せない。

「じゃあ、始めます」

浜口の一言で、「鑑賞会」が始まった。プロジェクターからの映像が、スクリーンに映し出される。

「編集してないので長いですよ。無駄な場面も多いです」浜口が申し訳なさそうに言った。

「構わない。一応、全部通して見てみよう」スクリーン正面の一等席に座った青井は、言って足を組んだ。

映像がふわふわと揺れ、見ていると気分が悪くなる。ほどなく揺れは収まったものの、映像は左側に傾いていた。ここまでの流れで、青井は問題の人物がこの映像をどうやって撮ったかを悟った。バッグか何かにビデオカメラをしこみ、座る前に録画を始めたのだろう。しかしソファに腰かけた時、バッグがきちんと置かれなかった——とはいえ映像は広角で、部屋のかなり広い部分を押さえている。

『どうも、お待たせしました』

相手の声——聞き覚えがある——が意外にクリアに聞こえてきた。どうやら録音状態は良好なようだ。次の瞬間にはまた映像がかすかに揺れる。問題の男が立ち上がり、ソファが揺れたのだろう。映像には、相手の腰から下だけが映っている。そこで青井は初めて、相手の名前をはっきりと聞いた。

『いつもお世話になっています』

『こちらこそ、三池先生にはお世話になりまして』

『いえいえ、ご支援にはいつも感謝していますよ』

二人が腰かけると、今度は映像の傾きはなくなった。そして三池の顔は……クソ、顎の下で切れている。顔が映らなければ、決定的な証拠にならないではないか。青井は舌打ちしながらも、取り敢えず続きを見守ることにした。これからまた状況が変わってくるかもしれない。

二人はしばらく、選挙区の事情を話し続けた。男はどうやら三池の地元、山梨の人間のようだ。やけに詳しい話しぶりから考えると、三池の後援会の人間かもしれない。

『それで今日は……わざわざ東京まで来られたのはどういうご用件ですか？　お仕事も忙しいでしょう』

『いや、その仕事のことで大変困っておりまして』男の声が低くなる。『ご存じのように今、テーマパークの計画が進んでいるんですが』

『ああ、聞いていますよ。あそこは選挙区が違いますが、甲府の隣ですからね……山梨には、そういう施設がもう一つあってもいいですね』

『ええ。しかし、用地買収で揉めていまして……地権者が頑としてこちらの説明を聞かないんです』

『その土地は、今、どうなっているんですか？　地権者が住んでいるとか、農地とか』

『いや、それが単なる空き地なんです。住所的には笛吹市石和町上平井《かみひらい》なんですが』

『勝沼バイパスの近くだね』

さすがに地元のこととあって、三池の反応は速い。後で場所を確認しよう、と青井は頭の中にメモした。

『そこの土地が、建設予定地の一割近くを占めているんです。既に一年以上、うちがディベロッパーの代理になって交渉をしているんですが、まったく話が進まなくて……正直、計画そのものが頓挫する可能性もあります』

『それはよくないな。施設計画の話は私も聞いているが、地元の活性化には絶対に役立ちそうな施設ではないですか』

『ええ……石和温泉も、最近は客足が落ちていますから。甲府駅からも近いこの場所に大きな施設ができれば、温泉への集客効果も望めます。潰すわけにはいかない計画なんです』

『確かに。地権者はどんな人ですか？』

『後藤清《ごとうきよし》という、元々の地主なんですが』

『ああ、後藤さんか』三池が軽い調子で言った。まるで、有権者の顔と名前が全て頭に入っているような口調である。『親父さんの代から知ってるが……後藤さんは、脳梗塞の後遺症でリハビリ中じゃないかな？』

『ええ。まだ歩くのが不自由なようで。口の方ははっきりしているんですが、病気をしてから人が変わったようです』

『確かに、苛々するでしょうね』三池が同意した。『それで意固地になっているんじゃないですか？　先祖代々の土地なんでしょう？』

『もちろんです』

『それを手放せというのは、ちょっと酷じゃないかな』

『ただ、うちとしては二十億円以上を用意しているんですよ？　相場よりだいぶ高いですし、今後の生活やリハビリも十分に支えていける額です』

『とはいえ、人間、金だけで動くわけじゃないからな』

『地元の振興のためです……ぜひ必要な土地なんです』

『なるほど』

『不動産屋としてはまったく情けない話なんですが、私の手には負いかねる事態になってしまいまして』

『人の気持ちをひっくり返すのは難しいですよ。理屈ではなく、感情的な問題ですから』

『そうなんです……ですので、ここはぜひ、先生にお力添えをいただけないかと。親の代から後藤さんを知っている先生なら、説得もできるのではないかと思って、今日はお伺いしたわけです』

『分かりました。観光客の誘致は、山梨にとっては大きな課題ですからね』

『ありがとうございます』

映像が揺れる。男が勢いよくお辞儀したのだろうと青井は想像した。

『では、詳細はまた後ほど……細かいデータをお送りします』

『結構ですね。情報がないと話もできない』

『それで、これは御礼として……地元の物で申し訳ないですが』

『ああ、こういうものはありがたいですね』

次の瞬間、三池の顔がはっきりと見えた。菓子折りの箱を受け取るために、身を屈めて手を伸ばしたのだ。これが決定的瞬間になる——いや、菓子をもらっても「賄賂」にはならないだろう。これが限界か？

『些少ですが、中には用意させていただいています』

『では、きちんと政務活動に使わせていただきますよ』

『いやあ、先生がいなかったらどうなっていたことか』

『いえいえ。地元の役に立つのが、国会議員の役目ですから』

今のは決定的なやり取りだ。「金」とは言っていないものの、十分、金の存在を類推させる発言——青井は鼓動が高鳴るのを感じた。それからまた雑談が五分ほど続いた後で画面が揺れ、ぎしりと革のソファが鳴る。三池の相手の男が、膝につくほど低く頭を下げたのだろう、と青井は思った。

『ではそういうことで、一つよろしくお願いします』男がこびへつらうように言った。

『承知しました』

『それにしても、ご面倒をおかけします』

『いやいや、うちのスタッフは優秀ですから。今後はスタッフにきちんと対応させます』

『申し訳ございません』

男が立ち上がった直後で映像は終わっていた。プロジェクトチームの全員が黙りこんでいる。青井はマイナスの雰囲気を感じ取った。この材料でやれるのか？　しかし、行くべき時は行かなくてはいけない。

「やろう」

青井が声を上げると、うつむいていた記者たちが一斉に顔を上げた。どの顔にも、疑念の表情が浮かんでいる。

「ここは勝負だ。この材料があれば三池を叩き潰せる」

「向こうが要求している金についてはどうするんですか」浜口の顔色はよくない。

「さっきも言ったように、金は払わない――それで押し通してくれ。説得の方法はいくらでもあるはずだ。だいたいこの男は、どうしてこの場面を録画したんだ？」

「そこははっきりと言わないんですが、保身のためではないかと。何かあった時の証拠として、残そうとしたんじゃないでしょうか」

「失敗することを念頭においていたわけか。で、この依頼の件はどうなった？」

「調査中です。土地に関しては、まだ登記の変更はありません。テーマパークの計画というのは、東京のディベロッパーが進めている『ジョイパーク山梨』と思われます。この件に関しては、すぐに調べがつくでしょう」

「分かった。すぐにやってくれ。それと、今日の取材だけで、この件は字にできるか？」

「もう一押し、必要ですね」浜口はまだ慎重な姿勢を崩さなかった。「タレこんできた人間は、三池が地権者を説得しなかったことに腹を立てているようですが、その辺をもう少しはっきりさせないと、記事としては厳しいです」

「分かった。とにかくこちらには、三池が賄賂を受け取った瞬間の映像と証言がある。これだけの材料が揃っていて何もできなければ、俺たちはカスだぞ。ここは大勝負だ。ＡＭＣがプラットフォームだけではなくメディアとしてやっていけるかどうか、この一件にかかっている」

まだ半信半疑のプロジェクトチームの面々が、ようやく立ち上がる。彼らのやる気に関して、青井はあまり心配していなかった。浜口の言うように、もう一押し……決定的な情報が入ってくれば、全力疾走を始めるだろう。

ジョイパーク山梨については、すぐに調べがついた。東京の大手ディベロッパーが二年前に計画を打ち出した複合娯楽施設である。遊園地、動物園、アイススケート場、石和温泉の地元らしくスーパー銭湯等々――宿泊施設がないのは、地元のホテルや旅館に配慮してのことだろう。おそらく地元としても、大歓迎のプランのはずだ。どんなに有名な温泉地でも、ただそれだけではいずれ客足は衰える。若者を呼べそうな大規模施設ができれば、集客にもつながるはずだ。

青井は、ネットで拾った完成予定図を凝視した。広さは五十万平方メートルというから、東京ディズニーランドとほぼ同じ広さ、東京ドームだと約十個分にあたる。高層の施設はなく、広い敷地を利用して、様々な設備は余裕を持ってレイアウトされていた。

目がしばしばする……青井は眼鏡を外して両手で目を擦り、机の引き出しから目薬を取り出して差した。三十歳の頃――ネットの世界で仕事をするようになってから急に目が悪くなり、最近は疲れ目もひどい。やはり、パソコンのモニターは目に優しくないのだろう。新聞や本を読んでいるだけでは何ともないのだ。目を何度もきつく閉じては開く。ようやく視界がクリアになったところで眼鏡をかけ直し、壁の時計を見やった。既に午後十時……浜口たちは、再度山梨に飛んだ。情報提供してきた不動産業者は甲府市に住んでいるので、浜口たちにすれば、今日二度目の甲府出張になる。東京から電車で二時間弱とはいえ、この連続出張はきついだろう。しかし文句も言わずに飛んで行ったのは、浜口自身、この件にのめりこみ始めているからに違いない。それにしても、向こうへ着くのは午前零時半を過ぎる。明日の朝一番から動けるよう、午後十時四十五分に東京駅を出る特急かいじに乗るよう指示したものの、さすがに少し厳し過ぎたかもしれない。もっとも自分も、彼らが到着したと報告してくるまでは、社長室で待機しているつもりだが。

古いやり方だよな、と思わず笑ってしまう。昔は――青井が新聞記者だった頃は、こういうことが普通だった。現場に記者が出ていれば、帰って来るまでは誰かが会社に残っている。別に、残っていても仕事がスムーズにいくわけではないとはいえ、あれは一種の思いやりだったのだろう。今はそういうこともない。仕事が終われば、互いに携帯で連絡を取り合うだけで済んでしまう。

「ボス、まだいるんですか？」亜都子が部屋に入って来た。「もう十二時ですよ」

「何となくね」昔の感覚を話すのも気恥ずかしい感じがして、青井は適当に誤魔化した。

「これ、夜食です」

亜都子が、青井のデスクに紙袋を置いた。中を覗きこむと、綺麗にラップされたホットドッグが入っている。何だ？　この辺にはホットドッグを出すような店はないし、もちろん、コンビニエンスストアのものでもない。

「どうしたんだ、これ」

「作ってもらったんですよ、『デイリーウェーブ』で」

「あそこ、テークアウトはやってないだろう」会社の近くにある、アメリカンスタイルのダイナー――というよりも、女の子たちの制服が刺激的なミニスカートで有名な店で、野郎どもがよく集まって来る。青井の感覚では風俗店と飲食店の中間だ……と知っているのは、青井も何度か行ったことがあるからだ。

「特別に。私、顔が利くんです」

「あんな店に？」

「何か変ですか？」亜都子が唇を尖らせる。

「いや、そういうわけじゃないけど……」

「私もご一緒していいですか？」亜都子が紙袋を取り上げ、打ち合わせ用のテーブルの方に向かった。

「いいけど、夕飯を食べてないのか？」

「夜食です。もうそういう時間でしょう？」

羨ましい限りで……酒を呑んでいるのでもなければ、青井はこんな時間には絶対食べ物を口にしない。体型に気を遣ってなのだが、亜都子はそういう心配がまったく必要なさそうなスリムさだ。食べたものはどこに消えてしまうのだろう。

亜都子が紙袋の中身を次々に取り出した。こってりとチーズがかかった巨大なホットドッグにフレンチフライ、コーラの缶が二つ。

「ビールといきたいところですけど、まだ仕事中でしょう？　コーラで我慢して下さい」

「こんな時間にチーズステーキか……」青井は、溶けたチーズが零れないように、慎重にホットドッグを取り上げた。厳密にはこれは、ホットドッグではない。長いパンの横腹を裂き、そこに炒《いた》めた牛肉とチーズを詰めこんだものだ。アメリカでは「名物」といっても、所詮こういうジャンクフードだ。青井は三十代の後半でアメリカに行った時に初めて食べて「中身は牛丼の具だ」と思った。そこにチーズが絡むと、体が悪くなりそうな濃い味わいになる……。

しかし、夕飯を食べ損ねていたので、この強烈な味つけがありがたかった。合間に食べる太めのポテトも、持ち帰った割にはまだサクサクしている。マスタードがあれば、とふと思った。青井は、フレンチフライにはケチャップよりマスタードが好みなのだ。

この味に、アメリカ時代を懐かしく思い出すと同時に、罪悪感も覚えた。日本に戻って来てAMCジャパンの代表になってからは、煙草をやめて酒も控え、食事にも気を遣い始めた。責任ある立場になったのだし、少なくとも六十まではしっかり仕事をしようと殊勝に自分に誓ったからだ。こういう食事は……たまには、体に潤滑油を入れるようなものだ、と自分に言い聞かせる。

「結構危ない話みたいだけど、大丈夫なんですか?」亜都子が訊ねた。

「やる時にはリスクを冒してでもやるんだよ」

「何なんですか、その精神論」亜都子が目を見開く。「誤報を出したら逆効果——信用を失いますよ」

「分かってる。だからしっかり裏を取るんだ」

「何だか心配」

半分ほど食べたチーズステーキを置いて、亜都子がコーラの缶を開ける。唇の端に溶けたチーズがついているのに気づき、青井は自分の唇を指さした。亜都子が親指を頬に這《は》わせてチーズを取り、そのまま舐め取る。

「政治家っていうのは、意外にもろいんだ」

「そうですか？」

「存在自体が砂上の楼閣なんだよ。だから落選して肩書きが外れると、すぐにただの人になる」

「でも、三池って大物でしょう？」

「関係ないね。とにかくあいつは、ネット規制なんていう馬鹿げたことを本気で考えているんだ。早いうちに潰しておかなくちゃいけない。新聞やテレビができなくても、うちはやる」

2

南はこのところずっと、微妙な居心地の悪さを感じていた。社内をただ歩いていても、社食で昼食を食べていても、誰かにじっと見られているような感じが消えない。

「きっと疲れてるんですよ」四月も下旬となったある日、一緒に昼食を摂っていた優奈に愚痴を零すと、すぐに慰めてくれた。

「何だか俺だけじゃなくて、社長室全体が浮いてるような感じがする」

「確かに、はっきりと身売りを推進しているのは取締役会と社長室だけかもしれませんけど……」優奈が言葉を濁した。

「居心地悪いよ。何やってるんだろうなって思う時もある」

「でも……南さんは、会社がどうなっても潰しはきくんじゃないですか?」優奈が箸を置いた。

「どうして」

「記者の人は、どこへ行ってもやっていけるでしょう。フリーになってもいいんだし」

「でも仮に、君が結婚していて、旦那がいきなりフリーになるって言ったら、賛成するか?」

「それは……」優奈の耳が赤く染まる。

「いや、あくまで仮定の話だけど」南は慌てて言った。「実際、フリーの人は本当に厳しいらしいよ」

「他の会社への移籍は?」

「袋叩きに遭うんじゃないかな」南は寂しく笑った。「会社がまずい状態になった時に、身売りの先導役だった社長室の人間が他社に移籍したら、ただじゃ済まないよ」青井は、まだオファーは有効だと言っていたが、身売りが完了すればＡＭＣは親会社になるのだから、移籍とは言えない。

食事を終え、トイレに籠もる。今や社内では、トイレの個室だけが落ち着ける場だった。

ふいに、声が聞こえてくる。用を足しに来た人間二人が喋っているのだが……話の内容が分かった途端に南は緊張した。

「――総務部長と長澤さんが？　変な組み合わせだな」

「いや、株を握ってるという意味では一緒だろう」

「そうか、総務部長は社員持ち株会のトップなんだな」

「長澤さんと社員持ち株会、それに日新美術館が持っている株を合わせると、四十パーセントになるんだよ」

「過半数には届かないだろう」

「それでも、株主総会で提案を拒否できるだけの数にはなる。だから今、長澤さんが工作を進めているみたいだな。これが上手くいけば、取締役会が定款を変更しても、身売りそのものが株主総会で否決される可能性がある」

誰の声だろう。聞き覚えはないのだが……社長室がある役員フロアのトイレではないから、話しているのは一般社員同士。声が聞こえなくなってからしばらく待って、南は個室を出た。慌ててトイレの外に駆け出してみたが、人気はない。

しかしこの情報は、極めて大きい。新報がどんな方向へ行こうとするにしても、株主総会が揉めたらトラブルの原因になる。禍根を残せば、また新報の屋台骨が揺るがされるだろう。

南は慌てて社長室に戻り、石島にこの情報を報告した。話し終えた途端、石島の眉間に皺が寄る。

「この情報は入っていたんですか？」

「いや、初耳だ」

「確認した方がいいですよね」南は踵を返しかけた。

「待て、待て」立ち上がった石島が引き止める。「俺が確認する」

うなずき、南は自席についた。隣に座る優奈が不安げな視線を向けてきたので、小声で事情を説明する。

「株主総会、どうなるんでしょう」優奈が心配そうに言った。

「難しい状況だと思う。取締役会が方針を決めても、そのまま通るとは限らない」このところ南は、会社法の勉強をしていた。まったく興味のない分野とはいえ、会社の未来に関係することだから、知らないでは済まされない。「今回の一件は、特別決議事項——事業の譲渡か会社の解散に当たると思う。そういう場合、株主総会では特別決議が必要なんだ。その株主総会は議決権の過半数を有する株主の出席で成立して、特別決議事項は、出席した株主の議決権の三分の二以上の賛成で可決される」

「長澤さんが個人で持っている株と社員持ち株会の株、それに日新美術館の保有株を合わせて四十パーセントでしたよね」優奈もいつの間にか小声になっていた。

「ああ」

「でも、日新美術館の代表で株主総会に出席するのは、長澤さんじゃないですよね」

「代表は理事長だ」長澤はあくまで館長で、理事長は別にいる。「でも、日新美術館は、実質的に長澤さんのものだ。理事長は外の人——新報出身者じゃないし、長澤さんの言いなりだと思うよ」

「そうですね……」

「それで反対が三分の一を超えるわけだから、取締役会が出す事業譲渡の提案は否決されると思う」

「そうなったらもう、ぐちゃぐちゃですね」優奈の顔が暗くなる。

「ああ……フリーになること、本気で考えた方がいいかな」そうなったら君はついてきてくれるか、と一瞬口に出しそうになった。だがここは、社長室の中である。言っていいこととは思えない。

「私も心配になってきました」

「身売りは……進めるしかないんだろうな」これまでもやもやしていた気持ちが固まってきた。

「南さん、この仕事をまだ続けるんですよね」

「途中で抜けられないよ。もう、すっかり深入りしてしまっているんだから」

「記者に戻らないんですか？」

「今は、そういうことは頭にないな」南はいつの間にか腹を括《くく》っていた——身売りを進める会社のために働き、最後まで見届けよう。変な話だが、こんなチャンスは二度とないだろうし。

それは記者としての好奇心かもしれない。


こういうことにいちいち社長が出て行くのはどうか、と南は思う。もっと堂々と構えて、部下に指示だけしていればいいのではないか。しかし新里は、自ら長澤を訪ねると言って聞かなかった。当然、南もそのお供に指名される。行き先は日新美術館……先日長澤から「スパイ」の誘いを受けた場所だ。あの時のことを考えると何となく不愉快だったが、仕方がない。

長澤は、笑顔で新里を迎えた。多数派工作で株主総会をひっくり返そうとしている人間とは思えない、友好的な態度。展示フロアの一角にある喫茶店に二人を誘い、どういうつもりかスイーツまで勧めてきた。

「お勧めは、季節で変えるんですよ。私がそういう風に決めました。食も文化の一つですしね」

「そんなことまで、ご自分でやられるんですか」新里が驚いた——驚いて見せた。

「今は、ビワのコンポートがお勧めですよ」まるで店員のような口調で長澤が言った。

「お話をしにきたので、今日は……」新里がやんわりと断った。結局、コーヒーだけで話をすることになる。

　南は運ばれて来たコーヒーに手をつけず、一瞬体を弛緩《しかん》させた。オフィスビルの五階にある喫茶店の窓は広々として、春の陽光が遠慮なく入りこんでいる。時間が早いせいか他に客はいないが、この喫茶店はコーヒーが美味く、凝ったランチを出すので来館者に人気だと南も聞いている。この辺は長澤の手柄か……一瞬で南は気持ちを切り替え、メモ帳を広げてボールペンを構えた。

「総務部長とお会いになりましたね？」新里が切り出す。

「ええ」長澤があっさりと認めた。「持ち株会の理事長は総務部長ですからね。議決権を行使する総務部長とは、話しておく必要がありました」

「社員持ち株会を、身売り反対の方向へ持っていこうとしておられる」

「組合の調査でも、大多数の組合員が身売りに反対しているそうじゃないですか。社員の意向を無視して、身売りを進めることはできないでしょう」

「組合には十分説明しています」新里は引かなかった。「いずれ、納得してもらえるものと信じています」

「それはちょっと、読みが甘いんじゃないですか」長澤がやんわりと批判した。「会社がなくなる――あるいはまったく違う環境で仕事をすることになる。しかも、社員の雇用は保障されるわけではない。これでは、身売りに賛成する者などいませんよ」

「組合員と社員持ち株会の会員は、イコールではありませんよ」新里が指摘する。

「それは承知の上です。結局、持ち株会の会員全体の意思と、総務部長の判断は別物と考えた方がいい。総務部長がノーと言うのは、彼自身の意思です。私はその件について話し合っただけですから」

「どんな条件を出したんですか」

「それは言えません。理性的に話し合っただけです」長澤の顔に張りついた笑みは消えなかった。

二人の話し合いは、完全に平行線をたどった。新里が攻撃し、長澤が守る。そして長澤の防御は完璧で、新里がいくら切りつけても、傷一つつけられないようだった。

新里が黙りこむ。長澤も、自分からは何も言う必要はないとばかりに、だんまりを決めこんだ。明るい陽射《ひざ》しが降り注ぐ店内に、重苦しい沈黙がたちこめる。この人の気持ちを変えさせるには――南はぎゅっと唇を引き結んだ。この手を使っていいかどうかは分からないが、このままでは新里は長澤を止められず、長澤は社員持ち株会――総務部長を完全に丸めこんでしまうだろう。石島の事情聴取に対し、総務部長は「社員のためになるように然るべく判断する」と答えたという。社員のためになる、イコール雇用の確保。総務部長は、議決権をどう行使するかについては明言していないものの、長澤とタッグを組む腹積もりを固めているのかもしれない。

「長澤さん」南は思い切って口を開いた。新里の厳しい視線は無視する。「一つ、教えてもらえませんか」

「何だね？」長澤はまだ微笑みを崩さない。

「三池代議士とお会いになりませんでしたか」

「南！」新里が鋭く声を上げる。この件は、新里にもまだ報告していないのだ。

この場で自分の狙いを新里に説明している余裕はない。そうしたら、長澤に対する奇襲攻撃の意味がなくなるのだ。南は新里に向けて必死で目配せした。ここは自由に喋らせて欲しい——新里がむっとした表情を浮かべたが、南は制止される前に口を開いた。

「三池代議士に会って、この身売り話を潰すよう、ＡＭＣジャパン側に圧力をかけて欲しいと頼んだんじゃないんですか」

「そういう事実はない」長澤が即座に否定したものの、顔は強張り、言葉の滑らかさは消えていた。

「三池代議士がＡＭＣに圧力をかけてきたという証言があります。私が聞いた証言は嘘だったんでしょうか」南は畳みかけた。

「三池さんが何をしようが、私には関係ない。私は、そういうことには関知していない」長澤がはっきりと苛立ちを見せる。

「そうですか」いくら突っこんでも否定されるだけだろう。南は言葉を呑み、背筋をゆっくりと伸ばした。長澤の心に楔は打ちこんだはずだ。

「社長、今日のお話は聞かなかったことにしてよろしいですか」長澤が苛立ちを隠さぬ口調で、新里に向けて言い放った。

「いや、これは重要な問題ですから――」新里が慌てて言った。

「私たち株主には、自ら会社を守る義務も権利もあります」

「会社を守ろうとしているのは、我々も同じですよ」

「いや、あなたたちがやろうとしているのは、新報の解体だ。百三十年の歴史を終わらせようとしている。あなたには、新報最後の社長になる覚悟があるんですか？」


車の中で、新里はまったく口を開かなかった。しかし社へ戻るとすぐに、「俺の部屋へ」と短く指示する。

やってしまったか……南は唇を噛み締めながら、新里につき従った。どうにもならない。言ってしまった言葉は取り消せないのだ。

新里は自分のデスクにつき、南はその前に立って「休め」の姿勢を取った。

「さっきの話はどういうことだ」

「青井社長からの情報です」

「初耳だ。どうして報告しなかった」

「はっきりしない話でしたから」言い訳してしまって、すぐに南は頭を下げた。「報告が遅れて申し訳ありません」

「三池か……」新里が渋い表情を浮かべる。「またあの男か」

「ええ」

「うちとは、何かと因縁があるな」

「ええ」ええとしか言えない自分が嫌になった。

「三池には力がある。しかし、民間企業同士の話に口を出す権利などないはずだ」

「もちろんです。どうしますか？」

「どうもこうもない」吐き捨て、新里がデスクを拳で叩いた。「この件について、うちでできることは何もない」

「三池に対して……」

「余計なことはするな」新里が鋭く言った。「これ以上事態が複雑化すると、さらに厄介なことになる。今は状況を見守るんだ」

「AMCは、三池を潰すと言っています」

「何だと」新里が椅子の肘掛けを摑んで身を乗り出す。「何かスキャンダルのネタでも握っているのか」

「そこまでは分かりませんが」

「三池は、うなぎのような男だ。これまで何度も政治生命の危機につながりかねないスキャンダルがあったが、全部すり抜けてきた。それは君も知っているな？」

「ええ」苦い思いが過《よぎ》る。権力を利用し、思うままに政界を遊泳してきた男。自分もその尻尾を完全に摑まえることはできなかった。

「AMCがいかに頑張ろうが、そう簡単に決め手は見つからないだろう」新里が椅子に背中を預け、腹の上で手を組んだ。「放置しておくしかないな」

「AMCと協力して、三池の尻尾を摑まえるのはどうでしょうか」

「何を言ってるんだ、君は」新里が目を見開く。「そんな余裕が、今うちの会社にあると思うか？　それに、このタイミングで何かやったら怪しまれる。余計なことはするな」

「三池のような政治家は、潰されて然るべきだと思います」青井の誘いを思い出して、南は言った。あの男に一泡吹かせることができれば溜飲《りゅういん》が下がるし、長澤の影響力を削ぐこともできるだろう。

「青井も、まだまだ現役ということか」

「どういう意味ですか？」

「奴はもう五十歳になる。その年齢になれば、新聞社に勤めていても現役の記者ではなくなる人間がほとんどだ。原稿を書くにしても、編集委員か論説委員として――特ダネを狙う立場じゃない。生ニュースを追いかけるのではなく、解説記事や社説を書くのが主な仕事だ」

「ええ」日本の記者は寿命が短い、とよく言われる。四十歳になると現場の取材からは外れ、取材の指示をするデスクになるか、編集委員や論説委員への道を歩むようになる。ニュースハンターとしての寿命は意外に短く、二十年ほどだろうか……自分は社長室にいることで、その寿命を無駄に食い潰している。

「しかし青井は、ネタを追い求める気持ちを失っていないようだな」

「そういう感じではあります」

「やり残したことがあると、記者もそういう風になるのかもしれない」

「二十年前の話ですか？」

「ああ」

　新里が肘掛けに両手を置いたまま、椅子に体重をかける。斜め上を向くような恰好になり、南とは視線が合わなくなった。南は黙って次の一言を待ったが、新里が何も言おうとしないので、思わず自分から言ってしまった。

「社長、青井さんとは本当に何もなかったんですか？」

「ない……私が、あいつに異動を申し渡したことを言っているなら、な。あの件に関しては個人的な感情は一切なかったし、その辺は青井も分かっていたはずだ。それに青井の場合は理系で、コンピュータ関係に詳しいという特別な事情があった。適材適所だったんだよ。彼にすれば、特派員の予定が消えて、怒りの持って行き場がなかったんだろうが」

「それが今になって噴出している、ということはないですか？」

「ないだろう」新里が断言した。「あるとすれば、彼自身の不完全燃焼感だろうな」

「三十歳で現場を外され、新報を飛び出してしまった……」辞めたのは結局、彼の「暴走」だ。それでも自分のせいにはできず、悔いが残ったのは間違いない。それを今まで抱えているとしたら。

「あいつは、根っからの記者なんだろう。その後のキャリアを見ても、ずっと取材の現場に居続けた。今だって、AMCジャパンの代表という立場にありながら、毎日の編集会議を主宰しているわけだからな。そういうタイプがいるんだよ……二十四時間三百六十五日、ニュースに身を浸していないと死んでしまう人間が」

「ええ」

「三池の件も、当然会社の利害関係が絡んでいるだろうが、奴は純粋にニュースとして扱いたいんじゃないかな……羨ましい話だよ」

「そうですか？」

「自分が五十歳だった時のことを考えれば、な。私は五十歳の時には外報部長だった。自分で取材することもなくなり、原稿は年に一回か二回書くだけだった。寂しいものだったな……青井は、新報という大きな足かせがなくなって、自由にやっている」

「ええ」

「とにかく……あいつが交渉相手だと知った時にはびっくりしたが、それ以上の感想はない。今、問題にしなければいけないのは、長澤さんのことだ。株主総会を無事に乗り切るためには、各株主の意思確認、そして必要なら切り崩しを始めなければならない」

「相当難しいと思います」

　つい、正直に言ってしまった。新里に睨まれたが気にもならない。これは事実なのだ。長澤本人、日新美術館、それに社員持ち株会の持ち株比率を考えれば、三者のどれか一角を崩す必要がある。ただ長澤本人の気が変わるとは思えないし、日新美術館は、完全に長澤のコントロール下にある。持ち株会の会員である社員もほとんどが身売りに反対しているわけで、三者のうちどこかが翻意するとは思えない。可能性があるとしたら社員持ち株会……理事長である総務部長が会社の方針に従えば、身売りは確実に成立する。

ただ、総務部長が苦境に立たされることは間違いない。会社を取るか、社員を取るか。「総務部長には釘を刺しておく。社員持ち株会を会社の方針に従わせるためには、結局、総務部長を会社側につかせなければならないからな」

「ええ……部長も難しい立場ですが」

「そこは石島に任せよう。総務部長は、石島の政治部時代の後輩だ」

さすがに自分にはこの話は回ってこないのだな、とほっとした。自分よりはるかに立場が上の人間を説得する——あるいは恫喝《どうかつ》する——のは困難極まりない仕事である。自分は今、社長室の「威光」を背負ってはいるものの、立場は単なる平社員である。

南は、今後もAMC、そして青井の動向を注視するよう、新里から指示を受けた。もちろん、「隠さず何でもすぐに報告を」と念押しされる。それなら自分は単なるメッセンジャーだと思いながら社長室を出て——南はすぐに、激震に巻きこまれた。

3

よし……青井は久しぶりに達成感と高揚感を味わっていた。もちろん、自分が直接取材したわけではないし、端緒はタレコミだ。それも明らかに、裏の意図があるタレコミ。それでも三池が金を受け取っていた事実に変わりはない。

政治家としては致命的だ。

青井はもう一度、ＡＭＣのサイトに掲載された記事を頭から読み直した。


民自党の三池高志議員が、テーマパーク開発に関して便宜を図るよう要請され、地元・山梨県の支援者から現金５００万円を受け取っていたことが分かった。場所は議員会館の三池議員の自室。

関係者の話によると、問題のテーマパークは、山梨県笛吹市に建設予定の「ジョイパーク山梨」で、２年前に東京のディベロッパーが開発計画を発表した。

三池議員に便宜を図るように要請していたのは、山梨県内の不動産業者。ディベロッパーから依頼されて用地買収の交渉に当たっていたが難航し、三池議員に仲介を依頼。今年２月１０日に、議員会館の三池議員の部屋を訪れ、現金５００万円が入った菓子折りを手渡していた。

しかしその後、三池議員サイドが買収交渉の仲介に乗り出した様子はなく、この不動産業者は「騙された」と訴えている。

三池議員サイドは、ＡＭＣの取材に対し、現金授受、仲介依頼の双方についてコメントしていない。

三池サイドがどう反応しようが、決定的な受け渡し場面の動画がある。長い動画を編集して、三池の顔がはっきり映り、菓子折りを受け取る場面とその音声だけを公開した。公開時間を午前十時にしたのは、新聞の夕刊締切、それにNHKの昼のニュースを意識してのことだ。最近の新聞やテレビは、ニュースサイトもきちんとチェックしているから、気づいて追いかけてくる可能性がある。青井としては、他のメディアも追いかけてくれれば、さらに三池を追いこめるという読みがあった。

亜都子が部屋に入って来る。

「ナイスでしたね」薄い笑みを浮かべながら祝福してくれた。

「いい記事だよ」

「浜口さんは、まだ困ってるみたいですけど」

「どうして」

「裏がある話なんでしょう？　一方の当事者の言い分を聞いただけじゃ……」

「決定的な動画があるんだから、問題ない」

「向こうから、また攻撃してくるかもしれませんよ」

「それなら受けて立つ」

「まあ、素敵」

馬鹿にしたようなその言い方に、青井はむっとした。立ち上がり、部屋の中央に立っている亜都子に近づく。動画はまだ再生中で、やけに間延びした三池の声がパソコンから聞こえてきた。

「これからどうなるんですか」

「理想は、マスコミ各社が三池に取材して、表に引っ張り出すことだ。奴が、この動画に対してどう弁明するか、見てみたい」

「いじわるですねえ」

「これがメディアのやり方なんだ」

「それはそれとして、これをお願いします」亜都子が書類を差し出す。「決裁です」

「いい加減、電子化してくれよ」この辺がＡＭＣの矛盾――毎日の決裁書類は紙で回ってくる。仮にもＩＴ系企業なのだから、こういうのはさっさと電子決裁にすればいいのに……ずっと亜都子に要請しているのに、彼女はなかなか腰を上げようとしない。人間、一度慣れた習慣からは離れられないということか。彼女の年齢なら、物心ついた頃から、既に紙よりデジタルだったはずだが。

携帯が鳴り出した。亜都子から書類を受け取り、自席に駆け寄る。南だった。「決裁はやっておく」と声をかけ、亜都子を追い出そうとしたが、出て行く気配はなく、こちらを凝視している。何だか監視されているような気分になり、「まだ何か？」と少し声を荒らげる。

亜都子が手をひらひらさせながら出て行った。ふざけた態度で……青井は、留守電に切り替わる直前に電話に出た。

「新報の南です……電話、大丈夫ですか」

「ああ」

「記事、見ました」

「どう思った?」

「地元の不動産屋——本人からのタレコミでしょう?」南がずばり指摘する。

「もちろん分かってるとは思うが、それは言えないな」さすがに鋭いと感心しながら、青井は答えを拒絶した。

「教えてもらえるとは思いませんけど……あまりいいやり方じゃないですね。タレコミしてきた人間を利するだけじゃないんですか」

「取材の方法について議論するのは大歓迎だけど、今はそんな余裕はないんじゃないか?」

「これで本当に、三池を潰せると思ってるんですか? 致命傷になると?」南が畳みかけるように訊ねる。

「それは、新報が追いかけてくれるかどうかにかかってるよ。無視したら、三池は結局
「後でいいです」

逃げ延びるかもしれない。君だって、それは望まないだろう」

「こういう潰し方は……ありなんですか」

「もちろん。三池のやり方は、法的にも倫理的にも許されない。政治とカネの問題については、新報も熱心に追いかけていたじゃないか。どこかに抜かれたら、無視するのか」

「追いかけるのは編集局の仕事で、私は関与できません」

南の声には熱がなかったものの、青井は悔しそうなニュアンスを聞き取った。「関与できません」は、やりたくてもやれないというように聞こえる。彼は微妙な立場にあるのだな、と改めて思った。

「まあ、いい。しばらくは様子見だけど、十分な揺さぶりにはなったと思う。そちらの様子は？」

「この件についてですか？　まだ分かりません。一報が流れたばかりですし」

「そうか。次の定例交渉では、もう少し突っこんだ話ができるといいんだが」

それは明日――三池問題が急に動くとは思えないが、新里もこの件では何か考えるだろう。それがＡＭＣ側に有利に動くように、と青井は祈った。

電話を切り、ほっと一息つく。この件ではどうしても続報が欲しい。浜口は、ネタ元の不動産屋がまだ何か握っているようだ、と感触を口にしていた。どうやら、長年三池を支援しているうちに、軋轢が生じてきたらしい。政治家と支援者は、必ずしも一枚岩ではない。金と権力、それに情で複雑に結びついているが故に、そのうちどれか一つでも破綻すると、関係はたちまち消滅する。いや、戦争になる。ネタ元の不動産屋が、さらにネタを吐き出す勇気があるかどうか……地元で商売をしている人間が、地元選出の国会議員を告発すれば、仕事がやりにくくなるどころか、長年住んだ街に居辛くなる恐れもある。

しかし、それはそれ。こちらでもできるだけフォローするとして、今は三池に対する第二弾のミサイルを発射すべく、準備をしなくてはいけない。

甲府にいる浜口と電話で話そうと思った瞬間、メールの着信を告げる音がパソコンから聞こえた。アリッサ。

そちら時間の午前十一時からウェブ会議を行います。待機していて下さい。
こちらはサンフランシスコ。現在時刻は午後六時五分。

メールを読み終わった瞬間を見計らったように、亜都子がまた部屋に入って来た。
「アリッサからメールが来てましたけど」
「ああ、今見た……十一時から会議がしたいそうだな」

「その時間、いますよね?」

「もちろん。君、内容は聞いてるか?」

亜都子が無言で首を横に振る。何か妙だ……アリッサとは、先週末にもウェブ会議を行ったばかりである。週末を挟んで、急に何か動きがあったとは思えない。だいたい向こうは、まだ日曜日ではないか。アリッサは精力的に動く人間とはいえ、基本的に日曜日は安息日と定めているはずだ。それを破るほどの問題が起きたのか……。

「何も聞いてませんよ。メールがccで来ただけです。じゃあ、十一時には、ちゃんとデスクについてて下さいね」

亜都子が部屋を出て行く。嫌な予感が膨れ上がり、特ダネの興奮はにわかに萎《しぼ》んでいった。

4

三池は議員会館の自室で、腕組みをしてじっと考えていた。二つの問題がある。どちらも可及的速やかに解決しなければならないこと……それにしても、自分の人生で、こんなにも大きな出来事が同時に発生したことがあっただろうか。

忙しないノックの音に続いて、渡が入って来た。顔面は蒼白《そうはく》である。

ない。

「先生、問い合わせが殺到しています」

「現段階ではコメントすることはないと答えておけ」言ってから咳払いをする。何とか時間を作って病院に通い、今朝、確定診断が出たばかり……こんなことで悩まされたくない。

「しかし、それでは対応できそうにないですよ」

「そこを何とかするのがお前の仕事だろうが。俺は今、それどころじゃない」

「……分かりました」不満げに言って、渡が引っこむ。

「ああ、ちょっと待て」

呼び止めると、渡がもう一度部屋に入って来た。ドアのところに立ったまま、後ろ手に組み、三池の言葉を待ち構える。

「今朝、確定診断が出た」

「はい」渡は素早く事情を悟ったようで、表情が険しくなる。しかし彼にしても、初めて聞く話のはずだ。この件は、家族と自分だけで処理してきた。

「最悪の事態……と言っていいだろう」

「先生、それは……」

「食道がんだった。かなり進行している。お前も、人間ドックはきちんと受けておいた方がいい。煙草もそろそろやめて、な」

「先生……」渡の顔が真っ赤になり、喉仏が上下する。

「慌てるな。もちろん、相当面倒なことになるだろうが」

「はい」

「今後の始末をお前に頼むことになるかもしれない」

「先生、始末などとおっしゃらずに……」

「自分のことは自分が一番よく分かっている。今は楽観的にはなれない。政治家はいつも、最悪の事態を考えておくものだ」

「はい」

「この件については、後で詳しく説明する。それで善後策を検討しよう」

「分かりました」

渡が一礼して部屋を出て行く。その一礼は、頭が膝にくっつくほど深かった。まるでこれまでの数十年間の重みに耐えかね、体が折れ曲がってしまったように……そう、自分とこの男には共通の長い歳月がある。多くのスタッフが三池を支えてくれたが、その中でも渡は特別な存在なのだ。ずいぶん無理をさせ、嫌な思いも抱かせた。それに報いてやる方法は……今は考えつかない。

電話が鳴り、三池は反射的に受話器に手を伸ばした。首相補佐官だった。

「三池先生、少しお時間をいただけますか」

「ああ」

「総理が——総裁がお会いしたいと」

「いつだ？」

「できれば、今すぐ。午後からは総裁の予定が詰まっていますので」

「分かった。どこへ行けばいい」

「国会の総裁室へお願いします。十分後でよろしいですね？」補佐官の口調は、依頼ではなく指示だった。

「十分後……了解した」

若造が、とはらわたが煮えくり返る思いだった。この補佐官は当選三回——自分から見れば、まだ駆け出しのようなものだ。

三池は一度置いた受話器を取り上げ、もう一度渡を呼んだ。一人で行くわけにはいくまい。自分の味方になる立ち会いが必要だ。渡がすぐに部屋に入って来る。

「総裁に呼ばれた。国会へ行く。準備してくれ」

「分かりました」

短く言って再び部屋を出て行く渡の背中を見送り、三池は椅子に深く身を沈めた。今は……調子が悪いわけではない。普通に話せるし、仕事もできる。だがそういう自由は、間もなく失われるだろう。

政治家の引き際とは何だろうと、三池は初めて真剣に考えた。

「ＡＭＣがおかしな記事を掲載したようですが」

民自党総裁室——三池は結局、尋問を受ける恰好になった。渡は部屋に入ることを許されず、総裁と補佐官だけが立ち会っている。二対一の戦いは不利だが、自分は文句を言える立場ではないと了解していた。

「あれは事実です」三池は即座に認めた。

「三池さん……」総裁が溜息をつく。「迂闊じゃないですか。三池さんほどのベテランが、あんなに簡単に直接金を受け取るとは、どういうことですか。普通、秘書に処理させるでしょう」

「長年の支援者なんです。私が直接応対すべきだと判断しました」

「政治資金として処理しているんですか」

「それは、もちろん」

「ただし、受け渡し場面の動画が残っている。音声も……あれを見た有権者がどう思うかが問題です。迂闊でしたね」総裁がまた溜息をつく。「支援者と言いつつ、引っかけられたわけですよね。騙されたんですか？」

この男は……と三池はかすかに怒りがこみ上げるのを感じた。当選回数は自分より一つ多いだけだが、年齢は十歳下。二世議員の一人で、早くから「サラブレッド」と評され、一般人気は高い――すっきりした顔立ちと分かりやすい語り口のせいもある。一方で、玄人筋の受けは今一つなのだ。民自党の中では「神輿《みこし》」と揶揄されている。見栄えはよく、担ぐには適しているが、中身は空っぽ。

「軽率だったことは認めます」怒りをぐっと呑みこんで三池は言った。

「そうですか……秘書のせいにするわけにはいかないようですね」

「ええ。秘書は直接は関係ありません」三池は外に控える渡の顔を思い浮かべた。

「この支援者が、あなたを裏切ったんですよね？」総裁が念押しする。

「そういうことになるでしょうね」三池は、苦い物を呑みこんだような気分になった。精神的なもののせいか、食道がんのせいか……渋い表情を浮かべながらも、淡々と説明を続ける。「長年支援してもらっていたのは間違いないですが、その間にはいろいろとトラブルもありました。逆恨みされていたかもしれません」

「政治家は、常にそういうリスクを背負う」総裁が何度目かの溜息をついた。「私の方からは、何も言えません。三池さんに、ご自分で判断していただくしかないですね」

「ええ。党には迷惑をかけないようにするつもりです」

「どうしますか？」

「議員辞職します。タイミングを見て――」

「いや、ちょっと待って下さい」総裁が慌てて三池の言葉を遮った。「それは大袈裟でしょう。役職辞任で済むレベルの話ではないかな」弱気に言って、補佐官に視線を向ける。補佐官はうなずいたものの、納得しているわけではなく、反射的に頭を下げただけのようだった。

「今、三池さんが辞めると、山梨一区は補選になります。そうなると、民自党としては候補者を立てられません」補佐官が眉間に皺を寄せながら言った。

「それについては申し訳なく思っています。ただ私にも、政治家としての責任があります。このまま居座るわけにはいかないでしょう」

「まさか、捜査の手が伸びると考えておられる？」総裁が疑わしげに聞いた。

「それは、あまり気にしなくていいでしょう」

「警察ＯＢとして、防御の手はあるということですか？」

「いえいえ……こういう話になると、警察ではなく東京地検です。しかし私は、検察に対しては何の影響力もありません。警察に対しても……私が直接話をできる人間は、警察庁にはもういなくなりましたよ」

「そうですか」総裁がうなずく。顎に力が入り、何らかの決心をしたのは明らかだった。

「三池先生の決断は大事にしたいと思います。今後、どういう動きをされるか、逐一教えていただけるとありがたいですね」

「重々承知しています」まさか、自分の最後がこんなことになるとは。あれほど鬱陶しく思い、排除しようとしていたネットに刺される——皮肉なものだと考えると、いつの間にか薄い笑みが浮かんでいた。「取り敢えず、記者会見はします」

「セッティングはそちらにお任せしますよ。党としては手が出せません」総裁の声からは早くも熱が引いていた。消えゆく人間に温かい言葉をかける必要などないということか。

「ええ……その時に引退を表明しますので、党としてもそれまではノーコメントでいていただければ」

総裁が、補佐官に視線を送る。その瞬間、三池は自分が民自党の中で厄介者になってしまったことを悟った。政治とカネ……どんなに小さな問題でも、政権にとっては致命傷になりかねない。三池としては、党に迷惑をかけることだけは避けたかった。できるだけ早く、会見を開かなくては。

「三池さん、体の具合はどうなんですか」

「それは、まあ」

総裁の問いかけに曖昧な相槌を打ちながら、三池は噂が走る速さに驚いていた。今朝の確定診断のことは、家族と渡しか知らない。それについては総裁の耳にも入っていないはずだが、体調不良については把握していたのだろう……政治家は怖い、と自分のことは棚に上げて思った。
そして自分は今、二つのハンディを背負いこんでしまった。スキャンダルと体調不良。どちらか一つだけでも、政治生命が終わりかねないのに、二つ。どう考えても、退場しかあり得ない。そして自分の年齢を考えると、一度退場したら再登場はあり得ないだろう。

終わりだ。

だが不思議と、悔しさはない。世の中には自分ではどうしようもないことがあり、病気はその最たるものなのだ。自分の力が及ばない部分で悔しがっても、単なる時間の無駄である。

5

南は、三池の釈明会見の場に潜りこんだ。案内してくれた政治部の記者はむっとしていたが。「何で記者でもない人間が会見場に入りこめるのか、分からない」と率直に文句をぶつけてきた。

「社長の命令です……ＡＭＣの記者は来てるんですか？」特ダネを書いた記者は、釈明会見では「主役」になれる。

「いや、会見出席の申し入れはあったけど、民自党が拒否したらしいぜ。ケツの穴の小さい連中だ」

民自党本部に入るのは初めてだった。政治部の記者ならここが主戦場だろうが、甲府支局から社会部へと進んだ南には、縁のない場所である。会見用に用意された大きな会議室に入った途端、南は違和感に気づいた。

三池が登壇するはずのテーブルの背後に、何もない。

政党の幹部が会見する時には、背後の壁に党のロゴが一面に貼りついているものである。政党に限らず、省庁での会見でも同じだ。これがスポーツ選手ならば、バックにスポンサーの名前がずらりと並ぶ。それがないということは……民自党は、三池を完全に見捨てるつもりだ。「党とは関係ない人間にお情けで会見場所を提供した」と無言でメッセージを送っている。

会見の様子は、南にも馴染み深いものだった。中央に、会見者が使う演壇。その手前に、椅子がずらりと並んでいる。演壇と、居並ぶ椅子の間には少し空間が開いていて、そこはスチルカメラマンのテリトリーだ。テレビカメラは部屋の後ろにずらりと並ぶ。全体には学校の教室のようなものだが、最大の違いはデスクがないことだ。椅子の肘掛け部分が折り畳み式の簡易テーブルになっているものの、ノートパソコンを載せるのには頼りない。今や、会見場では必死にキーボードを叩くのが普通の光景なのだが。

南は遠慮して、一番後ろの椅子に座った。向こうが自分を認識しているかどうか……最前列に座って様子を見てやろうかとも思ったが、さすがに気が引ける。追いこまれた三池にとって唯一の救いは、大型連休直前であることだ。世間は完全に休み気分で、マスコミの追及も緩くなる。この後、三池は姿を隠してしまうはずで、一連の報道はまずここで終わる、と南は読んでいた。

椅子はほぼ埋まっていた。ほとんどが政治部か、社会部の国会担当記者だろう。ざわざわした雰囲気が会議室に満ち、南の全身を波のように洗う。この場で予定稿を書いている人間が多いのか、キーボードを打つ音も激しい。ノートパソコンのキーボードを打つ音など、それほど大きくもないが、何十人もが一斉にやると、かなりのノイズになる。こういう雰囲気は何十回となく経験していたが、今日はこれまでにない意味を持つものになるだろう。

南は折り畳み式のテーブルを広げ、自分のノートパソコンを置いた。これが記者時代とのつながりだ……記事執筆・送信用のソフトがインストールされたモバイル用のパソコンは記者時代に支給され、社長室に異動になった後も取り上げられなかった。立場上、まだ「記者職」にとどまっているからだ。

メモ帳を立ち上げ、取り敢えず「4月28日　三池会見メモ」と打ちこむ。短い文章で二度も打ち間違いをしてしまったのは、このテーブルが使いにくいせいか、緊張のせいか。

　突然、カメラのシャッター音が一斉に鳴り響く。顔を上げると、演壇の左の方から三池が入って来るところだった。それを見て、南は愕然《がくぜん》とした。三池と言えば、がっしりとした顔つき――えらが張り、顎が角ばって、意志の強さを感じさせる――が特徴なのに、今は頰の肉が弛《たる》んで、生気がまったく感じられない。

　一人。この場を一人で全部仕切るつもりか？　しかし三池の後に、党本部の職員らしき若い男が、マイクを手に出て来た。どことなく疲れた表情で、スーツもくたびれている。ネクタイが歪んでいるのも気になった。こういう場に出るんだから、服装ぐらいちゃんとしろよ、と南はかすかな憤りを覚えた。

「それでは、三池政調会長の会見を始めさせていただきたいと思います」

　三池に目配せしてから脇に引っこむ。一人取り残された三池は、拳の中に咳払いをしてから決然と顔を上げた。ストロボが煌《きら》めき、テレビカメラのライトも当たっているので、顔がてらてらと光っている。南は即座に、ICレコーダーのスウィッチを入れた。この位置で、彼の声をきちんと拾えるかどうかは分からなかったが。

「お忙しいところ、申し訳ありません」

　第一声で、南はまた驚いた。声ががらがらなのだ。元々だみ声ではあったものの、ひどい風邪をひいたようにかすれており、聞き取りにくい。

「今回は、私の個人的かつ軽率な行動で党に迷惑をかけ、世間をお騒がせしてしまいました。この場を借りて、お詫びを申し上げたいと思います。一部報道で伝えられた現金授受の問題でありますが、これは事実です。便宜供与を依頼されたのも事実ですが、これに関しては……私は特定の問題について、便宜供与をしたことは一切ありません。受領した現金についても、私の政治団体への政治献金として処理しています。何ら問題はありません。ただし、世間の皆さんに誤解を与え、有権者を不安にさせたのは間違いなく、この件についてはお詫びを申し上げます」

何と流暢《りゅうちょう》なことか、と南は思った。声はかすれて聞き取りにくいものの、言葉の一つ一つは的確ではっきりしている。どういう場であれ、政治家は言葉を大事にするものだ、と南は変に感心した。

三池が続ける。額には薄《うっす》らと汗が浮かんでいるが、特に緊張した様子もなく、表情も平静だった。

「今回の一件に関して、大きな誤解とご迷惑をおかけしたことを鑑み、私は一切の公職を辞し、さらに議員辞職することを決意しました」

ざわめきが一段と大きくなった。カメラのシャッター音も……南は、自分のすぐ後ろにいるテレビのカメラマンが「マジかよ」とつぶやくのを聞いた。そう、議員辞職はやはり大事《おおごと》である。普通、この程度の問題では、「公職の辞任」で済ませるのではないだろうか。三池の年齢からして、ここで議員辞職したら復帰は難しい。次の選挙がいつになるか分からないし、浪人しているうちに状況も変わるだろう。もはや復帰の目はない……「潰す」という青井の宣言は実現したのだと、南は実感した。

自分たちはできなかった。ネットに先を越された。

忸怩《じくじ》たる思いを抱きながら、南は三池の言葉に意識を戻した。

「総裁には既に報告し、了承を得ています。政治とカネの問題が再三指摘される中、わずかでも疑惑を持たれるようなことがあれば、自ら襟を正して身を引くのが、政治家として然るべきあり方だと思っております。私はこの信念に基づき、今回役職辞任、議員辞職という形で責任を取ることにいたしました」

三池の説明が続く。「責任を取る」と言いながら、微妙に責任の周囲をぐるぐる回っているような……疑惑については絶対に認めない。「金は受け取ったが便宜供与はしていない」の一点張りだ。つまり、便宜供与しなければ、金を受け取っても何の問題があるのか、と開き直っているような……一通り三池の説明が終わった後の質疑応答で、記者たちの質問もその一点に集中した。

——便宜供与に関しては、テーマパークの建設に関してのものだったと報じられていますが。

「笛吹市内に大型テーマパークが建設予定になっていることは承知していますが、この件には私も、私の事務所も一切関与しておりません」

——土地取得に関して依頼があったという話ですが。

「民間の土地取引のことですので、私が関与する余地はありません」

——つまり、金だけもらって、何もしなかったということですか。

「金については政治資金として処理しています。法に触れるようなことは一切していません」

完全に逃げにかかっている——しかし卑怯だ、と南は憤りを覚えた。金は受け取ったが違法行為はしていない、では誰も納得しないだろう。だが、追及の手も緩い。要するにマスコミ側でも、事実関係を摑みかねているのだ。AMCがこの件を報じたのは、間違いなく三池に金を渡した人間のタレコミによるものだが、その本人が所在不明なのだ。南は、AMCが囲いこんでいるのかとも考えたが、おそらくは本人が身の危険を感じて隠れてしまったのだろう。青井が言った通り、AMC側はマスコミ各社の「追っかけ」が欲しいはずだ。そうすれば、自分たちの正しさが証明される。今のところマスコミ各社は「一部メディアが報じた」「三池事務所は金銭の授受についてコメントを避けている」という書き方で追いかけているものの、これでは迫力に欠ける。

そして今日、三池が会見したことで、事態は速やかに沈静化するはずだ。議員は、辞めればただの人——もはや責任を追及する意味もない。それが分かっていて、三池は思い切った手に出たのかもしれない。政治家の座にしがみつくよりも、責任を追及されない人生を選ぶ。運が良ければ、間を置いて議員に復帰できるかもしれない……。

だがその読みは、質疑応答が一段落した後の三池の台詞で崩壊した。

「最後に、私の方から……完全に私事ではありますが、私はがんを患っています。食道がんです。先日確定診断が出て、直ちに治療に入る必要があります。これは政治活動にも影響が出る治療になるはずですので、この機会に引退を選択しました。これまで私を支えてくれた有権者の皆さん、党の皆さんに対して、この場を借りて御礼を申し上げます。志半ばで政治の道から退くのは極めて残念なことですが、家族とも相談した結果、自分の健康第一でいくことにしました。残りの人生を——余生と言っていいかもしれませんが——どう過ごすかは、これから治療を受けながら考えたいと思います……本日はどうも、ありがとうございました」

この説明が、記者たちの追及に決定的な楔を打ちこんだ。引退を表明した上にがんの告白。半ば諦めに似たような気分が、会見場に広がっているようだった。

南は慌てて立ち上がろうとした。ノートパソコンが落ちそうになり、手を伸ばして押さえる。しかしその横に置いたＩＣレコーダーは床に転げ落ちてしまった。

袖に引っこむ直前、三池が立ち止まって、一礼した。誰に向けた礼なのか……南は、ゆっくりとした三池の動きを見守り続けるしかなかった。ぶつけるべき質問がない。

顔を上げた三池と目が合う。こちらを認識しているかどうか……他に立ち上がっている記者がいないので、南に注目しただけかもしれない。

俺は……勝てなかった。潰すべき相手を潰せず、ただ勝手に退場するに任せるしかないとは。

三池は少しだけ長く自分を見ていたかもしれないが、気のせいだろう。一記者に興味を払うわけもない。だがその視線には意味があるように、南は感じていた。


連休で一度飛んだ定例交渉。いつものホテルの、いつもの会議室……まったく進展がないままここまで来て、新里は今日、こちらから案を示す、と宣言していた。三年間の猶予の後、紙の新聞は廃刊。三年のうちに経営を立て直すことができたら……新里の表情は厳しかった。この条件を、そう簡単にAMCが呑まないことは明らかだった。

三池の辞職に関して、新里は何も言わなかった。会見のことについてきちんと話し合う時間がないまま連休に入ってしまったので、今が話すチャンスだったのだが……新里は「話しかけるな」と無言で圧力をかけてくるようだった。新里は基本的に理知的で、感情を露《あらわ》にすることはないのだが、時に自分の殻に閉じこもってしまう。こういう混乱した時ほど、新里と話がしたいのだが。だいたい、三池の会見に行くよう指示したのは新里なのだ。その時の様子を聞きたいとは思わないのだろうか。

新里の歩調は速い。人通りの多い銀座の歩道を、縫うように歩いて行く。自分はもしかしたら、いい経験をしているのではないかと思った。普通に記者をやっていては味わえないようなことを、社長室で経験している。これが記者として役に立つかどうかは分からないが、人生においては絶対に教訓になる。

エレベーターに乗って二人きりになった瞬間、新里が口を開く。

「今日、勝負をかける」

「はい」答えたものの、喉の粘膜が貼りついてしまったように、声がかすれる。南は自ら食道がんを告白した三池のことを思い出していた。いや、自分はまさかあんなことには……しかし実は、あの会見の後から、一本も煙草を吸っていなかった。

「三池の話もする」

「向こうがネタについて喋るとは思いませんが」南は反論した。

「君としても、言いたいことがあるんじゃないか」

「いえ」

南は短く否定した。会見の様子を新里に短く報告した時、彼は特に感想を言わなかった。新里自身、三池には痛い目に遭わされたはずなのに。

「変な話ですが、水に落ちた犬を叩く必要はないと思います」

「君も甘いな」

「これ以上、無駄なエネルギーを使う必要はないんじゃないですか？」

「うちが、犬を水に落とせればよかったんだが」

「それは……力不足でした」

「政治家の一人も潰せないとは情けない限りだ。新聞の力も落ちたな」

その一言は強烈に南を揺るがした。唇を嚙み、うつむいて屈辱に耐える。今の非難は、自分に向けられたものなのだ。考えてみれば三池と新報の関係は、南の存在がきっかけになって生じたのだ。南はあくまで、三池にとっての「駒」として利用されたのだが、その後できちんと落とし前をつけておけば……三池と関係したことが新報の凋落を招いたとは認めたくないが、一つのきっかけになったのは間違いない。

今日は青井が先に来ていた。いつもと同じように、淡々とした態度。三池を失墜させる特ダネを放った後なのに、得意げな表情を見せることもない。亜都子がコーヒーを用意してくれた。これもいつもと同じ……新里がいきなり切り出す。

「三年の猶予をお願いします」

「買収完了後、三年間は新聞を発行し続ける、ということですか」青井が即座に応じた。この条件は南が既に話していたが、初耳のように装っている。

「はい。この条件を吞んでもらえれば、現在社内にいる反対派を説得できる自信はあります」

「かなり厳しい状況だと聞いていますが」

「取り敢えず新聞が存続することになれば、組合の方は説得できます。社員にとって、紙の新聞を出し続けることはアイデンティティなのですよ」

「誰にでも、依って立つべきものがありますね」

青井が納得したようにうなずき、コーヒーを一口飲む。心なしか、普段より余裕があるように、南には見えた。一方、新里は緊張し切った表情で、コーヒーにも手をつけようとしない。

「物理的な物は強いと思います」青井が淡々と続けた。「我々はデジタル……電子的な情報を扱っているだけです。頼りなく思うことがありますよ」

「だったら、我々の事情も理解していただけますね？」

「すぐに本社に報告します。そちらから、条件に対する正式の回答をいただいたのは、これが初めてですからね」青井が薄い笑みを浮かべる。「これは取締役会の総意ですか？」

「基本的にはそう考えていただければ」

「結構です。つまり、買収成立から三年間かけて、社内を説得して環境を整備する、ということですね」

「そうなりますね」

「それは、かなりきつい戦いになりますよ」青井が指摘した。「反対する人間は、最後まで反対するでしょう。その間にも、完全電子化に向けて、様々な方策を探らなければいけません。つまり、人材の入れ替えが必要になります。取材記者を一時的に減らしても、デジタルネイティブな人間を雇う……これに対しても、組合側の拒絶は激しいでしょう」

「社員を教育することも、一つの方策です。自分の生き残りがかかっているとなれば、誰でも必死になるのではないですか」

「ある程度年齢がいった人には厳しいかもしれません」

「例えば私のような、ですね」新里が言った。皮肉ではなく、事実を告げるような口調だった。「私のような人間は、お払い箱でしょう」

青井は否定しなかった。否定しないことで新里にダメージを与えるつもりかと南は思ったが、二人とも涼しい表情のままだった。狐と狸のばかし合いか……新里が静かな口調で続ける。

「あなたは、新報に恨みを持っていますか」

「いえ」青井が即座に否定した。「二十年前に会社を辞めたのは、私の判断です。早まったと後悔したことはありますが、辞めさせられたわけではない。新報には何の責任もありませんよ」

「今回の——三池の件についてはどう思っているんですか」

「新聞がやるべきだった」

青井が指摘する。表情は変わらないものの、組み合わせた両手に力が入っているのが分かった。顔には出なくとも態度で緊張感が分かる……南はノートパソコンのキーボードの上で手を止めた。ここはわざわざメモしなくとも、ＩＣレコーダーに任せればいい。それより、二人のやり取りに注意しておかなくては。

「今の立場の私が言うのも変かもしれませんが、私は新聞を一番信頼しています。それは、あらゆるメディアの中で、チェック体制が一番しっかりしているからだ。それでもミスは起こり得る」

青井が視線を向けてきたので、南は反射的にうつむいてしまった。しっかり目を見返せないのは情けないが、自分はそこまで強くも図々しくもない。

「とはいえ、他のメディアよりはるかにしっかりしているのは事実です。今回のうちの特ダネも、私の感覚では一か八かでした。正直、どこかに穴があるかもしれない、と怖くもあった。それでも強引に書いたのは、三池が民主主義の敵だからです」

「彼は、ネット規制を本気で考えていた」新里が合いの手を入れる。

「しかも新報さんは、一時その波に乗ろうとしていた」今度は、青井の声に皮肉っぽい響きが浮かぶ。「計画は潰れたようですが、一時はネット規制に動こうとした新報さんが、うちのような会社に身売りを持ちかけてくるのは、考えてみれば皮肉な話ですね」

新里が黙りこむ。今の皮肉は度を越しているのでは、と南は心配になった。しかし新里は、唇をきつく引き結んでいるものの、表情を変えない。

「一般のポータルサイトで流れるニュースは、新聞やテレビ、雑誌のニュースを掻き集めてきたものに過ぎません。でも世間の人は、そういうニュースを『ネットで知った』と言う。私は、この状態が恥ずかしいんです。ですからAMCジャパンでは、自分たちで取材し、執筆するという方式を貫いてきました。まだまだ満足できるものとは言えませんが、ネットでも新聞と同じことがなし得ると、ある程度は証明できたと思います」

「確かに、ああいうネタは本来、新聞がきちんと報じなければならないものです」新里がうなずく。

「ネットでもできます――これまでと同じように、あるいはより深く」

「いずれ、そういう時代になるでしょう」新里が認めた。

「紙の新聞がなくなることは、認めるんですか」

「否定できません」新里が繰り返した。「しかしそれがいつになるかは分からない。十年後か、二十年後か、五十年持つのか」

「もはや、持つかどうか、という問題になっているわけですね」青井が畳みかける。

「だったらこれは、大きなチャンスです。賭けかもしれない――しかし、新報が、世間に先駆けて新しいメディアの時代を築くチャンスなのは間違いないですよ」

「理念は理解できます。それでも私は、社員を守らなければならない」

「もしかしたら、三年の猶予期間は、紙の新聞を守るための三年間だと思っていませんか？」

新里が黙りこむ。青井にすっかり心の内を読まれ、次に打つべき手を失っているようだった。南は唾を呑んだ。この話し合いは、やはり新里が押されて終わるのでは……。

「もしも三年のうちに経営を立て直せれば、新聞は発行し続けられる——そうお考えなんですね？」青井が念押しした。

「新報はまだ潰れたわけではない。潰れていない以上、立て直すチャンスはあります」

「そうですか……了解しました」青井が真顔でうなずく。「新報としての、現段階での最終決断と考えさせていただいていいんですね？」

「結構です」

「それで社内の意思統一はできますか？　株主総会は乗り越えられますか？」

「そのつもりで万全の準備を進めています」

実際にはそこも手詰まりの状態なのだ、と南は心配になった。ＡＭＣ側が「三年の猶予」の条件を呑んでくれてこそ、組合を説得できる。

「では、本社サイドから回答が来た段階で、交渉を再開させて下さい。来週の定例交渉はひとまず未定ということで……よろしいですか」

「構いません。連絡をお待ちします」

「では、今日はこの辺で」

青井が頭を下げる。立ち上がりかけたところで、新里が声をかけた。

「ちょっと話しませんか？」

「ええ」青井が薄い笑みを浮かべて腰を下ろす。まるで、新里からの誘いを待ち構えていたようだった。

新里がコーヒーを一気に飲み干す。亜都子が新しいコーヒーを注《つ》ぎ足すと、さっと頭を下げてまた一口飲んだ。青井の目を真っ直ぐ見詰めて話し出す。

「三池を潰しにかかったわけですね？」

「そのつもりでした」

「今回の買収に関する妨害工作をやめさせるために？」

「それもありますが、三池のやり方は民主主義を崩壊させるものですからね。私は、それが許せなかった」

「見事でしたよ」新里がすぐに認める。「しかし、まさか辞職するとは……」

「病気のことは予想外でした。あれがなければ、議員辞職まではいかなかったかもしれませんね」

「政治家は粘り強い……しつこいからね」

新里の言葉に対して青井が薄く笑い、その場の雰囲気が緩くなった。

「南君、会見の時、三池はどんな様子だった？」

新里に話を振られ、南は一瞬目を閉じてしばし考えた。堂々としていた——というのとは違う。ひたすら淡々と説明し、一切声を荒らげなかった。

「悟ったようでした」その言葉が一番合っていると思った。あるいは「諦め」か。

「つまり、これで終わりだと？」新里が確認する。

「はい。政治家として終わり、ということは意識していたと思います」

「ざまあみろ、と思わなかったか？」青井が、挑発するように訊ねる。

南はまたも一瞬考えこみ、青井の顔を凝視した。ここで自分の話を持ち出すのか？どう答えようかと思った瞬間、自然に「いえ」と否定の言葉が口をついて出た。

「君にとっては因縁の相手じゃないのか」青井がなおも追及する。

「自分で何とかしたかった、というのは本音です」南は認めた。「ただ、あの場で三池の顔を見て……終わる人に対しては、特に何の気持ちも持てませんでした」

「そうだろうな」青井がうなずく。「三池は終わりだ。議員としても……失礼かもしれないが人間としても。でも君には未来がある。まだ若いし、何度でもやり直せる。どんな場所においても、だよ」

青井は救いの手を差し伸べてくれているのだ、と南には分かった。確かに、その気になればやり直せるだろう。不況だ、仕事がないと言いながら、世の中にはまだチャンスがいくらでも転がっている。チャンスを拾えないのは、諦めてしまった人間だけだ。

「それでは、今日はこの辺にしましょう」新里が話を打ち切りにかかった。「次回……いい返事をもらえるように期待しています」

「ご連絡します」

青井がうなずく。しかし、立ち上がろうとはしなかったので——このまま亜都子とここで打ち合わせするつもりかもしれない——南と新里は先に会議室を出た。ドアを閉めた瞬間、新里が立ち止まって目を瞑り、細く息を吐く。体の中にある悪いものを全て出してしまおうとでもいうように。

ホテルを出た途端、新里が切り出した。

「一つ、確認させてくれ」

「はい」普段より硬い新里の口調に緊張を強いられる。

「三池の問題だが……ＡＭＣのネタ元は君か？」

「違います」即座に否定した。新里は何故こんなことを言い出すのだ？

「温めていたネタを、青井に渡したんじゃないのか」

「違います」南は重ねて否定した。

新里から二歩ほど遅れて後を追う。新里の真意が分からず、不安が募ってきた。

連休明けの銀座の街は、少しだけ落ち着いていた。火曜日の午後、心なしか人出も少なく、他の通行人を気にしないで歩ける。新里は普段会社へ帰るのと別のルートを通った。いつもは中央通りを歩くのだが、今日は裏道……銀座八丁目のこの辺りは、基本的には呑み屋街で、活気づくのは夜だ。昔から――昭和の頃からあるビルは、どこも縦に飲食店の看板が積み重ねられており、それが一種のアート作品のようにも見える。これが新宿辺りだとうるさいだけなのだが、銀座の場合、さすがに落ち着いている。夜になると、また雰囲気が変わってくるだろうが。

「三池に対する君の気持ちはどうなんだ」新里が振り向いて訊ねる。周囲に聞こえないよう、静かな口調を保っていた。

「今は何の気持ちもありません」

「君には、青井と接触するように頼んでいたな」

「ええ」

「何を話した？」

「それは――いろいろ話しました」移籍の話とか。三池の話が出たのも事実である。

「その時に、三池に関するネタを渡したんじゃないか？」新里はしつこかった。

「今回のネタは、私はまったく知りませんでした。だいたい、取材しているような余裕はありませんでしたよ」

「そうか……うちでやりたかったな」

「ええ」

「三池と新報の関係は微妙だ。敵になったり味方になったり……今は完全に敵だが」

「そうですね」

「権力を監視する――その一番簡単な方法が、政治家のスキャンダルやトラブルをほじくり返すことだ。一罰百戒で、他の政治家を牽制《けんせい》する意味もある」

「はい」

「最近、そういう記事が少なくなってきたんじゃないか？　スキャンダルは全部、雑誌に取られてしまう。もちろん、どうでもいいような下半身絡みの下らないスキャンダルも多いが」

「新聞は、そういうことを書く必要はないでしょう」南は反発した。

「もちろん。ただ、そういうネタを追う気持ちがないと、より悪質な問題は暴けない。それにこれで、青井を活気づけてしまった」

「メディアとしての地位を確立……とまでは言いませんけど、ＡＭＣは新しいフェーズに入るかもしれませんね」

「そうだな……そうすると、新聞との親和性が出てくるんじゃないか？　ＡＭＣにすれば、単なるプラットフォームからメディアへの転換点になるかもしれない」

「身売り問題に関して、どう影響するんでしょう」一番肝心なことだ。

「分からん」新里があっさりと言った。「何とも言えない……そもそも向こうが、今回の条件をどう受け止めるかも、まだ分からないからな。こちらとしては、社内をまとめるしかない」

「次の山場は、組合大会ですね？」

「ああ。君も出席してくれ。組合員としても、様子をしっかり見てくるんだ」

「分かりました」南は、胃にかすかな痛みを感じた。年に一度の組合大会は、今週の日曜日に開かれる。邪魔者扱いされるかもしれないが、自分の目で直接様子を見ておきたい。

「組合側は、今回の大会では身売りについても議題に上せてくるだろう。何が決まっても会社に対する強制力はないが、社員持ち株会は影響を受けるはずだ」

「総務部長は会社側につく、ということになったんですよね？」

「基本的には会社の方針に従う、と言っている。しかし、組合が何かを決議すれば、突き上げられるだろうな。何か困ったことになれば、総務部長を急遽交代させるしかない」

それは場当たり的……というか、あまりにも露骨なやり方だ。当然、組合も反発するだろう。結局、総務部長が板挟みになって針の筵《むしろ》に座るわけか。上場企業だったら、もっとやりやすいかもしれない。株主は多数いるから、作戦はいくらでも考えられる。

「日新テレビの援助は期待できないでしょうね」

「向こうも昨期は赤字転落だぞ」新里が皮肉っぽく言った。「うちを助けているような余裕はない」

結局、狭い範囲で説得を続けるしかないわけだ。組合大会では、自分が針の筵の立場になるかもしれないと、南は暗い気分になった。

6

南は、組合大会に顔を出すのは初めてだった。例年なら、前年度の活動結果報告、今年度の活動方針の確認、役員の改選という手順で遅滞なく進むそうだが、今回はややこしくなる——執行部から、身売り反対の特別動議が出される予定なのだ。

やはり居心地が悪い……会場は公共の体育館で、椅子がずらりと並べられているだけ。さながら入学式か卒業式のようだ、と思いながら、南は開会ぎりぎりの時刻に、最後列の席に腰を下ろした。ほぼ満席……例年は空席が目立つというが、今年は関心が高いのだろう。

今年度の活動方針を執行部が読み上げ、拍手で了承された後に、特別動議が出された。東原が登壇し、説明を始める。

南は大会の流れをぼんやりと見守りながら、来年は組合大会は開かれるのだろうか、と考えた。身売りとなれば、会社も組合も大きく変わってしまうだろう。

「会社側の不十分な説明、不誠実な対応のせいで、組合員はこの身売り話から置き去りにされた恰好になっています。こういう感情的な問題はさておいても、この身売りは新報の歴史を解体し、百三十年の歴史ある新聞の命を消滅させるものになります。これは新報のみならず、日本の新聞業界に大変な悪影響を与えるもので、絶対に阻止しなければなりません。最終的に、来月の株主総会で議題に上ることが予想されます。組合としては、株主総会に介入することはできませんが、社員持ち株会が反対に回れば、決議は否認される見通しです。今回は、組合として、新報の身売りに反対する決議を可決し、会社に圧力をかけていこうと考えています。組合員の皆さんのご賛同を、よろしくお願いします」

一気にまくしたてた東原に対して拍手——しかし熱狂的なものではない。アンケートでは多くの組合員が身売りに反対したものの、まだピンときていないのが実情だろう。

それでもこの動議は、挙手による賛成多数で可決された。南は手を挙げず、ずっとうつむいていたが……。

大会が終わるとやけに疲れて、体重も減ってしまったように感じた。二週間以上禁煙を続けていたのに、急に激しく煙草が吸いたくなる。結局禁煙は失敗だと情けなく思いながら会場を出て、近くのコンビニエンスストアで煙草とライターを買った。店の前に灰皿があったので煙草に火を点ける。深く煙を吸いこむとクラクラしたものの、すぐに落ち着いた。やはりニコチンには鎮静効果がある。

「やあ」

声をかけられ、はっと顔を上げると東海林が目の前にいた。

「ああ」うなずき、まだ一服しかしていない煙草を灰皿に投げ捨てた。

「大会？」東海林が短く訊ねる。

「出てた。お前もか？」

「ああ……ちょっと散歩でもしないか？」

「そうだな……」

男二人で散歩というのも情けない感じがしたが、散歩日和なのは間違いない。最近は五月になるといきなり夏が来るような感じだが、今日は陽射しがほどよく暖かく、長袖一枚で歩くのにちょうどいい。

近くに公園があるんだ、という東海林の誘いで、南は彼の後について歩き出した。男二人で散歩、目指すは公園……と考えると苦笑してしまう。でも、たまにはこういうのもいいだろう。途中、東海林は自動販売機で缶コーヒーを買った。「お前は?」と聞かれたので慌てて財布を取り出し、自分の分を買う。最近は缶コーヒーをあまり飲まなくなったが、記者時代にはこれがエネルギー源でもあった。そして徹夜の友。

体育館の近くにある公園はかなり大きく、日曜日ということもあって、家族連れで賑わっている。やはり、男二人でぶらつくのは不自然だ……東海林もそれに気づいたようで、奥までは行かないことにしたようだ。すぐに出入り口の近くにあるベンチに腰を下ろすと、缶コーヒーを開ける。南もそれに倣った。冷たく甘い液体が喉を滑り落ちると、大会の間ずっと抱いていたストレスが少しだけ溶けたように感じる。煙草が欲しくなってシャツのポケットに指先を突っこんだ後で、「禁煙」の看板に気づいて指を抜いた。

目の前は結構広い芝生広場で、子ども連れが多い。ビニールシートを広げて弁当を楽しむ一家、軟らかそうなボールでサッカーをする幼稚園児ぐらいの子ども、駆け回る小学生たち……木々の間から降り注ぐ陽射しが、芝生にまだら模様をつけ、子どもたちは陰から明るい場所へ、またその逆へと目まぐるしく動き回っている。

「今日の動議も、大勢には特に影響ないだろうな」

「どうかな。何とも言えない」独り言のような東海林の問いかけに、南は答えた。何がどう動くか、未だにまったく予想できないのは本音だった。

「お前、毎年組合の大会に来てるのか?」南は逆に訊ねた。

「ああ。自分が会社にいる意義を感じたくて」

「何言ってるんだよ」南は軽く笑った。「お前だって、ちゃんとした新報の社員じゃないか」

「籍はあるけど、何だか中途半端でね……ろくに仕事してないからだろうな」

「そんなことないだろう」情けない台詞は同情を誘っているのだろうかと思ったが、やはり否定せざるを得ない。「資料室は、新聞の屋台骨だぜ」

「別に、そんなこと言ってくれなくてもいいよ」東海林が皮肉っぽく言ってコーヒーを呷った。喉仏がゆっくりと上下する。前屈みになると、目を細めて、遊ぶ子どもたちをじっと見つめる。「実は俺も、辞めることにしたんだ」

「どうして」こいつも会社を見捨てるのか……南は慌てて体を捻り、東海林を見た。

「見切ったのか?」

「いや、もっと個人的な事情だ」東海林が腹を擦《さす》る。「やっぱり、病気がね……最近、調子がよくないんだ。肝臓っていうのは、厄介なんだよ」C型肝炎……支局から本社に上がってくるタイミングで発症し、その後は休んで治療と普通に仕事をする日々が交互に続いている。「今や慢性肝炎だからな。普通に資料室で仕事をするのも、ちょっときつくなってきた」

「でも、辞めてどうするんだ?」南は、東海林がいない状況を恐れた。彼は同期の中でも数少ない、気楽に話ができる男なのだ。そういう人間がいなくなるのはきつい——自分は社内でますます孤立してしまうだろう。

「田舎へ帰ろうかと思ってるんだ」

「田舎って、岐阜だよな？」

「ああ、高山だ」

「帰ってどうするんだ？　仕事は？」

「高山の地元紙で働かせてもらえそうなんだ。実は親父がちょっと関係している新聞社なんだけど……新聞って言っても、週三回しか出してないから、何とかやれると思う。今よりずっと楽だよ」

「だけど……」釈然としない。それでは都落ちではないか。体のこともそうだ。東京にいた方が、レベルの高い治療を受けられるはずなのに。「いいのか、それで」

「東京は、ちょっと疲れたかな」東海林が、空いた右手で顔を擦《こす》った。「俺、岐阜の高校を出て、大学は名古屋だっただろう？　新報では傍流も傍流だ」

「そんなことはない」反射的に南は否定したが、東海林の指摘は事実だ。新報では多くの社員が東京の大学出身で、関西の有名大学ＯＢでさえ非主流派なのだ。地方大学出身者は数えるほどしかいない。

「とにかく、ちょっと疲れたのは間違いない。肝炎になったのは俺の責任じゃないけど、病気を飼い慣らすのは自己責任だからな」

「もう決めたのか？」

「ああ。独身で身軽だから……変な話だけど、結婚してなくてよかったよ」

「そうだな。家族がいたら、簡単に会社は辞められないだろう。辻みたいな奴が例外なんだ」

「あいつは優秀だからな。頑張ってるみたいだよ」

「あいつは頑張るしか能がないんだ」

南が揶揄すると、東海林が声を上げて笑う。別に、新聞記者は頑張れば給料が上がるわけでもないのだが……査定による差異はごく小さなものである。

「まあ、向こうで適当に仕事をしながら、体を治すよ。後は、気のいい娘《こ》でも見つけて結婚するか」

東海林の言葉は空疎だった。一度東京で働いた人間が田舎に引っ込むには、抵抗感があるだろう。東海林は、東京では記者として仕事をしていないわけだが……辞めて帰ると言いつつ、まだ気持ちが定まっていないのかもしれない。南は思わず「考え直さないか」と言ってしまった。

「人事には話したんだ。今更引っこみはつかない」

「俺を置いていくのかよ」

「何言ってるんだ」

東海林がまた声を上げて笑う。辞めることを打ち明けて気が楽になったのかもしれない、と南は想像した。

「最近、社内で居場所がどんどんなくなってる。今日も、組合大会で視線がきつかった」被害妄想かもしれないと思いながら、南は言った。

「それは思いこみだろう……確かに社長室の人間が来れば、スパイだと思われるかもしれないけど」

「俺も組合員なんだけどなあ」苦笑しながら南は言った。

「何か……人生、いろいろ上手くいかないよな」ぽつりと東海林が零す。「この会社に入った時には、こんなことになるとは思ってもいなかった。自分のこともそうだけど、会社も……やっぱり、身売りは避けられないんじゃないか」

「そうだな」

「正直、それが辞めようと決めるきっかけになったんだ。組合なんて、どんなに反対のポーズをとっても、最後は会社の決定に従うしかないだろう。辞めるなら、まさに今って感じがしないか？」

「そう……かもしれないな。いつ辞めるんだ？」

「六月いっぱいを考えてる。一応、株主総会の結果を見て……どっちに転んでも、辞める予定に変わりはないけど」

「分かった」分かったとしか言えなかった。東海林は自分を相手にしてくれる貴重な同期だが、体のことを言われれば、無理に引き止められない。五千人の社員には、五千通りの事情――人生があるのだ。

「俺から、お願いがあるんだけど」東海林が遠慮がちに切り出す。

「何だ?」

「お前は、記者は辞めないでくれよ」

「俺はもう、記者じゃないんだけど」

「でも、いつか復帰できるだろう。新報の記者としてかどうかは分からないけど……会社は大きく変わるだろうしなあ。でも、例えば新しい会社で、紙面じゃなくてウェブに記事を書くにしても、他の新聞社に移るにしても、記事は書き続けてくれないかな」

「どうして」

「俺の代わりに」

東海林の一言に、南は黙りこんだ。東海林は、地元紙で記者をすることになるだろうが、それもいつまで続くかは分からない。C型肝炎は厄介な病気で、いずれは仕事どころではなくなる――最悪、肝硬変から肝臓がんに至って死んでしまうかもしれない。

「お前の仕事を、俺に託すのか?」

「俺は新聞記者になりたくて……記事を書きたくて、この会社に入ったんだ。だから不満だよな。物足りない。でも俺は、自分が考えていたような記者生活を送る機会は、もうないと思う。だから俺の代わりに、しっかり記者を続けてくれよ。お前が署名記事を書けば、頑張ってることが分かる。俺の励みにもなるから」

気持ちは理解できる。しかし南は何も言えなかった。何度もヘマをして社長室に流れ着いた自分は、本当は記者に向いていないのではないだろうか。すぐにむきになる性格が、特によくない。

「とにかく、辞めないでくれ」東海林が頭を下げる。

「よせよ。頭を下げるようなことじゃないだろう」南は慌てて言った。同期の、こんな卑屈とも言える態度は見たくない。

東海林が顔を上げ、南にうなずきかける。手の甲に筋が浮くほどコーヒーの缶をきつく握り、立ち上がった。

「悪かったな、忙しいのに」

「いや、いいんだ」南も立ち上がる。「何か、俺にできることがあったら――」

「もう言ったよ」東海林が微笑む。「記者を辞めないでくれ。俺の頼みはそれだけだ」

株主総会まで一か月。株主の意思の確認が社長室にとっては大事な仕事になってきた。

とはいっても、上場企業と違って、株主の数は限られている。日新テレビなどの関連会社からは、基本的に取締役会の決定に従う、という言質を得ている。問題は長澤、日新美術館、社員持ち株会の三者だった。このうちどこか一角を切り崩せれば、経営権を譲渡する障害はなくなる。三者と新里が会う機会は頻繁になり、その都度南は同席した。

忙しい日々を送りながらも、ずっと気になっていることがある。先日の妥協案の提示に対して、定例交渉を中断したAMC側から、まったく返答がないのだ。五月も終わりに近づいたある日、南は新里の指示を受けて一人でAMCを訪ね、青井に会った。

「新里さんがいないと、少しは気が楽だな」自分の城である社長室で会っているせいか、青井はリラックスしている。

「青井さんはいつも、そんなに緊張しているようには見えませんでしたよ」

「顔に出ないだけだ。心の中では、毎回大汗をかいていたんだから」

向こうが気楽な調子できているので、南もいきなり本題に入るのを避け、三池関連の話から入った。もう関係ないとはいえ、あのネタがどうして出てきたのかは気になる。記事の書き方からして、当事者のタレコミと想像できたが。

「あれは、タレコミだ」青井が認めた。

「やっぱりそうですか」

「君には読まれていたな……うちがタレコミサイトをやってるの、知ってるだろう」

「ええ」ウィキリークスの真似、という程度の認識しかなかったが。

「珍しくあそこに、まともなネタが引っかかってきたんだ。こういうのは、今後取材の一方法として定着するかもしれないな。直接会ったり、電話で話したりするのに抵抗がある人でも、メールだと意外にちゃんと情報をくれる」

「それは……何となく分かります」

「今回もそういうことだ。でも、これ以上は話さないよ」青井が唇の前で人差し指を立てた。

「情報提供者はどうしたんですか」

「それも言えない」

「所在不明と聞いています。そちらで匿《かくま》っている訳じゃないですよね？」

「うちはそこまで関与していない」

「今回は要するに、三池に賄賂を贈った人間が、自分で隠し撮りしてたんでしょう？一種のやらせ……というか、三池を罠にかけたんですよね？　それを、一方的な言い分で記事にしていいと思っているんですか？」

　青井は平然としていた。ゆっくりと足を組み替え、コーヒーカップに手を伸ばす。一口飲んで、南が苛々するほど緩慢な動きでカップをテーブルに戻した。

「何でビビってるんだ？」

「別にビビってません」指摘され、南はむっとして言い返した。

「今回の件、君のところに同じ情報が入っていたら、書いていたか？」

「それは……分かりません」

「これまで君は何度かヘマをしてきた。それを思い出すと怖いんじゃないか？」

南は黙りこんだ。黙りこむしかなかった。青井の挑発に乗ると、話がどんどんおかしな方へ転がってしまうだろう。今日はあくまで、今後の交渉の下準備で来ただけなのだ。

「誤報は、何が問題なんだろうな」青井がぽつりと言った。

「え？　そもそも新聞は、嘘を書いちゃいけないでしょう」呆気《あっけ》に取られながら南は言った。

「嘘か本当かは、どうやって証明できる？」

「それは――」青井の言葉の真意を見抜き、南はまた口をつぐんだ。何かが起きた時、その場にいた当事者同士でも意見が食い違うことがある。事実は一つのはずなのに、解釈が違ったり、「こうであって欲しい」という思いが先走って感情的に事実を捻《ね》じ曲げたり……大袈裟に言えば、歴史がそうだ。歴史は常に、勝者によって記録される。敗者の言い分に正しい要素が含まれていても、最終的に排除されてしまうだろう。新聞は歴史を記述するメディアだと言われているが、それはどこまで本当なのか。第二次大戦中の大本営発表を元にした記事など、今となってはまったく信用できないではないか。

「まあ、今の新聞は、無理はできないだろうな」青井が一歩引いた。「誤報を書けば、すぐにネットで叩かれる。内容を検証しようという人間も出てくるだろう。私は――私が記者をやっていた頃は、そういうことはなかった。せいぜい社内で問題になるぐらいで、訂正記事なりお詫びなりを書いて終わりだった。その程度で済んでいたのは、今と違って、新聞を批判するメディアがなかったからだろうな。雑誌はよく新聞の悪口を書いていたけど、そんなものはコップの中の嵐だ。とにかく、ネットの出現がメディアの構造を変えた……私は、こんな風になる前の時代が懐かしいよ」

「まさか」

南は思わず言った。青井自身、ネットの申し子のようなものではないか。それを指摘すると、青井が突然寂しそうな表情を浮かべた。

「ネットの仕事なんて、別にやりたくもなかった。そうじゃなければ、誰が会社を辞める？　ようやく憧れの新聞記者になれたのに……俺たちの頃は、バブル採用で記者の数も多かったけど、難関だったことに変わりはない」

「ええ」意外な本音――本音だと信じたい――を聞いて、南は驚いた。

「アナログな話をしようか」

青井がまた足を組み替える。確かに彼の話はアナログだった……。

青井は、新聞記者は記事を書く人、という程度の知識しか持たずに新報に入社したという。当時は今と違って、情報があまりなかったからね……君たちなら、記者がどんな風に取材して原稿を書くか、入社する前から分かっているだろう。その頃の俺は無知で、記事はワープロで書くのだということさえ知らなかった。

青井の回想は続く……その年、新報は「活字を捨てた」。紙面制作が完全デジタル化して、百年近くも続いてきた活字による印刷から脱却したのだ。ちょうど研修期間中にその現場を目撃して、青井は大きなショックを受けたという。印刷工場を見学している時に、大の大人たちが泣いている……新聞社に勤める少なからぬ人たちにとって、活字こそが新聞の象徴だったようだ。汚れた作業着を着た印刷現場の人たちは、活字に対する熱い思いを語ってくれた。同時に、これからの不安も。活字がなくなれば、即人減らしにつながる。会社は別の仕事を用意してくれたとはいえ、これからの人生、今までのように仕事に打ちこめるだろうか……。

「印刷工場の人たちに話を聞いて、俺は紙の新聞のすごさを初めて知ったよ。今、新報で多くの人が紙の新聞に固執して廃刊に抵抗するのも、十分理解できる。慣れの問題だけじゃないんだ。紙の新聞という『モノ』を作ってきた人間の誇りもあるんじゃないかな。デジタルにはそれがない……システムを作った人間には誇りがあるかもしれないけど、我々のような人間——記事を書いてサイトを運用する人間は、こういう仕事の仕方をどこか軽んじている。何しろ、間違っても黙って訂正すればいいんだから。新聞だとそれはできないだろう？」

「ええ」一度印刷してしまったものは取り消せない。しかし青井の言う通りで、デジタルの場合は気づいたらすぐに修正できる。

「だからネットの方が気楽なのは間違いない……新聞だとこうはいかないだろう。締切が終わって、ゲラを何度も確認して校了――緊張しっ放しだった。翌朝も、新聞を読んだ人からクレームがこないかと思って、いつもびくびくしていた」

「それは神経質過ぎませんか？」南もだいぶ慎重になったが、それでも青井はあまりに過敏だと思った。毎日そんなことを繰り返していたら、神経が参ってしまうだろう。

「それだけ神経質になったのは、俺が紙の新聞を好きだからだろうな。好きだからこそ、絶対に間違えたくなかった」

「でも、今回の件はまた別……」

「本社の意向が優先だ。個人的感情は殺して、あくまで単なる交渉役に徹する。ただ俺は、紙の新聞を愛している。新報を愛している。何とか新報を助けたいという気持ちに嘘偽りはない」

南は思わず身を乗り出した。今の台詞は……青井は新報に本当の助け舟を出したのか？

「つまり、紙の――現在の新報をそのまま残したいということですか？」

「個人的な気持ちは関係ない。あくまで本社の意向だ」

そこが引っかかっているのか、と南はがっくりきた。つまり、青井にはどうしようもない。交渉役としての仕事をこなすしかないわけだ……おそらく青井には、条件面で詰める権利さえないのだろう。

「本社サイドと直接交渉させていただけないんですか」

「いや、無理だ。交渉はあくまでこちらに任されているから」

「直接交渉させてもらえれば、三年間の猶予についても呑んでもらえると思います」

「今回は、そういうルールではやっていない」青井が寂しげに首を横に振った。「交渉のやり方は今まで通りだ」

「そうですか……今のところ、本社サイドのニュアンスとしてはどうなんですか」

「まだ結論は出ていない」青井の口調は暗く、何か含むところがありそうだった。難色を示されているに違いない。

「分かりました」それ以上言えない自分が情けない。交渉事には向いていないのだ、とつくづく感じる。これは取材と同じだと思うが……要するに粘りの問題だ。

立ち上がり、一礼する。後から立ち上がった青井が、自分のデスクに向かった。立ったままパソコンに視線を落とし、表情を歪める。

「どうかしましたか?」思わず南が訊ねざるを得ないほど、急激な表情の変化だった。

「いや……」

青井が目を細め、素早くパソコンを操作する。眉間の皺がさらに深くなり、深刻な問題を抱えてしまったことが南にも分かった。ほどなく青井が細く息を吐き、ゆっくりと腰を伸ばす。右手の拳を固めて後ろに回し、腰を二度、三度と叩く。表情は平静に戻っていたが、最近腰痛がひどくてね、という彼の説明がどこか取ってつけたように響いた。

社長室を出て、編集フロアを横切る。雑然としてうるさいが、新聞社の編集局とは何かが違う。自分は邪魔者——異邦人なのだと強く意識した。今回の三池に関する特ダネで、AMCは新しいメディアの方向性を示したかもしれないが、それはやはり、新聞とはまったく別物になるだろう。例えば、この後、受託収賄罪として捜査機関が三池を調べ始めるかどうかは、AMCには分かるはずもない。そういうことは、記者クラブに入っている古いメディアの人間にしか探り出せないのだ。

長い廊下を、エレベーターの方に向かってゆっくりと歩いて行く。絨毯の毛足は長く、きちんと足を上げて歩かないと、靴の先が引っかかりそうになる。歩き方まで強制されるようで、何だか気に食わなかった。

左側が窓——新橋の街並みが一望できる。窓辺に寄って街を見下ろすと、目眩《めまい》がしてきた。遠くを歩くサラリーマンは、蟻《あり》のように見える。この数か月間は何だったのだろう、とふと思った。何一つ話がまとまらず、新報の行く末はさっぱり分からない。命運を決める株主総会まで一か月を切っているのだ。それまでに何が決まり、何が決まらないのか。歩き出すと、また靴が絨毯に引っかかりそうになり、思わず舌打ちしてしまった。

「南さん」

声をかけられ、立ち止まって振り向く。亜都子が、こちらに向かって全力疾走して来るのが見えた。さすがにこの絨毯にも慣れているのか、綺麗に足が上がったランニングフォームである。短いスカート姿なので、かなりの違和感があったが。

急ブレーキをかけたように、亜都子が南の一メートル手前で立ち止まる。大袈裟に息を切らしているのは、明らかに演技だろう。そんなに長い距離を走って来たわけではないはずだ……。

「お帰りですか？」

「見ての通りで」南は肩をすくめた。

「ボスから伝言があります……先ほど言い忘れたそうですが」

「何でしょう」南は体の向きを変え、亜都子と正面から向き合った。

「オファーは今でも有効だ、と」

「ＡＭＣに移籍する話ですか？　今そんなことを言われても困ります」

「とにかくオファーは有効です……で、ここからは私の意見ですけど」

「ええ」

「わざわざ泥舟に乗ってる必要はないんじゃないですか？　沈んでいく船に最後まで残るなんて、馬鹿ですよ。船長じゃないんですから……うちに来て、安定した環境で仕事をすればいいじゃないですか。もしかしたら、アメリカの本社で働けるかもしれませんよ」

「社長に伝えてもらえますか？」

「何ですか」亜都子が肩をすくめる。

「まだ迷っていると」

「分かりました」亜都子がさっとうなずく。「分かりましたけど、決められない男って、魅力的じゃないですよ」

「そうでしょうね」南は笑みを浮かべた。何故か自然に笑えた。「でも、そういうの、特に気にしてないんで」

「婚期、逃しますよ」

「もう逃しかけてるかもしれない」

軽口のやり取りを終え、南はさっと頭を下げた。亜都子と話していると、やはり苛々させられる。人生のほとんどをアメリカで過ごし、元々ＡＭＣ本社で採用された亜都子は、基本的にやはりアメリカの人間なのだろう。自分とは感覚が違う。

「ボスはいろいろ言ってますけど、あまり気にしない方がいいですよ」亜都子が突然、個人的な解釈を口にした。

「どうしてそんなことを言うんですか？　あなたは、単なるメッセンジャーじゃないんですか？」

「私、結構権力があるんですよ。本社と直接つながっているのは、ボスじゃなくて私ですから」

「というと？」

「私は、日本語で言うと……ええと、出向？　ボスは現地法人の社長として雇われているんですけど、私の籍は今も本社にあるので」

「もしかしたら、監視役としてここに来ている？」ピンときて、南は思わず訊ねた。

「本社のスパイですか？」

「ちょっと、ちょっと」亜都子が怒ったような表情を浮かべ、周囲を見回す。廊下は完全に無人なのに……唇の前で人差し指を立て、「秘密事項を大声で喋らないで下さいよ」と囁いた。

「たぶん、ＡＭＣジャパンの人間は誰でも知ってると思うけど……さっきの意味は？　気にしない方がいいって、どういうことですか」

「ボスは雇われ社長。あなたが考えているほど、権力はないんです」

「しかし……」

「読み違えると面倒なことになりますよ。私、南さんには失敗して欲しくないんですよね。結構好きですから」

「それはどうも」

あやふやな話で……何となく想像はついたものの、この場で亜都子を問い詰める気にはなれなかった。

しかし、自分の想像通りなら、全てが崩壊してしまうのではないか。

7

アリッサとのウェブ会議を終え、青井は思わずデスクに突っ伏した。ひどい話――既にほのめかされていたとはいえ、こうまではっきり言い渡されると、こちらとしても覚悟を決めざるを得ない。

この通告は、青井を打ちのめした。何度か反論を試みたものの、アリッサの説明は理路整然としており、つけ入る隙はなかった。結局、自分の詰めが甘かったということか。

しばらく前からまた吸い始めてしまった煙草を、デスクの引き出しから取り出す。社内禁煙はルールなので、ここでは火を点けられない。香りを嗅いだだけで引き出しに戻すしかなかった。眼鏡を外して、拳で両目をぐりぐりと刺激してからゆっくりと目を開ける。視界一杯に星が散っていた。

一人で社長室に籠もっているのが嫌で、青井は編集フロアに出た。ざわついている。何かあったようだ、とピンときた。浜口が、普段は使われていないホワイトボードを編集フロアの真ん中に引っ張って来て、すぐにマーカーで大きく書き殴った。

「沖縄で米軍機墜落」

クソ、厄介なことが……米軍の事故は、取材の壁が高くなる。

「浜口、これは？」

「今、ＮＨＫが一報を流しました。学校に落ちたとか落ちていないとか……まだ状況がはっきりしないんですが」

「場所は特定できているのか？」青井はホワイトボードに駆け寄った。まだ浜口がタイトルを書いたばかりだが、そこに何か答えが見つかるかもしれない。

「普天間《ふてんま》基地の近くというだけで、情報は錯綜《さくそう》しているみたいですね」

「まず防衛省だ。それと沖縄県警と警察庁——それぞれ電話を突っこんで、とにかく分かった順に記事を流してくれ」

「現地、どうします？」

青井は反射的に壁の時計を見た。午後一時半……那覇行きは便数が多いから、夕方までに現地入りできるかもしれない。

「現地に二人、出してくれ。動画撮影の用意も」

「分かりました」

浜口が、編集フロアで待機していた若い記者二人を呼んだ。指示を与えられ、記者たちはすぐに飛び出して行く。それがきっかけになったように、他の記者たちは一斉に電話取材を始めた。

青井はホワイトボードの近くにあるテーブルについた。胸に、ざわざわとした思い……青井は、初任地である新潟の離島、粟島《あわしま》の名物料理「わっぱ煮」を思い出していた。魚とネギを入れた汁に焼けた石を放りこみ、沸き立ったところで味噌《みそ》で味をつける――事件の一報で沸き立つ記者たちの様子は、まさに焼け石を投げこまれた水のようだ。今夜は長くなる。しかし、生の事件・事故を前にした興奮は、疲れを忘れさせるものだ。取材は麻薬――しかし間もなく、自分はそこから離れるかもしれない。これから先、取材現場に立つチャンスがあるかどうか。

新報の一件は、新報のみならず、自分にとっても大きな転機になる、と青井は自覚していた。

それでは、と言おうとして、青井は咳払いした。喉に引っかかりがあって、言葉がスムーズに出てこない。まさか三池と同じ食道がん……と心配になったが、咳払いすると声は元に戻った。

「本日は、本社サイドの決定をお知らせするためにまいりました」

「はい」

向かいに座る新里がピンと背筋を伸ばす。隣に控えた南は暗い表情だ。青井は説明を始める前に、南に少しだけ長く視線を向けていたが、彼はずっとうつむいたまま、その視線に応えようとしない。

「そちらから出された条件――三年間、紙の新聞の廃刊を延期するという条件について、本社サイドは呑めない、と回答してきました」

「それはつまり――」新里の眉間に深く皺が生じる。

「もう時間がありません。これまでの新報さん側の動きを見ると、株主総会までに改めて別の方針を打ち出し、社内、そして株主の賛同を得るのは不可能というのが、私が本社に上げた報告です」

「ということは、今回の交渉はご破算ということですか」新里の口調が一気に張り詰めた。

「ええ」新里の暗い表情を見て申し訳ないと思ったが、青井としては、このまま話を進めるしかなかった。話してしまわなければ、何も始まらない。「本社サイドは、御社が出した条件についても十分検討しました。その結果、中途半端な条件で買収を完了させても、将来に禍根を残すことになると判断したんです」

「この手の猶予に関してはよくある話だと思いますが」

「そうですね」青井は認めた。「ただ、新報の場合は事情が違います。これが例えば家電メーカーなら、一部工場の閉鎖や生産ラインの見直しなど、リストラ策は様々でしょう。しかし新報の場合、言ってみれば商品は一つしかない——新報という新聞そのものです」

「確かに」低い声で言って新里がうなずく。

「この商品に関しては、一かゼロかの判断しかありません。我々はゼロ——廃刊を要請しました。しかし御社が出してきた答えは、〇・五だった。本社サイドは、これを忌避したんです」

「アメリカらしい判断ですね」新里が皮肉っぽく言った。

「これだけは知っておいていただきたいんですが、本社サイドも新報の買収には真剣に取り組んでいました。日本に新しい時代のメディアを作る心意気があったんです」

「それは承知しています」

「今からでも、条件を変更することはできませんか？」青井は思わず身を乗り出した。

これには自分の人生もかかっている。

「それは……ご指摘の通り、我々は決断が遅い。日本企業の特徴でもありますし、新報の体質かもしれない。いずれにせよ、これから巻き直すのは不可能かと思います」

ここでもう諦めるのか……新里も相当追い詰められているはずとはいえ、こんなに簡単に「次の手」を追わなくなっていいのか。新聞記者は、取材ではいくらでも粘り強くなれるはずだが、会社の命運を左右することとなると、簡単にはいかないわけか。青井は隠しもせずに溜息をついた。

「申し訳ない」新里の厳しい視線に気づき、青井はすぐに謝罪した。「個人的には、非常に残念なんです」

「それは私も同じです。新報は、これまでとまったく違う生き残り策を考えなければなりません」

「そうですね」

「AMCと一緒に仕事をするのは、大変チャレンジングな試みだと思います。メディアの将来について、心ある人間は皆心配している。我々のように図体が大きく古い体質のメディアは簡単には動けませんが、AMCさんと組めば、新たなムーブメントを起こせたかもしれない……その機会はおそらく、永遠に失われましたね」

「そちらが我々の提案を改めて受け入れてくれれば、話は別です」これが最後の機会だと、青井は必死で訴えた。身を乗り出し過ぎて、テーブルが腹に食いこむぐらいだった。

「現段階では、それはありません——残念ですが」

「分かりました」青井は身を引き、両手を組み合わせた。無言のまま、狭い会議室を素早く見回す。ここもすっかり馴染みになった……単なるホテルの会議室が、自分の人生における夕ーニングポイントになってしまった。「回答が遅くなり、申し訳なく思います。本社サイドも、重要な問題の結論を軽々に出すことはできなかったんです」

「分かってますよ」新里は意外に冷静だった。「ご迷惑をおかけしました……非常に残念です」

「こちらもです」

重苦しい沈黙。青井は組み合わせた手に力を入れ、新里を凝視した。沈んだ表情で目を伏せている。本当に、申し訳ないことをした……。

「私は、新報を愛しています」

青井は無意識のうちに言葉を投げかけた。新里がはっと顔を上げ、目を見開く。うなずいて続ける。

「あの時……二十年前の私は短慮でした。二年間我慢すれば、当初の予定通りに外報部に戻れて、今頃は外報部長になっていたかもしれない。あるいはまだ特派員として海外を駆け回って、記事を書いていたかもしれない」

新里が無言でうなずき返す。目つきは真剣だった。

「今回の件には、私の個人的な思いもありました。AMCが新報を買収すれば、また新報で仕事ができる。私は今までいろいろな仕事をしてきましたが、やり残したことは一つだけ、新報で思う存分記事を書くことでした。正直、買収が成功すれば、私自身は一記者としてやり直そうかとも思っていたんです」

「まさか……さすがにそれは不可能でしょう」

「現実にはそう……無理ですね」青井は薄く笑みを浮かべた。「でも、現場に近い場所で仕事はできたでしょう。それは叶わぬ夢になりました」

再びの沈黙。こんなことを言われても、新里も困るだろうな、と同情した。彼に対して、個人的な思いは何もない。この危機を共に乗り越えられなかった後悔だけがあった。

「二十年前、私も申し訳ないと思った」

今度は青井が目を見開く番だった。新里が真剣な口調で続ける。

「当時の私は、単に人事異動を伝えるメッセンジャーに過ぎなかった。もう少し考えて、別の人を立てるように上に進言すべきだったよ。君には現場にいて欲しかった」

「……ということにしておきましょうか」青井はゆっくりと、組んでいた手を解いた。今更弁解されても……これは、別れ際の社交辞令ではないか。

「これは本音ですよ」新里の表情は真剣だった。「しかし、今更こんなことを言っても、何も始まらないね」

「ええ。全て過去の話です。今は、前を向かなければいけません」

しばらく雑談が続いた。新里も今日はすぐに社に戻りたくなさそうな様子で、コーヒーをお代わりする。そのせいか、途中でトイレに立った。青井はその隙を利用して、南に告げた。

「実は私も、本社サイドに同じ提案をしていた」

「猶予期間のことですか？」南が身を乗り出す。

「ああ。結局私も日本的な人間なんだろうな……何とか先延ばしにして、その間に解決策を見つけられると思っていたんだから。もっとも私の提案が、本社サイドの意思決定に影響を与えたとは考えられない。それと、私はＡＭＣを馘になると思う」

「え？」南の目が丸くなる。

「私にとって新報の買収は、本社から課された最大のミッションだった。それに失敗したんだから、当然ペナルティはあるだろう。本社サイドからも既に通告されている」

「まさか……」

「こういうものだよ。アメリカの会社はシビアなんだ。だから申し訳ないけど、君へのオファーはここで取り消す。受け入れるべき私がいなくなるんだから」

「オファーは依然として有効ですよ」亜都子が口を挟む。「たぶんこの後、私が日本法人の代表になると思います。私から改めて、オファーを出しますよ」

「それは……考えさせて下さい」南が頭を下げた。

「相変わらず、決断が遅いですね」亜都子がからかうように言った。「これは本格的な、新報の終わりの始まりですよ。上手く立ち回ったらどうですか」

「考えさせて下さい」南が繰り返す。「決断が遅いのは、日本の会社——日本の会社員の特徴ですから」

「そうだな」青井は笑みを浮かべた。釈然としない部分はある——しかし、どこかすっきりした気持ちでもあった。言いたいこと、言うべきことは全て言った。これからの仕事は……また考えよう。もう一働き、二働きはできるはずだ。

「この件は、君から新里社長に伝えてもらえないか？」

「構いませんけど、ご自分で説明されたらどうですか？」

「何となく言いにくくてね」苦笑しながら、青井は煙草を取り出した。火を点けられないのは分かっていて、パッケージを弄ぶ。

「青井さん、煙草は……」

「久しぶりに吸うようになっちまった。ストレスだろうな……そのうち、一緒に煙草を吸おう」

その時、自分と南は、どんな立場にあるのだろう。今とはまったく別の立場で会うことになるのか。

人生は流れる。死ぬまで、変化は止まらない。

8

「何なんだ、あの条件は」

まずい相手に見つかってしまった……昼飯の最中に、組合委員長の東原が近づいて来るとは。顔は笑っているものの、口調は厳しい。食事を終えたばかりのようで、コーヒーの入った紙コップを持っている。

これでもう、食事はできないだろうな……南は、まだ料理が残ったトレイを横に押しやった。

「残すなよ。作った人に悪いだろう」東原が皿をちらりと見る。子どもに対する説教のようだった。

「もう、食欲がないですよ」

「お前は、あの条件を呑めると思ってるのか?」

「それは、俺には分かりません」言って、南は少し温くなったお茶を一口飲んだ。苦みも滋味もない、安っぽいお茶。組合も、社食の味改善にでも取り組めばいいのに。

「滅茶苦茶だぞ」

「でも、身売りは中止になりましたよ。組合として、目的は果たしたんじゃないですか」

「組合はこの際、関係ないだろう。破談は、経営陣が勝手に自爆したみたいなものだ」

「そうですかね」

「何なんだよ、お前。はっきりしないな」東原の目から笑みが消え、陰湿な表情が浮かんだ。「お前はどうすればいいと思ったんだ?」

「まだ答えが出せません」

「会社の中枢にいる人間がそれじゃ、まともな再建案が出るわけはないよな」東原が鼻を鳴らす。

「俺は記者ですから」南は言い切った。自分でも唐突だと驚くような宣言だった。「会社の経営には何の関係もありません」

「たまたま社長室にいるだけってか?」

「そうだと思っています」

「まったく、冗談じゃない」東原が首を左右に振る。力ない仕草だった。「俺が委員長をやってる時に、こんなことになるとはね。組合史に太字で強調して書かれそうだよ」

南は無言でうなずいた。新報の大改革——新聞そのものは、太平洋戦争を挟んで大きく変わったものの、それは自社による改革というよりは、主に外的要因によるものだった。今回の改革は、新報が自ら手がけるものとしては、戦後最大になる。いや、史上最大かもしれない。

「組合としては、受けるんですか」

「組合員を守るために、条件闘争はやらざるを得ない。会社側は大規模なリストラを提案してくるだろうけど、それをできるだけ抑えるのが組合の役目だ」

「はい」

「しかしお前も……大変だよな」東原が溜息をつく。

「それは東原さんも同じじゃないですか？」南は彼の目を真っ直ぐ覗きこみながら言った。「会社員は、置かれたポジションで頑張るしかないじゃないですか。会社側の立場に与《くみ》する時もあるし、逆に戦わなくちゃいけない時もある。でも、結局は同じ会社の人間で、目指すところは一つだと思います」

「安定して働いて、金を儲ける——新聞は、金を儲ける仕事じゃないけどな」

「はい」

「そういう基本をつい忘れそうになる……とにかく今回の一件は、まだまだ長引くだろうな」

「そう思います」

東原がコーヒーを一気に飲み干し、紙コップを握り潰した。近くのゴミ箱に投げ入れると、席を立つ。

「お互い面倒だな」

「そうですね。でも、まだ終わったわけじゃありません。新報にはチャンスがあると思います」

東原が、「お前は馬鹿か」とでも言いたげに口を薄く開け、目を細めて南を睨んだ。だがすぐに目を大きく見開き、微笑を浮かべて「そうだな」と認めた。「そう思わないとやっていけないよな」と続ける。

南は「はい」と素直に認めた。

企業では、広報セクションは出世の足がかりだと言われている。南は今日、それは真実だと思い知った。記者会見のセッティングだけでも一騒動……新聞記者だけでなく、テレビカメラも入るとなると、受付も大混乱する。まずそれを、きちんとさばく必要がある。そしていざ会見が始まれば、上手く質問内容をコントロールし、社長が答えに窮するような場面が生まれないように演出しなければならない。よほどの調整能力、腰の低さ、それと相反する芯の強さがないと、会見は失敗に終わる。

新聞社が会見を開くのは、極めて珍しい。会見には規模の差こそあれ何百回も出席している南も、自社の会見の席に立ち会うのは初めてだった。仕切るのはあくまで広報部で、社長室の人間は念のためにこの場にいるだけだが……一番後ろの一角に座っていると、何だか告別式に出席しているような気分になる。あくまで新報の新たな出発を発表する場なのに。

「嫌な感じですね」隣に座る優奈が、身を傾けて南の耳元で囁く。

「嫌というか、不思議な感じだ」

「社長、大丈夫でしょうか」

それは南も不安だった。こういう場合、複数の人間が登壇するのが普通ではないだろうか。社長が答えに詰まれば、横に控えた担当役員がすかさずフォローする。だが今回、新里は全て自分が対応する、と宣言した。考えてみれば、AMCとの身売り交渉も、それが破綻した後の緊急対策も、全て新里が矢面に立っていた。新報の現状、そして今後の方針を説明するのに、これほど適した人物はいないわけだ。

会見場全体に、ざわざわした空気が流れている。紙――この場で配られたリリースだ――ががさがさいう音も、百人近い人数になるとかなりの音になる。小さく笑い声が聞こえてきて、南は苛立ちを覚えた。会見が始まる前は、冗談を飛ばしている記者がいてもおかしくないとはいえ――いつもの光景だ――何だか馬鹿にされたような気分になる。

笑い事じゃないぞ。こっちは、会社の命運がかかっているんだから……。

広報部長が出て来て、ステージの袖にあるマイクに向かった。

「大変お待たせしました」の後にハウリング。マイクの角度を調整して収めると、改めて「お待たせしました」と挨拶する。

「ただいまより、日本新報社長、新里明による記者会見を開かせていただきます」

新里が、ステージの左手から出て来て、中央にある演壇に向かう。南は両手をきつく握り締め――今日はメモを取る必要はない――前屈みになって新里の第一声を待った。

「本日はお忙しいところ、お集まりいただいてありがとうございます」新里は無難な挨拶から始めた。「今日は、日本新報の今後の経営方針についてご説明させていただきたいと思います。これは、今後十年、二十年先を見据えた方針で、新報にとっては戦後で最も大きな組織的、紙面的な改革になります」

新里が顔を上げ、会見場内を見回した。南は、目が合ったように思ったのだが、新里の視線はすぐに逸《そ》れてしまう。正面に顔を据え、どこか宙の一点を睨みながら話を再開する。顔はまったく動かない。まるで、彼にしか見えないプロンプターが浮いているようだった。

「日本新報は、本年九月三十日を最後に、全国で夕刊の発行を停止します。朝刊についても、現在の基本三十六ページだてを二十四ページだてとし、大幅なスリム化を図ります」ざわざわとした声が広がり、新里の説明の最後が掻き消される。新里は正面を見据えたまま、ざわめきが静まるのを待って続けた。「さらに、地方版の大規模な再編を行います。現在、地方版は都道府県別に制作していますが、これをブロック単位に再編します。具体的には、北海道、東北、北関東、首都圏、北信越、東海……等となりますが、全体については、お配りしたリリースをご覧下さい。これに伴い、現在の支局の体制を全面的に見直し、ブロックの中心になる場所に『総局』を置き、現在各都道府県にある支局は『駐在』として大幅に人員を削減します。これらの改革によって、編集部門、印刷部門などのスリム化を実現させます。これに伴い、数百人規模の希望退職を募ります」

事前に分かっていたこととはいえ、南は顔が強張るのを感じた。これは地方の切り捨て——全国紙は、中央のニュースを掲載すると同時に、地方のニュースも積極的に取り上げるからこそ、「全国紙」と呼ばれる。新報の場合、朝刊のうち二ページが地方版に割り当てられていた。新里はまだ言っていないが、地方版は一ページに減らされる予定だ。

この計画は、地方のニュースを減らし、それによって地方記者も削減するのが狙いだ。これはさらに将来的には、記者数の削減——自然減につながる。現在新報は、毎年三十人から四十人の取材記者を採用し、まず最初に支局に配置して「修業」させる。しかし支局の規模が縮小されれば、それほど多くの人数を採用する必要はなくなるわけで、当然、将来本社で仕事をする記者も減る。

これは延命策なのか、あるいは緩慢な自殺なのか。

新里の説明は短く終わり、すぐに質疑応答に移った。記者たちの質問は、新報の新体制についてではなく、身売りの噂に終始したが、新里は巧みにかわし続けた。

「この件に関しては現在、弊社としてはお答えできることは何もありません」

「そういう交渉があったかどうかについてもですか？」

「現在は何もありません。過去に交渉があったとしても、それが成就していない以上、一切申し上げることはありません」

なおも食い下がる記者たちに対して、新里は「言えない」の一点張りで逃げ切った。一方で、新報の財政状況については、かなり露骨な形で明かす。

次に質問に立ったのは辻だった。おいおい……南は思わず身を乗り出し、彼の背中を凝視した。どうしてあいつがここにいる？　この会見に集まっているのは、ほとんど経済部の記者のはずだ。広報は受付で辻の名前を見つけたら、出席を拒否すべきではなかったか？　いや、それは無理か。新報を辞めたばかりの記者が取材に来ても、断る理由はない。感情的な問題？　そんなことは言い訳にならない。しかし司会をしている広報部長は問題だ、と南は憤った。辻が手を挙げても、指名しなければいいだけの話である。

無神経な……。

「つまり、身売り交渉をしなければならないほど、財政は悪化していたんですね？」辻がずばりと切りこむ。

「財政の悪化についてはおっしゃる通りです」新里は辻を認識しているはずだが、答える口調は淡々としていた。

「詳しい数字を教えていただけますか？　例えばこの五年間の、期ごとの収支……」

新里がペーパーも見ずに数字を挙げ始めた。その説明が、南の胸にぐさぐさと突き刺さってくる。完全に頭に入っている数字とはいえ、大勢の記者の前で発表されると、改めて新報の危機を実感する。

あっという間に一時間が経過した。長い会見だ……まるで会社の清算を発表するような、重苦しい雰囲気。南は、自分が喋っているわけでもないのに、背中にじっとりと汗をかいているのを感じた。ちらりと横を見ると、優奈の目は潤んでいる。やはり、改めて会社の危機を実感し、将来の不安を感じているのだろう。

しかし自分には何も言えない。言う権利もない。

広報部長が、会見を締めにかかった。

「それでは予定の時間になりましたので、これで会見を終了したいと思います。個別の問い合わせに関しては広報で対応しますので、ご連絡をいただければと思います」

静かになった。会見場を飛び出して行く記者も、その場で報告の電話を入れ始める記者もいない。聞こえるのは、キーボードを叩くカタカタという音だけ……普通、重要な会見では、終わった後もざわめきが続くものだが、今日は様子が違う。同業他社が経営危機に陥り、大規模なリストラ策を発表したりすれば、普通ライバル社の人間は沸き立つものではないだろうか。だがこの場にいる記者たちはことごとく静かだ……。

他人事《ひとごと》ではないからだ、と南は悟った。明日は我が身。今やこの業界で、安泰な会社は一つもないだろう。新報の悲惨な状況を見て、自らの将来に思いを馳《は》せるのも当然だ。

南は立ち上がり、会見場の出入り口で記者たちを見送った。頭を下げるのは悔しいものだが、社長室にいるうちに、そういうことには慣れてしまった。記者は頭を下げない人種だとよく言われるが、立場が変われば人は変わる。

辻がやって来た。ノートパソコンが入る大型のショルダーバッグを肩から提げ、険しい表情を浮かべている。南を見ると一瞬表情を緩めたものの、心に何か秘めているのは間違いない。

「お前が来るとはね」南はつい、皮肉っぽく声をかけてしまった。

「特別に」

「うちの会社に入り辛くなかったか?」

「いや、別に……俺は記者だから。聞きたい話があれば、どこへでも出かけて行く」平然とした口調で辻が言った。

「そうか」

「お前、どうするんだ？」

南は首を横に振った。先日来――AMCへの身売りが「破談」になってからずっと、これからどうするかを考え続けている。しかし未だに答えは出ていない。

「俺は、しがみつくからな」辻が低い声で言った。

「東日に？」

「ああ。どんなに汚いと言われても、仕事は続けたいんだ」

なに恰好つけてるんだ。お前は新報を見捨てて、安定した職場に逃げこんだから、そんなことが言えるのだろう――文句を言おうとしたが、他の記者たちの行く手を塞いでしまっていることに気づき、南は辻に早く出るようにうなずきかけた。辻が軽く一礼して、会見場を出て行く。その足取りは軽やかで、かつ自信に満ちていた。

人間として卑怯……ふいに、東海林の言葉が脳裏に蘇る。「俺の代わりに」。新報という会社が傾きかけている今、様々な人の様々な思惑が交錯している。危機に際しては本音が出るというが、あれは東海林の本音だったのだろうか。

ふいに、南は自分の本音に気づいた――この会社で何がやりたかったのか。

会社が潰れていない以上、まだやることがある。

夕方まで、南は会見の後処理に追われた。広報部が全て対応することになっていたのに、追加の取材が殺到し、さばききれなくなって手伝わされたのだ。午後五時、一段落して自席に戻った時には、ぐったり疲れていた。コーヒーを用意してくれた優奈が、心配そうな表情を浮かべて訊ねる。

「どうかしました?」

「ちょっと疲れた」南はコーヒーを一口飲み、左手で顔を擦った。

「それだけじゃなくて……」

「うん?」

「何かあったんですか?」

「いや……」短いやり取りの中で、南は気持ちを固めた。「社長の予定は?」

「これからですか? 今日は空いてます」

「ちょっと会ってくる」

「電話しておきます」

南がただならぬ様子なのを気にかけてか、優奈がすぐに受話器を取り上げた。彼女が新里と話し終えるのを待って、南は立ち上がってうなずきかける。

「社長と話し終わったら、時間をもらえるかな」他の社員に聞かれないよう、小声で誘いかける。

「いいですよ」優奈が真顔で答える。

「夕飯……いや、食事はどうでもいい。とにかく話したいんだ」

「分かりました。待ってます」

もう一度うなずき、南は自席を離れた。新里の部屋には何度となく入っているものの、今回は勝手が違い、妙に緊張しているのを意識する。だが、思い切って気合いを入れた。ここでしっかりしないと、自分の未来は潰れてしまう。頑張れ、言いたいことを全部言え、と南は自分を鼓舞した。

ノックすると、新里がすかさず反応する。南はドアを開け、深々と一礼した。顔を上げた瞬間、新里の表情がいつもと違うことに気づく。まるで憑《つ》き物《もの》が落ちたような……最近の新里は常に険しい表情で、寝不足のせいか目も赤い。今日の会見で、一つの区切りをつけたのかもしれない。今後も新里は社長として新報の改革を行うことになっているが、それはもはやつけ足しのようなものかもしれない。無責任というわけではなく、一つ山を越えた後では、気が抜けるのも仕方がない。

「どうした」

「ちょっとお話ししたいこと――ご相談があります」

「座りなさい」

勧められるまま、ソファに腰かける。新里が自分のデスクを離れ、向かいに腰を下ろした。一連の動きにせかせかした様子がなく、余裕を感じさせるのにも驚く。本当に、新里はすっかり変わってしまった。

「会見、お疲れ様でした」

「何を言う」新里が苦笑した。「社員に慰労されたら社長はおしまいだ」

「いえ。歴代の新報の社長で、あんな厳しい会見を経験した人はいないと思います。これからも出てこないでしょう」

「それは分からないぞ。会社に万一のことがあれば……」軽く喋っていた新里が急に口を閉ざした。現状では、冗談でも口にできない話である。

「とにかく、大変だったと思います。辻が来ていたのはお気づきでしたか」

「まさか、あいつから質問されるとは思わなかった。広報も気が利かないな……あそこはスルーだろう」

「でも、きちんと答えられたじゃないですか」

「あれは答えられる質問だ。準備もしていたから……まあ、辻を非難はできない」

「他にも、辞める人間が出てきています」

「分かってる」新里がうなずく。「私がこういうことを言うと問題になりかねないが、リストラの役には立つだろうな……それで、話は何だ？　君も辞めることにしたのか」

「いえ」

「散々会社の内情を見てきたから、もう愛想をつかしたかと思ったよ」新里が苦笑しながら皮肉っぽく言った。

「違います」

「だったら？」

話した。話が進むうちに、新里の目が次第に大きく見開かれる。話し終えた瞬間、新里が体の力を抜き、ソファにだらしなく腰かけ直した。

「私はまだ危険人物でしょうか」南は身を乗り出した。

「どうかな」

「社長室で学んだこともあります。それを今後に生かせれば……」

「自分のキャリア設計について、それでいいと思っているのか？　今から地方に出るのは、大きなマイナスになりかねないぞ」

「承知しています。ただ……やはり、自分の居場所は一つしかないと思っています」

突然、新里が声を上げて笑ったので、南は戸惑いを覚えた。新里が、顎に拳をつけたまま、南の顔を凝視する。

「社長に人事の直訴をする社員なんて、いないだろうな」

南は耳が赤くなるのを感じた。確かに……これは、社長室にいる人間の職権乱用ではないだろうか。それでもここは押すしかない。何と言われようと、目の前にチャンスがあれば摑むべきなのだ。

「分かった。この秋だな」

「はい」

「どこへ行くかは――」

「それはお任せします。自分には選ぶ権利はないと思います」

支局の再編は大規模だ。総局に再編されるのは、札幌、仙台、宇都宮、横浜、新潟、名古屋、神戸、広島、鳥取、松山、熊本。これらの総局でカバーしきれない部分は、東京、大阪、九州の各本社が担当する。南としては、やはり地方都市の総局に出て再出発――というつもりでいた。

「後悔するかもしれないぞ」

「はい」南は素直に認めた。「何をやっても、あるいはやらなくても、後悔するかもしれません。でも、一歩を踏み出さないと何も始まらないんじゃないでしょうか」

「まったくだな。新報も新しい一歩を踏み出す……」言いかけ、新里が言葉を濁す。表情は暗くなっていた。「まあ、会社と個人は違うだろう」

「ええ」

「沈む船に残るのか」

「私が頑張れば、沈まないかもしれません」

新里が口を開きかける。しかし結局、言葉は出てこなかった。「馬鹿な」と思ったのか、「頼むぞ」と念じたのかは、南には分からなかった。

梅雨が間近く、今日も雲は低く垂れこめている。湿り気がひどく、しかも本社ビルの屋上なので風が乱れて吹く。優奈は必死に髪を押さえたが、風に吹き上げられるのを止められない。申し訳ないことをしたな、と南は後悔した。女性と話すのに、会社の屋上はないよな……。

煙草に火を点け、急いでふかす。彼女の方に煙が行かないように何度か体の向きを変えたが、気まぐれな風のせいで上手くいかない。結局、一服しただけで灰皿に投げこんだ。

「社長と話をしてきたんだ」

「はい」

「記者に戻してもらうことにした——今でも記者職だけど、要するに、現場復帰だね」

我ながら説明が回りくどい。それだけ緊張しているのだと南は意識していた。「記者に戻る」で、彼女には十分意味が通じるはずなのに。「社長の許可はもらった」

「許してくれたんですか？」優奈が目を見開く。

「意外にあっさり……たぶん今は、俺のことなんか考えている余裕もないんだろうな。会社全体が大変だから」

「それは分かりますけど……社長は、南さんを手元に置いておきたいんだと思いますよ」

「まさか」南は即座に否定した。「社長室にいても、何の役にも立たなかった」

「南さんが自分で気づいていないだけで、社長は南さんを買ってるんですよ」

「まさか」南は繰り返し否定した。「そんなはずはない」

「私には言ってました」

「何だって？」

「それは……社長と私の秘密です」優奈が悪戯っぽい笑みを浮かべる。「でも社長は、南さんは変わったって言ってました。いい意味で、ですよ」

「自分では分からないな」南は両手で顔を擦った。社長室に異動してからの数か月でやった仕事は──記者時代との最大の違いは、主体的なものではなかったことだ。命じられた仕事を淡々とこなすだけ。記者なら、命令で動くこともあるが、基本的には自分で興味を持った素材に突っこんでいける。今の自分は、人の言いなりになる人間に過ぎない。気持ちを入れ替えないと、記者としてやり直すのは難しいだろう。

「いい意味だと思いますよ――実際にいい意味なんです」優奈が繰り返し言って強調した。「だいたい社長、滅多に人を褒めないじゃないですか」

「確かに、人に対する評価は厳しいよな」

「その社長が認めるんだから、自信を持っていいんじゃないですか？」

「自信を持てるかどうかは分からないけど……記者に戻って、総局に出してもらうことにした。それで……」

言葉が出てこない。一緒に来て欲しい、と強く願っていた。しかし彼女を自分の勝手に巻きこむのは、あまりにも身勝手な気がする。

もう少し時間が必要だ。

自分がもう一度記者としてやり直し、一本立ちできたと思ったら――果たしてそれが何年後になるかは分からない。自分も優奈も変わってしまうだろう。そもそも新報がどうなるか。

先が見えないのは、自分も新報も同じなのだと思った。

解説

内藤麻里子

宿敵である政治家・三池高志との対決は？　ネット社会における旧メディア・新聞の行く末はどうなる？　この二つの命題を掲げた「メディア」三部作の完結編となるのが本書だ。男たちの手に汗握る闘いを、多彩なシチュエーションで描き切った。

三部作について単行本の刊行をふり返ってみると、最初の『警察《サツ》回りの夏』は二〇一四年九月、『蛮政の秋』が一五年十二月、そして本書『社長室の冬』が一六年十二月となっている。質量ともに濃厚な小説が、あきれるほど短期間に相次いで刊行されているわけだ。

二〇〇〇年、『8年』で小説すばる新人賞を受賞しデビュー。同作が〇一年刊行されたのを皮切りにスポーツ小説、警察小説、ミステリーなどを次々と世に送り出し、一五年には殺人者の系譜を描いた異色作『Killers』で著書が百冊を数えた。十四年間で年に七冊超。最初の数年は二、三冊ということを考えれば、徐々にスピードを増す執筆活動に驚くしかない。しかも一三年に作家専業となるまでは、読売新聞記者でもあったのだ

（辞めた時は編集委員）。「メディア」三部作は専業になった後に手掛けたことがわかる。古巣の業界を舞台にした渾身《こんしん》の作品であり、この刊行ペースは堂場さんにとって特別早いわけではないのだ。

『Killers』の取材で仕事場にうかがったことがある。話を聞いた時の印象は「この人は息を吸うように小説を書いている」というものだった。小説を書くことが当たり前で、苦でもない。放っておくと時速十五枚のペースで原稿を書いてしまう。だから打ちやすいキーボードを避け、単語登録をするなどの工夫はあえて遠ざけているというのだから、なんというか脱帽するしかなかった。それから月日はたったが、今年一九年は十月までですでに九冊が出版されている。ほぼ〝月刊〟状態である。

ただ数が多いだけではない。本書からもわかる通り中身の密度も相当なもので、剛腕ぶりにうなるばかりなのである。

「メディア」三部作はネット社会、人権、コンプライアンス意識など、ここ十数年で急激に変わった社会環境の中で、新聞という旧メディアを襲う荒波にもまれる男たちの物語だ。

『警察回りの夏』は日本新報甲府支局の記者、南康祐の誤報で幕が開く。今までだったら「おわび」を載せれば片が付いたところ、ネット上の批判を気にして検証記事を掲載したり、三池代議士の横やりで外部識者による調査委員会を発足させたりしなくてはならない。そこに「社会の木鐸《ぼくたく》」といわれ、権力への抑止力を自任し、自ら恃《たの》む正義に従っていた新聞社の昔日の面影はない。的確に現状をとらえた設定だ。また、定見なく揺らぐ小寺社長と、上の指示は決してないがしろにしないことも出世の大事なポイントと自覚する新里編集局長という、いかにもありそうな社内体制には苦笑させられた。

やがて、メディア規制法を推進したい三池の陰謀が明らかになる。しかし委員会の報告書ではそこまで書けず、委員長は新聞記事で追及することを託して調査を終了するが、ことはそううまくはいかない。せめてもの救いとして、南の執念の一撃で幕を閉じる。

第一部で後味悪く残った部分がすべて伏線になるのが『蛮政の秋』だ。支局から本社に上がり、社会部遊軍となった南のもとに大手IT企業が不正献金したという政治家リスト付きのたれこみメールが舞い込む。同様のメールを入手した若手政治家・富永は不用意に予算委員会で質問し、法務大臣を務める三池に返り討ちに遭う。そうこうするうち第二弾のたれこみが届く。それは三池が全国紙の幹部とある密談をしている音声だった――。立ちはだかるのはまたしてもメディア規制法を成立させようという三池。

この第二部は新聞業界だけではなく、政界の様子もたっぷり描かれる。政界情報に耳聡《みみざと》い「研究所」の女、与党による野党議員引き抜きの動き、スキャンダルがあっても「けじめ」をつけない政治家に対するいら立ちなどが絡み、南は大きなうねりに放り込まれる。

さて、軸となっているメディア規制法推進の動きを改めてみてみよう。新聞・テレビなどの既存メディアからネットニュース、掲示板やSNSなどに至るまで、「書かれる立場」の人権を守るために規制の網を広げようという、言論弾圧につながる法案だ。メディアスクラムやネットにあふれる悪意を思うと、現実的に誰がいいだしてもおかしくない。そして密談は、規制をネット系だけに絞り、既存権益を守る内容だった。

これが第三部に通奏低音として響く。第一部ではメディア規制を南の卑近な例から語り、第二部では国全体の規模に広げた。第三部はすぐそこまで来ている未来を語っているといえよう。

『社長室の冬』は、前作の最後で社長室への異動を告げられた南の前で、小寺社長が倒れるという衝撃の場面から始まる。そして前作で少し情報がもたらされた日本新報の身売りは実際に進んでいたことが判明。部数減に歯止めがかからず、経営危機を乗り越えるため小寺が画策していたものだ。その小寺が亡くなり、新社長となった新里に命じられて南は買収交渉に同席することになった。

相手はAMCジャパン。アメリカが本社でネットニュース専門サイトを運営している。ネット専門の記者を擁し、独自に取材、記事制作をしている新しいメディアだ。アメリカ本社は「ローカル紙を次々に買収し、紙の新聞の発行を停止して、ウェブサイトのみでニュースを流すビジネスモデルを打ち立てようとしている。上手《うま》くいっているところもあるし、早々と失敗に終わったケースもある」という企業。第二部で、三池のメディア規制の野望をネット系だけに限定しようとする密談があったことを思えば、皮肉な展開としかいいようがない。

取材の現場ではなく、社長室マターをめぐる新聞社を描く今回は、身売りで揺れ動く社内を活写する。創業者一族に連なる者の暗躍、不安を募らせる労働組合、見限って去る者。「残るも地獄、出るも地獄」の葛藤だ。その中に体調を崩し資料室にいるという東海林を配置するあたりは絶妙な味わい。ＡＭＣジャパンの社長兼編集長・青井は元日本新報記者で、新報に遺恨を持つという設定にし、ドラマを揺るぎなく構築する。

さて、ＡＭＣ側から出された条件は一つ。紙媒体の即時停止と電子化への全面移行だ。これに日本新報はどういう答えを出せるのかが読みどころの一つだ。新聞業界が今まさに直面している大問題である。

南はいう。「思い切って全部変えてみる。うちがその実験台になる」。そのあとこうも思う。「もしもそうなら……実験に失敗はつきものではある」。

いずれこの逡巡《しゅんじゅん》に答えを出さなければならない時はやってくる。まさに目と鼻の先にある未来を突きつけられる恐ろしい小説だった。こんなに私が怖く感じるのは、一九年七月まで新聞記者だったせいでもあるのだが……。いずれにせよ、社会の変容を巧妙にとらえていることは間違いない。

もう一つの読みどころ、三池との対決はどうなったか。三池は創業者一族の末裔《まつえい》に頼まれ、新報の買収阻止に手を貸すことで、ＡＭＣジャパンを敵に回し痛烈な反撃に遭う。

自身の病も重なって、議員辞職を発表するに至る。結局、南は自分の手で三池を追い詰めることはできなかった。

しかし作家は南の忸怩《じくじ》たる思いを呑《の》み込んで、新聞業界に一筋の光を見せている。それは、青井のこの言葉だ。

「一般のポータルサイトで流れるニュースは、新聞やテレビ、雑誌のニュースを掻《か》き集めてきたものに過ぎません。でも世間の人は、そういうニュースを『ネットで知った』と言う。私は、この状態が恥ずかしいんです。ですからAMCジャパンでは、自分たちで取材し、執筆するという方式を貫いてきました。まだまだ満足できるものとは言えませんが、ネットでも新聞と同じことがなし得ると、ある程度は証明できたと思います」

ここに近い将来の一縷《いちる》の可能性を託しているように思う。

最後に女性陣に触れておきたい。AMC本社のCEOアリッサ・デリーロ、本社からAMCジャパンへ出向している高鳥亜都子という女性たちの活躍も面白味の一つだ。この二人、とてつもなく強く一筋縄ではいかない。そういえば、第二部に出てくる「研究所」の女もそういうタイプだった。アリッサはそうでもないが他の二人はいらぬ色気もあり、その得体の知れなさが女性読者としては頼もしかった次第である。どちらも海外育ちだったり留学していたりするが、従来の常識から規格が外れた女性像は痛快だった。


（ないとう・まりこ　文芸評論家）

本書の執筆にあたり、新保・高﨑法律事務所の新保克芳氏にお力添えいただきました。
深く感謝いたします。

堂場瞬一

本書は、二〇一六年十二月、書き下ろし単行本として集英社より刊行されました。

この作品はフィクションであり、実在の個人・団体・事件などとは一切関係ありません。

S 集英社文庫

社長室《しゃちょうしつ》の冬《ふゆ》

2019年12月25日　第1刷　　定価はカバーに表示してあります。

著　者　堂場瞬一《どうばしゅんいち》

発行者　徳永　真

発行所　株式会社　集英社
東京都千代田区一ツ橋2-5-10　〒101-8050
電話　【編集部】03-3230-6095
【読者係】03-3230-6080
【販売部】03-3230-6393(書店専用)

印　刷　凸版印刷株式会社

製　本　凸版印刷株式会社

フォーマットデザイン　アリヤマデザインストア　　マークデザイン　居山浩二

ISBN978-4-08-744055-3 C0193